ICH BIN DER STURM

Dieses Buch ist ein Roman. Handlungen und Personen sind frei erfunden. Ähnlichkeiten mit lebenden oder toten Personen sind nicht gewollt und rein zufällig.

MICHAELA KASTEL

ICH BIN DER STURM

THRILLER

emons:

 Lust auf mehr? Laden Sie sich die »LChoice«-App runter, scannen Sie den QR-Code und bestellen Sie weitere Bücher direkt in Ihrer Buchhandlung.

Bibliografische Information der Deutschen Nationalbibliothek
Die Deutsche Nationalbibliothek verzeichnet diese Publikation in der Deutschen Nationalbibliografie; detaillierte bibliografische Daten sind im Internet über http://dnb.d-nb.de abrufbar.

© Emons Verlag GmbH
Alle Rechte vorbehalten
Umschlagmotiv shutterstock.com/Sergey Nivens
Umschlaggestaltung: Nina Schäfer
Gestaltung Innenteil: César Satz & Grafik GmbH, Köln
Lektorat: Dr. Marion Heister
Druck und Bindung: CPI – Clausen & Bosse, Leck
Printed in Germany 2020
ISBN 978-3-7408-0914-0
Thriller
Originalausgabe

Unser Newsletter informiert Sie
regelmäßig über Neues von emons:
Kostenlos bestellen unter
www.emons-verlag.de

Dieser Roman wurde vermittelt durch die
Literaturagentur Lesen & Hören, Berlin.

Für die ersten zwölf Tage im Jahr

HÖLLE

1

Ich sehe alles vor mir, ganz genau. Sein Gesicht, er schaut mich an, er steht vor mir, berührt mich fast. Ich sehne mich danach, von ihm berührt zu werden. Ich will seine Finger spüren, wie sie nach mir tasten, zaghaft, verschämt, weil er sich nicht sicher ist, ob ich das will, obwohl ich mir sicher bin, dass man es sehen kann. Man muss mir ansehen, was ich für ihn empfinde. Ich spüre, wie er näher kommt, blicke in seine Augen, die mir sagen, wie schön ich bin. Wie sehr er mich berühren möchte, mich küssen, aber er traut sich nicht. Er traut sich einfach nicht.

Und so stehen wir nur da. Stehen da und schauen uns an. Es ist Folter, und gleichzeitig ist es magisch. Dieses scheue Herantasten, die stummen Fragen, die wie ein Fieber unter der Haut brennen. Ich sehe seine Augen und verliere mich darin, seine Augen in so vielen Farben. Bei Dämmerung, im Schnee, bei Regen, im Herbst, den er so geliebt hat. Jetzt ist es Winter, und alles ist schwarz. Hier drin ist es immer Winter. Immer kalt und dunkel, eine Betonwüste, ein Kerker, manchmal für mich allein, aber heute nicht. Heute bin ich nicht allein. Er ist bei mir, und ich halte mich an ihm fest. Wenn ich die Augen schließe, kann ich beinahe seinen Herzschlag spüren. Sein Herz, wie es schlägt und schlägt und schlägt. Nur für mich. Es verprügelt mich, dieses Herz. Es drischt auf mich ein, drückt mich zu Boden, meinen Kopf gegen den harten Stein, bis der Schmerz die Dunkelheit vertreibt und alles in kochendem Rot versinkt. Ein hartnäckiges Rot ist das. Es spritzt an die Wände, tropft von der Decke, auf meine

Stirn, die erneut gegen den Steinboden geschleudert wird.

»Mach die Augen auf!«, brüllt er. Der Teufel, der mit mir im Kerker ist. Der das Licht von draußen mitgebracht hat und die Wände mit dem Rot besudelt. »Hast du gehört? Du sollst mich ansehen! Du Scheißschlampe, sieh mich an!«

Der Herbst, seine Augen, das Fieber, der Kuss. Nein, es war gar kein Kuss. Bloß ein Hauch. Ich war dreizehn Jahre alt. Ein Mädchen noch, aber ich wollte ihn heiraten. Für den Rest meines Lebens wollte ich ihm gehören.

Der Griff um meinen Nacken lockert sich. Schritte entfernen sich. Eine Tür wird auf- und wieder zugemacht.

»Die ist hinüber«, brummt die Stimme von draußen.
»Sollen wir sie munter machen?«
»Ist nicht nötig.«
»Es geht ganz schnell. Nur ein kleiner Nadelstich.«
»Ich will eine andere.«
»Sehr wohl.«

Eine Wand voller Blut, meinem Blut. Schmutziger, feuchter Boden, auf dem sich Speichel und andere Flüssigkeiten sammeln. Das Sehnen in mir zerreißt mich fast, schneidet mich in Stücke. Ich konzentriere mich auf das, was real ist, auf die Luft, die Wand, das Blut, die Tür. Die Tür, die sich nicht öffnen lässt, nur von außen. Durch die immer neue Teufel kommen. Es gibt sie da draußen in Scharen. Sie plaudern und lachen miteinander, eine lustige gehörnte Truppe, alle mit diesem Wahn in den Augen, dieser Bosheit. Sie kommen mit Messern, Peitschen, Glasflaschen, ihre Phantasie ist grenzenlos. Manche bleiben nur ganz kurz. Andere die ganze Nacht. Hinterher höre ich sie flüstern. Dass sie wiederkommen werden. Schon ganz bald. Die Teufel stehen zu ihrem Wort.

Ich lege mich hin, zu einer Kugel gerollt kauere ich in der Ecke, versuche die Bilder wieder zurückzuholen, die Erinnerungen an ihn, an uns, an den Kuss, den es nie gab, zumindest nicht so. Dann begreife ich, dass es niemals wieder so sein wird, niemals wieder dreizehn, niemals wieder verliebt, niemals wieder frei. Er hat dafür gesorgt, dass dieses Niemals zu meiner Welt wird. Eine Welt aus Schlössern und Ketten. Eine Welt im Dunkel. Die Hölle, es gibt sie. Das hier ist die Hölle.

Ich höre mich atmen. Spüre, wie die Bilder allmählich verschwinden, alle bis auf eines: sein Gesicht in der Dunkelheit. Er steht da und schaut mich an. »Madonna«, sagt er. Aber so heiße ich nicht. Ich bin namenlos, ein Schatten, eine Vorstellung in den Köpfen anderer. Den Namen, den mir einst meine Eltern gaben, weiß ich nicht mehr. Seinen schon.

Ich kenne seinen Namen. Auch wenn ich sonst nichts mehr weiß. Wenn ich sonst alles vergessen habe, was einmal wichtig war. An ihn kann ich mich erinnern. An alles, was er mir angetan hat.

2

Meine Zelle hat kein Fenster. Und auch kein Bett. Wenn am Morgen die Tür entriegelt wird und die blinde alte Frau mein Frühstück bringt, liege ich auf dem Boden in der Ecke. Manchmal habe ich mich über Nacht wieder angezogen, manchmal auch nicht. Es kommt auf meinen Zustand an. Heute hat die alte Frau, die wir Greta nennen, obwohl auch sie bestimmt nicht so heißt, viel zu tun. Sie stellt das Tablett neben der Tür ab und kommt zu mir in die Ecke, weil sie gehört hat, wie ich wimmere. Ihre warmen, schwieligen Hände ertasten meinen Arm, den ich immer noch über mein Gesicht gezogen habe. Mit dem ich versucht habe, mich zu schützen.

»Tut weh?«, fragt sie.

»Ja.«

»Nicht wegrutschen. Stillhalten. Ich das richten.«

Ihre Augen sind trüb und schauen geisterhaft an mir vorbei. Ich weiß nicht, was sie alles wahrnimmt. Wie viel davon sie hört oder riecht. Schande hat einen Geruch, und sie hat auch einen Klang: dieses Tropfen, das stinkende Tropfen von der Decke, das niemals aufhört. Vielleicht war Greta nicht immer blind. Vielleicht hat sie einfach nur zu lange hingesehen. In die Schatten, in das Grauen.

Sie hilft mir, mich anzuziehen, verfüttert mir löffelweise den warmen, viel zu süßen Haferflockenbrei und danach die Eier und das Vollkornbrot. Scheußlich schmeckt das alles. Mein Magen rebelliert. Aber ich muss aufessen. Schließlich muss ich gesund bleiben, muss schön sein, schön für die Teufel, denn die Teufel sind wählerisch. Die Teufel lehnen uns schon mal ab, wenn wir nicht genauso rein und unbenutzt aussehen wie beim letzten Mal.

Es ist Knochenarbeit. Mich wieder hinzukriegen, die Schnitte zu verarzten, das Blut, die Prellungen, die Augen. In den Augen sammelt sich das Grauen. Die Teufel mögen es nicht, wenn man sie ansieht, als wären sie nicht normal. Wenn man auf die Hörner starrt, den Schweif, die Hufe. Sie wären gern menschlich wie wir, deshalb tun sie das alles. Sie häuten uns und ziehen uns untertags als Kostüm über. Laufen fröhlich damit durch die Gegend. Aber die Kostüme halten nicht lange, und so kommen sie immer wieder, wählen aus, schlagen zu und beginnen zu nähen.

Danach muss alles in mir wieder gerichtet werden. Zurechtgerückt und glatt poliert, eingerenkt und bandagiert. Nach dem Frühstück bringt Greta mich in den Duschraum. Hier gibt es große vergitterte Fenster sowie große vergitterte Abflüsse. Dunkle Löcher, die das Blut aufsaugen wie der Boden in meiner Zelle. Greta schrubbt. Sie kennt jeden Millimeter meines Körpers. Wie lange sie schon hier ist, weiß ich nicht. Sie spricht nicht viel. Wir alle schonen unsere Stimme, weil wir sie noch brauchen, um zu schreien.

Der Wasserdampf wabert um meinen Körper. Ich stütze den Arm gegen die Duschwand, während Greta mit dem Schwamm zwischen meinen Beinen herumwühlt. Ich fühle mich schwindlig und schließe die Augen. Eine Ewigkeit in dieser Dusche, nackt, verstümmelt, aber lebendig. Viel lieber wäre ich tot. Ein Eimer voller Blut, das im Abfluss versickert, das wäre dann alles, was von mir übrig bleibt. Wenn sie uns finden und wir stehen nicht mehr auf, bringen sie uns in den Keller. Und dort zerlegen sie uns. Mit Sägen und Skalpellen, alles sehr fachmännisch. Die Teile werfen sie in den Verbrennungsofen, das Blut kommt in den

Eimer. Ich stelle es mir sehr friedlich vor. Du löst dich auf, bist dann einfach nicht mehr da. Kein Stückchen Schmutz bleibt zurück. Es ist nichts mehr übrig, das sie schänden können. Nichts mehr übrig, das wehtut. Und plötzlich hast du Frieden.

Als wir fertig sind, trocknet Greta mich ab und kämmt mir das Haar. Es ist sehr lang und gepflegt. Wir müssen immer gepflegt sein. Maniküre und Pediküre bekomme ich jeden Tag. Ein richtiges kleines Spa ist das hier. Während die blinde Frau mich auf Vordermann bringt, kümmert ein Putztrupp sich um meine Zelle. Es wird dann alles sauber sein, wenn ich zurückkomme. Eine leere Bühne, bereit für den nächsten Akt. Bereit für das Gemetzel.

Durch die Fenster dringt Tageslicht, und ich erkenne, dass es schneit. Ein zauberhaftes Tanzen der Flocken, in grellem, kaltem Licht. Keine Hügel, keine Berge, keine Seen, keine Flüsse. Ich weiß nicht, was da draußen ist. Sie lassen uns nicht raus. Dieses Haus ist jetzt meine Welt. Eine Welt aus Gängen und Korridoren, ein Fabrikgebäude, mit Hallen voller Nichts. Das gleiche Nichts wie draußen vor dem Fenster. Es ist nicht so schlimm. Die Teufel sind es, um die du dir Sorgen machen musst. Denn egal, wie sehr du bettelst, egal, wie laut du schreist – sie hören nicht auf. Sie zerfetzen dich, öffnen deinen Körper und greifen in dich hinein. Sie holen Dinge aus dir heraus, blutige Dinge, lebensnotwendige Dinge, und du darfst zusehen, wie sie das alles auf dem Tisch verspeisen, wie ihre langen, gespaltenen Zungen daran lecken. Es wird dich umbringen, und doch wirst du nicht sterben. Du darfst nicht sterben. Das ist alles, was ich weiß.

Wir nennen sie Fairy. Fairy wie Fee. Weil sie dieses hellblonde Haar hat, das ihr bis zur Hüfte reicht. Sie ist erst seit ein paar Wochen hier. Ein Neuling, der die Spielregeln noch nicht kennt. Darum hört man sie auch am lautesten schreien.

Ich begegne ihr im Duschraum, als man sie bringt, um sie zu säubern. Sie weint so viel. Ich habe gelernt, meine Tränen zurückzuhalten, sorgsam darauf aufzupassen. Manchmal nützen sie dir, wenn einer der Teufel ein Herz hat und beim Anblick der Tränen von dir ablässt. Darum musst du sie gut aufbewahren, deine Tränen. Sie können eine Art Währung sein, du erkaufst dir damit Güte, Zärtlichkeit, Erbarmen. Als ich einmal genug Tränen in mir gesammelt hatte, kaufte ich mir damit einen Freund. Ich kenne seinen Namen nicht, ich nenne ihn »Geist«. Ein Funken Fegefeuer, der in der Finsternis für mich entfacht worden ist.

Fairy liegt auf den nassen Fliesen, das Wasser prasselt auf sie nieder. Schicht für Schicht wäscht es das Blut davon, den Schmutz, den Schmerz, aber die Schreie bleiben. Tief im Kopf, da sind sie gefangen. Da richten sie den meisten Schaden an. Greta zieht an meinem Arm, es ist Zeit für den Arzt, aber ich bleibe stehen und starre auf die kleine Fee, die langsam die Augen öffnet und mich ansieht.

Hilf mir. Ohne Worte, nur ihr Blick.

Ich kann nicht.

Dann töte mich.

Töte mich.

Töte mich.

Töte mich.

»Komm jetzt.« Greta. »Onkel Doktor. Jetzt. Du mitkommen. Mädchen krank. Mädchen bald sterben.«

»Sie hat Angst«, flüstere ich.

»Sie schwach. Sie Futter für Hunde. Komm mit. Komm, Madonna.«

So nennen sie mich hier. Die Heilige, die Fromme.

Der Engel, den sie schänden, mit gebrochenen Flügeln. Der Engel muss jetzt zum Arzt, während die Fee auf den Fliesen zurückbleibt.

Es ist ein Schlachthaus, dieser Ort, eine Fleischfabrik. Und es ist lebendig. Es atmet, es ächzt, es verdaut uns, jeden Tag ein Stück. Und am Schluss scheidet es uns aus. Ein Haufen Knochen, Skelette unter der Erde oder Asche auf dem Boden. Anders kommen wir hier nicht raus. Entweder als Leichen oder gar nicht. Das Haus ist hungrig und möchte gefüttert werden. Zu Monatsanfang kommen die Neuen. Nicht viele diesmal, zwei Mädchen. Greta kommt herbeigeeilt und nimmt ihnen ihre Namen und ihre Kleidung weg.
»Du jetzt Buttercup. Und du Honey. Mitkommen. Dusche.«
Nackt werden sie in den Duschraum gebracht, man muss sie herrichten, denn sie sollen gefallen. Man wartet bereits auf sie. Vor drei Tagen haben sie Birdy aus ihrer Zelle gezerrt. Blut überall auf ihrem Körper, die Handgelenke zerfetzt. Ein einziger Schnitt riss das ganze Leben aus ihr heraus. Viele bringen sich hier um. Wenn man will, findet man einen Weg. Auch ich habe schon darüber nachgedacht, aber Geist konnte es mir ausreden.
Manchmal sehne ich mich nach ihm. Wenn es keine Bilder mehr in meinem Kopf gibt, wenn da einfach nichts mehr ist, nichts aus meinem früheren Leben, dann sehne ich mich danach, dass er kommt und mich berührt, mich streichelt mit seinen Hörnern, die er meinetwegen rund geschliffen hat. Er ist so rücksichtsvoll, gibt immer acht, was er tut. Wenn seine glühende rote Haut mich verbrennt, leckt er zärtlich über die Wunden. Wenn seine gespaltene Zunge mich schneidet, weicht er erschrocken zurück. Er ist nicht wie die ande-

ren. Die anderen rupfen, zersägen, schlachten, wühlen in mir herum, stülpen alles nach außen. Er tröstet mich. Ich habe ihn auch gut bezahlt. Er könnte wohl baden in meinen Tränen.

Abends schalten sie die Lichter ab, und aus dem Boden steigen die Schatten empor. Sie nutzen den Luftzug, der durch dieses alte Gemäuer braust, und gleiten auf ihren Schwingen durch die Nacht. Unter dem Türschlitz durch und hinein in meine Zelle. Es ist dann ganz still in den Gängen. Fairy weint nicht mehr. Der Kopf fällt gegen die Wand, und die Gedanken ziehen sich zurück. Ich bin weg, wenn sie kommen. Ich bin einfach nicht da. Ich laufe über den Strand und sage Geist, er soll mich hochheben. Er wirbelt mich herum, lachend wie ein kleiner Junge, dann trägt er mich zurück nach Hause. An den Kamin, wo es warm ist und gemütlich. Er sagt mir, er liebt mich. Tausendmal diese Worte, seit Jahren in meinem Kopf. Ohne sie wäre ich längst tot. Irgendwie. Ich würde es schaffen. Ich könnte tatsächlich gehen. Für immer aus dieser Hölle verschwinden. Aber Geist sagt, er liebt mich. Nie habe ich von ihm etwas verlangt. Immer nur gegeben, gegeben, gegeben. Heute Nacht ändert sich das.

Ich sage zu ihm: »Hilf mir.«

»Ich kann nicht«, antwortet er.

»Dann töte mich. Töte mich. Töte mich.«

»Hör auf.«

»Töte mich.«

»Hör auf, das zu sagen. Du bist erschöpft. Das geht vorbei.«

Sein Gesicht wirkt beinahe menschlich. Ohne die spitzen Hörner, ohne die Gier in den Augen. Er liebt mich, und er zeigt es mir die ganze Nacht. Er ahnt nicht, dass auch er mir damit wehtut. Dass selbst stumpfe Hörner Fleisch durchbohren.

Als er gehen will, umklammere ich seine Hand.
»Hilf mir«, sage ich wieder.
»Ich kann nicht.«
»Dann töte mich. Bitte.«

Es sind die Tränen. Sie betäuben seinen Verstand, machen ihn blind, blind vor Liebe. *Und wenn ich es tue?*, fragen seine Augen. *Darf ich dich dann mitnehmen? In meine Heimat, zu meinem kleinen Flammensee? Es ist schön dort. Wir wären zusammen. Du und ich, Madonna. Niemand wird uns finden. Nur wir zwei. Für immer.*

Ich küsse seine Hand. »Ich liebe dich«, flüstere ich.

Er wird mich befreien oder mich töten. So oder so werde ich ihm dankbar sein.

3

Ich habe ein Geheimnis. Niemand ahnt es. Ich denke daran, wenn sie mich zwingen, meine üppig portionierten Mahlzeiten hinunterzuwürgen, schmerzhaft in meinen versteinerten Körper hinein. Ich denke daran, wenn sie wollen, dass ich schlafe. Nur gut ausgeruht bin ich für die Teufel zu gebrauchen. Ich habe kein eigenes Bett, darum bringen sie mich in den Schlafsaal. Wo wir Schäfchen zählen und Sterne sehen. Wo wir noch Träume haben.

Ich habe Angst davor zu schlafen. Angst davor, die Augen zu schließen. Angst vor den Stimmen in meinem Kopf und vor den Schritten, die sich nähern, wenn ich am wehrlosesten bin. Um mich nicht mehr zu fürchten, denke ich an mein Geheimnis. Wenn sie mir die Spritze in den Arm jagen und kurz darauf das Licht ausgeht. Ich denke auch daran, wenn der Onkel Doktor mich auseinanderschraubt. Wenn er zählt, wie viele Teilchen letzte Nacht verloren gegangen sind oder gelockert wurden. Wenn er hustend zum Werkzeug greift und anfängt, mich zu reparieren. Der Puppenbauer und seine kleine Patientin. Ein gut aufeinander eingespieltes Team. Ich bin artig. Lasse ihn machen. Zwischendurch höre ich seine vom Lungenkrebs zerfressene Stimme. »Still!« oder »Halt ruhig!« oder »Mach den Mund auf!«. Schöne Zähne sind wichtig. Eigentlich dürfen die Teufel sie uns nicht ausschlagen, aber manchmal passiert es. Sie bekommen dann eine Weile Hausverbot, und wir bekommen ein neues Gebiss. Man sorgt hier für uns. Der Onkel Doktor sagt, ich sei ihr wertvollster Besitz. Ich glaube, mich repariert er besonders gern.

Sie schieben mich in den Raum, wo wir schlafen sollen. Auf eine Trage gebunden liege ich da, meine Hand- und Fußgelenke sind mit Bandagen gefesselt, ich kann mich keinen Zentimeter bewegen. Nur den Kopf kann ich drehen. Die Tragen stehen aufgereiht im Raum wie Särge. Sich wie eine Leiche zu fühlen bin ich gewohnt. Wenn meine Haut kalt ist und mein Herz nicht mehr schlagen will. Dann ist es beinahe schön, in den Schlafsaal gebracht zu werden und zu hoffen, nicht wieder aufzuwachen.

Ruckelnd endet die Fahrt. Der Mann mit dem Mundschutz beugt sich über mich und leuchtet mir mit einer kleinen Lampe in die Augen. »Wie fühlst du dich?«

»Gut. Müde.«

»Gleich kannst du schlafen. Ich hol nur schnell das Mittelchen.«

Er verlässt den Raum durch eine Tür auf der anderen Seite.

Eine Leuchtstoffröhre klebt an der Decke. Fliegen krabbeln darauf herum. Im Schlafsaal tummeln sich immer die Fliegen. Ich drehe den Kopf, weil das Licht mich blendet, da sehe ich Fairy gleich neben mir, an eine Trage gebunden so wie ich, mit verkrusteten Lippen. Sie starrt mich an.

»Keine Angst«, sage ich. »Hier drin passiert nichts. Wir sollen nur ein bisschen schlafen.«

»Wie … wie lange …«

»Nicht lange. Ein paar Stunden. Sie wecken uns pünktlich zur Abendgymnastik.«

Sie presst die Augen zusammen, schüttelt den Kopf. »Nicht das«, sagt sie. »Wie lange … bist du schon hier?«

»Weiß nicht. Eine Weile.«

»Haben sie dich … haben sie dich auch in dieses Auto gezerrt? In den Lieferwagen?«

»Ich weiß es nicht mehr. Ich denke nicht an so etwas.«

»Was machen die mit uns? Wieso bin ich hier?«
»Es gibt keinen Grund. Sie haben dich ausgewählt, aber es hätte jede treffen können. Versuch nicht, es zu verstehen.«
»Werde ich ... werde ich sterben?«
»Wenn du artig bist, dann nicht.«
Eine Träne rinnt aus ihrem Augenwinkel, ein Blutstropfen schimmert auf ihrem Mund. Sie hat sich in die Lippe gebissen.
»Ich will zurück nach Hause«, flüstert sie.
»Das hier ist jetzt dein Zuhause.«
»Wieso tun die das? Wieso? Wieso hilft uns niemand?«
»Sei leise, Fairy, sonst bekommst du noch Probleme.«
»Das ist nicht mein Name! Ich heiße Flora! Flora!«
Der Mann mit dem Mundschutz kommt zurück in den Raum. »Aha, sind wir etwas aufgekratzt gerade? Still halten, mein Feelein. Ich schick dich ins Traumland.«
Sie schreit und wehrt sich, reißt an ihren Bandagen. Wie wahnsinnig brüllt sie ihren Namen an die Decke. Ein kurzer Stich, und ihr Körper erschlafft. Plötzlich liegt sie einfach da. Eine Leiche unter vielen in diesem totenstillen Raum.
Das mundlose Gesicht taucht schräg über mir auf. »Still halten«, sagt er auch zu mir, obwohl ich mich kein Stück bewege. Ein Piks mit der Nadel, etwas Kaltes in meinem Arm. Ich werde müde. Schon drohen mir die Augen zuzufallen. Träge drehe ich den Kopf zur Seite, weil ich wissen will, woher dieses Geräusch kommt, dieses Quietschen. Sie schieben Fairy aus dem Raum. Vermutlich bringen sie sie zum hustenden Doktor. Man mag hier keine Unruhestifter. Sie ist ein hübsches Mädchen, noch so jung. Sie wird hier viele Verehrer finden.

Viele, viele Tränen sammeln. Wenn sie klug ist, spart sie sie auf für den Richtigen. Dann wird auch sie ein Geheimnis haben. Einen Verbündeten. Einen Funken Hoffnung.

»In drei Tagen«, hat er gesagt. Mein Geist, mein Beschützer. Dann wird er kommen und mich holen. Mich ihnen wegnehmen, mich stehlen. Und dann wird er mich nach Hause bringen. Wo es warm ist und weich und gemütlich. Nach Hause auf die Lichtung. Nach Hause.

Ich schließe die Augen und falle in den Schlaf.

Ich träume. Von einem Haus auf einer Lichtung, es ist Winter, und eine blassgoldene Sonne steigt friedlich hinter den Tannen auf. Hier nahm alles seinen Anfang. Hier wurde ich geboren. Es sei ein wunderschöner Tag gewesen. So hell und still und friedvoll. Perfekt, um zum ersten Mal die Augen zu öffnen. Meine Mutter war auch wunderschön. Ein Engel mit langem dunklen Haar und blauen Augen wie ich. Wölfe haben sie zerfleischt. Im Rudel fielen sie über sie her, ich musste zusehen. Sie schrie: »Lauf!« Also bin ich gelaufen. Mit meinem schweren Rucksack. Durch Wälder und Schluchten, Tag und Nacht bin ich gelaufen, nur ich und die kalte Einsamkeit, ich und die Tränen, schon damals begann ich sie zu sammeln in mir. Bis ich zu einem Haus kam, in dem ein Mann wohnte, der kleine Kinder frisst. Er hieß Shark. Er riss mir das Herz heraus und verfütterte es an seine Fische. Er hatte sieben davon, sieben Fische in einem Aquarium. Da rein warf er mein Herz, ich sah zu, wie es nach unten sank. Und auf einmal war ich kein Kind mehr. Ich führte Aufträge aus und bediente Kundschaft. Shark war zufrieden mit mir. Ich hatte wieder ein Zuhause. Bis die Teufel kamen und mich mitnahmen.

Ich erwache in meiner Zelle. Werde fortgerissen

von der Lichtung, dem Frieden und dem Glück. Es ist sauber um mich. Die Wände sind blank poliert, genau wie ich. Ich bin bereit. Bald ist es so weit. Ein Zittern durchläuft mich, reißt mich für eine Sekunde zurück in meinen Traum, zurück zu dem Tag, als es geschah. Als sie mich ihm wegnahmen. Er tat überrascht, dabei hatte er es kommen sehen. Er wusste, dass sie auf dem Weg zu uns waren. Er wusste es, weil er sie hergeholt hatte. Er hatte die Teufel gerufen. Mein Herz in seinem Aquarium ließen sie liegen. Ich brauchte es schließlich nicht, dort, wohin sie mich bringen würden.

In den stillen Momenten, ehe die Türen zu unseren Zellen geöffnet werden, gelingt es mir manchmal, meinen Geist von meinem Körper zu lösen und wie ein Vogel zu fliegen. Ich reise an die wundervollsten Orte, und manchmal reise ich auch zu ihm. Ich finde ihn, in seinem Loch, in seiner Hütte im Wald, oder wo auch immer er denkt, sich vor mir verstecken zu können. Ich zerreiße ihn mit meinen Krallen, picke ihm die Augen aus, rupfe sein schwarzes Herz aus seiner Brust und schlucke es im Ganzen hinunter. Und währenddessen starrt er mich an. Aus blutigen, leeren Höhlen. Ohne diese Augen, in die ich mich verliebt habe, damals, als ich noch jung war, es war Herbst, und er sagte mir alles, was ich hören wollte. Er war gerissen, dieser Mann. Er wusste, was zu tun war. Wie man die Unschuld raubte, wie man Herzen zerbrach, all das wusste er, weil er es schon so oft getan hatte.

Dreckschwein. Ich werde dich ausscheißen, nachdem ich dich verspeist habe. In dein Aquarium, zu deinen Fischen.

Die Tür geht auf. Mein Herz hüpft. Aber es ist nicht Geist, der da zu mir kommt und mir sagt, dass ich aufstehen soll. Geist ist nicht hier. Es dauert noch drei Tage.

4

Es hat Sunny erwischt. Letzte Nacht. Man erzählt sich, es sei ein Unfall gewesen, aber wir alle kennen die Wahrheit. Sie waren es, die Teufel. Einer konnte die Hufe nicht still halten. Niedergetrampelt hat er sie, zu Tode geritten. Im Schlachthaus herrscht Aufregung. Sie versuchen uns ruhig zu halten, separieren uns, weil Unfälle schnell Panik verbreiten. Vielleicht fürchten sie sogar einen Aufstand. Wie lächerlich. Wir verlorene Seelen gegen die ganze Armee der Finsternis?

Als ich nach dem Duschen und dem Besuch beim Onkel Doktor in meine Zelle zurückkomme, wischen sie gerade das Blut auf. Überall Blut. Als ob sie explodiert wäre. Von innen nach außen gestülpt.

Sie kam kurz nach mir hier an. Die blonde, schmächtige Sunny mit der Stupsnase und den Sommersprossen. Von Anfang an wohnte sie nebenan in Zelle Nummer 14. Und jetzt ist sie tot. Ein Skelett, ein Häufchen Asche. Gelebt wie ein Tier, gestorben wie ein Tier. Wir alle sind Vieh, das hilflos auf seine Schlachtung wartet.

In dem Haus auf der Lichtung gab es auch Tiere. Hunde, ganz viele davon. Wir wohnten im ersten Stock, meine Mutter und ich. Das Haus hatte viele Stockwerke. Ich liebte es, von Flur zu Flur zu laufen, von Raum zu Raum, treppauf, treppab. Manchmal, wenn ich zu laut und ungestüm war, wurde mein Vater wütend und schickte mich auf mein Zimmer, wo ich bleiben musste, bis es Abend wurde.

Er war kein fröhlicher Mann. Er hatte diesen Grimm in den Augen, wie eine uralte Last, die ihn einfach nicht losließ. Nur selten war er zu Hause. Er war Geschäftsmann, meine Mutter nannte ihn »König«. Darum dachte ich, dass sie eine Königin sei und ich eine Prinzessin.

Ich habe vergessen, wie er aussieht. Habe vergessen, wie seine Stimme klingt, wie es sich anfühlt, von ihm berührt zu werden. Der Gedanke an ihn ist wie ein Loch in einem alten, verstaubten Familienporträt – wo sein Gesicht war, ist bloß noch ein großer schwarzer Fleck. Aufgefressen von den Ratten. Von den Jahren.

In dem Haus auf der Lichtung wohnten nicht bloß wir. Es gab auch Angestellte, Köche, Gärtner, Heimwerker, sogar einen eigenen Portier. Sie waren alle immer sehr freundlich zu mir. Manchmal, wenn mich die Teufel in Ruhe lassen, liege ich nachts in meiner Zelle und stehe in Gedanken wieder auf dieser Lichtung. Ich rieche den frisch gefallenen Schnee. Ich höre die Hunde bellen. Hier haben wir ebenfalls Hunde. Höllenhunde mit drei Köpfen, die das Tor bewachen. Sie sind so furchteinflößend, dass selbst einige der Teufel vor ihnen zurückschrecken, deshalb werden sie während der Besuchszeiten in einen Zwinger gesperrt. Hinaus dürfen sie bloß, wenn jemand ausbüxt. Dann jagen sie uns. Es dauert nicht sehr lange. Bee hat es versucht, irgendwann letztes Jahr. Sie rannte los und blieb nicht mehr stehen. Bis die Hunde sie einholten.

Sie erlauben uns, das Abendessen gemeinsam einzunehmen. Wir müssen aufessen und uns ruhig verhalten, aber wir dürfen auch reden. Eine kleine Streicheleinheit für das verstörte Vieh, bevor die Stromschläge weitergehen. Fairy sitzt neben mir. Ihre knochigen Knie schlagen nervös aneinander, während sie angewidert auf ihr Essen starrt.

»Jetzt mach schon«, sage ich leise. »Trödel nicht so rum. Bevor sie was merken.«

»Es geht nicht. Ich muss mich übergeben.«

»Du musst aufessen. Sonst zwingen sie dich.«

»Was ist mit der Frau aus Zelle 14 passiert?«
»Darüber sollten wir nicht reden.«
»Ich … ich kannte nicht mal ihren Namen. Ich habe sie bloß ein paarmal gesehen.«
»Es ist mein Ernst, Fairy. Sei still oder rede über Blumenwiesen.«

Sie greift nach der Gabel und stochert in ihrem klein geschnittenen Fleisch. Sie schneiden uns immer das Essen vor. Messer sind nicht erlaubt. Auch mit Gabeln kann man töten, aber nicht sehr effizient. Summer kann davon ein Liedchen singen. Summer, die längst ein Teil des Gebäudes geworden ist. Eingemauert, zu Zement gemahlen, irgendwo in den Gewölben. Nachts hört man sie wimmern. Sie sagen, es sei der Wind. Ich glaube, es ist Summer. Das halb tote Mädchen in den Mauern. Bald ganz tot.

»Woher kommst du?«, fragt Fairy.
»Weiß nicht mehr.«
»Du weißt gar nichts mehr? Keine einzige Erinnerung?«
»Ich lebte mal in einem Haus. Irgendwo im Wald. Es war schön und ruhig. Mehr weiß ich nicht.«
»Ich bin auch am Land aufgewachsen. Ich habe einen großen Bruder. Seit ich denken kann, hat er mich beschützt. Er hat immer auf mich aufgepasst. Wenn mir jemand zu nahe kam, bekam der eins auf die Schnauze. Weißt du, irgendwie hoffe ich die ganze Zeit, dass er kommt und mich hier rausholt. Dass er einfach zur Tür hereinstürmt und jeden in diesem Gebäude umbringt. Und dann bringt er mich nach Hause.«

Ihr Blick streift mich von der Seite, ich spüre es, aber ich schaue sie nicht an. Bloß nicht zu sehr an sie gewöhnen. Gesichter kommen und gehen.

»Weißt du überhaupt, was das ist, Heimat? Weißt du noch, wie es ist, nicht sterben zu wollen?«

»Ja«, antworte ich leise. »Das weiß ich noch.«
Sie legt die Gabel weg. Ihre Augen schimmern.
»Iss«, fordere ich sie auf.
»Was ist mit der Frau aus Zelle 14 passiert?«, fragt sie noch einmal.
»Was glaubst du denn, was passiert ist?«
»Das Schwein hat sie umgebracht.«
Ich esse weiter.
Plötzlich spüre ich ihre Hand auf meinem Arm. Ihre klammen, eisigen Finger, die sich so sehr nach der Freiheit sehnen. »Hast du überhaupt keine Angst? Uns könnte jederzeit dasselbe passieren!«
»Nicht, wenn wir artig sind.«
»Es muss doch einen Weg geben ... Wir müssen versuchen, hier irgendwie rauszukommen!«
»Iss weiter. Sie hören dich.«
»Die Türen zu den einzelnen Gängen sind nicht verschlossen. Ich weiß es, ich habe aufgepasst! Niemand braucht hier für irgendwas einen Schlüssel.«
»Und wenn schon. Sie würden dich kriegen.«
»Und wenn nicht? Wenn wir einfach schneller sind als die?« Sie wartet. Ich schaue sie nicht an. »Wie alt bist du?«, flüstert sie.
»Weiß nicht mehr.«
»Wie ist dein richtiger Name?«
»Weiß nicht mehr.«
Ihre Hand zieht sich zurück. Sie beobachten uns. Behalten unser kleines Gespräch im Auge. Wir müssen jetzt weiteressen. Bis der Teller leer ist, dann erst dürfen wir gehen. Zurück in unsere Zellen, wo wir hingehören.
Als sie durch die Reihen marschieren, um die Teller zu überprüfen, wird Fairy blass. Sie ist immer noch nicht fertig. Aber die Zeit ist abgelaufen. Ich halte den Blick auf meine Knie gerichtet, selbst dann, als sie Fairy befehlen, aufzustehen. In der Stille wird ein Stuhl zu-

rückgeschoben. Fairy zittert, sie fleht. *Bitte, bitte. Bitte nicht.* Vergebens. Sie bringen sie aus dem Speisesaal. Ich weiß, wohin sie jetzt kommt. In den Raum mit den Propellern. Dort stecken sie ihr den Trichter in den Hals. Und dann kommen sie mit dem Schlauch. Die Teller müssen leer gegessen werden. So lautet die Regel.

Fairy ist dumm. Eine Rebellin, ein Störenfried, bald wird sie tot sein, wenn sie so weitermacht, ich weiß es. Und wenn schon. In zwei Tagen ist das nicht mehr mein Problem. In zwei Tagen werde ich von hier verschwunden sein. Durch die offenen Türen, wie Fairy ganz richtig bemerkt hat. Ich werde einen Komplizen haben. Jemand, dem sie vertrauen. Sie werden Lügen erzählen, um das aufgebrachte Vieh unter Kontrolle zu halten. Niemals darf herauskommen, dass es einen Weg nach draußen gibt. Einen Weg in die Freiheit. Zurück nach Hause.

5

Nachts um drei kommen die Dämonen raus, heißt es. Zur dunkelsten Stunde, ohne einen Laut. Uhren hören auf zu ticken. Die Welt dreht sich nicht mehr. Nachts um drei sind die Schreie sonst am lautesten.

Doch heute Nacht ist nichts zu hören. Es ist so still wie damals, in dem Haus, wo ich aufgewachsen bin. Ein Hauch von Frieden hängt in der Luft, der mich die Aufregung und die Angst für kurze Zeit vergessen lässt.

Meine Zellentür öffnet sich. Eine große, vertraute Gestalt bewegt sich auf mich zu. Die Freude zerreißt mich fast, treibt mich auf die Beine, in seine Arme, die mich mit aller Kraft umschlingen. Er ist tatsächlich gekommen. Er hat sein Wort gehalten.

»Zieh den an«, sagt er mit gedämpfter Stimme.

Ich schlüpfe in weite, flauschige Ärmel, kurz darauf stülpt er mir eine Kapuze über den Kopf. Ein Mantel, in dem ich verschwinde, der mich unsichtbar macht. Zauberei. Er zieht die Kapuze tief in mein Gesicht, sodass ich bloß den Boden und meine eigenen Füße erkenne. Seine Hand umfasst meine, er drückt mich fest an sich, an seinen großen, starken Körper, der Wände durchbrechen kann, Glieder zerreißen, aber nicht nur Glieder, auch Ketten. Er führt mich aus der Zelle, den Gang entlang, den ich morgens immer mit Greta gehe. Fast werde ich wehmütig. Dieser Gang zum letzten Mal. Durchnummerierte Türen links und rechts. Ein plötzlicher Schmerz lässt mich innehalten. Da drin sind sie, die einzigen Menschen, die ich kenne. Und ich lasse sie im Stich. Lasse sie einfach hier zurück mit den Teufeln, mit dem Feuer, das niemals ausgeht.

Geists Griff wird stärker. Durch den Kapuzenstoff sehe ich seine Augen glühen. Zwei leuchtende Löcher, die mich mahnen, jetzt nicht stehen zu bleiben, keine Schwäche zu zeigen. Wenn ich schwach bin, sind wir beide tot. Ich schaue auf den Boden und lasse mich führen. Über Stufen und durch weitere Korridore. Wir gehen nach oben. Immer noch ist es so still. Weil alle schlafen. Weil niemand ahnt, was gerade passiert. Nachts um drei sind selbst die Dämonen auf der Hut.

Linoleum wird zu Steinboden. Meine holprigen Schritte sind laut. Wir sind fast da. Ich rieche es, die frische Luft unter dem Türschlitz, dem letzten Türschlitz. Abrupt bleibt Geist stehen. Ich dränge mich an seine Brust, wage nicht, den Blick zu heben. Die Stimme des Mannes klingt völlig normal. Ein weiterer Scherge, der seine Seele verkauft hat. Der hier arbeitet und sich nichts dabei denkt. Der lediglich seine Aufgaben erfüllt. Die Schlachter und das Vieh.

»Was soll denn das werden? Die Mädchen dürfen nicht nach draußen.«

»Nur ein kleiner Spaziergang, mehr nicht. Ich bringe sie in einer halben Stunde zurück.«

»Tut mir leid, aber das ist nicht gestattet. Sie müssen mit ihr im Gebäude bleiben.«

»Nicht mal fünf Minuten? Wir bleiben auf dem Gelände, versprochen.«

»Wie gesagt, es ist verboten.«

»Ach kommen Sie. Machen Sie eine Ausnahme. Sie kennen mich doch. Soll ich einen Aufpreis zahlen?«

»Sorry, aber ich kriege sonst Probleme. Vielleicht reden Sie mal mit dem Herrn Direktor deswegen. Ich allein darf das leider nicht entscheiden.«

Geist lässt meine Hand los. Sei vorsichtig, möchte ich sagen. Begib dich nicht in Gefahr, nicht meinetwegen. Aber es ist schon zu spät. Niemand nimmt einem

Teufel sein Spielzeug weg. Ein unerwarteter Stoß lässt mich nach hinten taumeln, zwei Schritte, drei, dann verliere ich das Gleichgewicht, und die Kapuze rutscht mir vom Kopf.

In dem Moment sehe ich, wie Geist über den Schergen herfällt. Mit ausgebreiteten Flügeln, eine Höllengestalt, die Hörner tief im Brustkorb des Mannes versenkt. Er hebt ihn hoch, pfählt ihn, reißt ihm mit der Faust das Herz heraus. Blut spritzt ihm ins Gesicht, und der Mann schreit. Er schreit wie am Spieß. Auch ich will schreien, aber die Angst raubt mir die Stimme. Die Angst, dass sie uns gehört haben, die Angst, dass sie uns finden. Blutend fällt der Körper zu Boden, und Geist brüllt: »Lauf!«

Wir laufen. Hand in Hand, durch die Tür, durch den Schnee, durch den Sturm, in die Nacht. Tausend Lichter zerschmettern an den Bäumen ringsum – Fenster, die erleuchtet werden, Türen, die sich öffnen. Dämonen auf ihren Feuerdrachen. Sie sind bereits auf der Jagd nach uns. Sirenen heulen durch den Sturmwind. Die Hunde bellen. Ich blicke nicht zurück. Gemeinsam können wir es schaffen. Mit seiner Hilfe bin ich stark. Mein Retter, mein Geist, mein tapferer Geliebter. Er hat sein Wort gehalten. Jetzt kann ich atmen. All die frische Luft, durch die seine Flügel uns tragen.

6

Ich sehe einen See. Still und friedvoll liegt er da, die Oberfläche ist mit Eis überzogen. Dahinter Berge und die verschneiten Spitzen eines Nadelwaldes. Es ist wie ein Gemälde, in das erst noch Farbe und Struktur gebracht werden muss: unscharfe Ränder, skizzierte Linien, hier und da ein Klecks Gold, wo das Licht die Erde berührt. Nichts, was wirklich ist. Ein Traum höchstens, wie in meiner Erinnerung. Aber es ist real. Ich stehe hier und spüre die Sonne auf meinem Gesicht. Sehe die Atemwölkchen vor mir tanzen. Fasziniert strecke ich die Hand danach aus, will es fühlen, das Sonnenlicht, die kalte, klare Luft, die gleichmäßig in meine Lungen und wieder hinausströmt. Das alles will ich mit meiner Hand festhalten, weil ich sonst nicht glaube, dass es da ist.

Keine einzige Flamme weit und breit. Kein Strom aus Lava und keine vom Himmel fallenden Sterne. Als ich den Kopf hebe, erkenne ich Vögel über mir. In der Tat, es ist wie im Traum. Aus Träumen muss man für gewöhnlich aufwachen. Aber noch möchte ich nicht aufwachen. Ich möchte hierbleiben und den See betrachten. Seine glatte, runde Form, die feinen Pastellfarben im Eis, Blau, Lila, Silber und Gelb. Er hat mich an den Ort meiner Träume geführt. Nie und nimmer hätte ich gedacht, dass das möglich ist.

»Gefällt es dir?«

Er steht hinter mir, seine Arme umschlingen mich ganz fest. Ich schmiege mich in seine Umarmung, lasse mich von ihm halten, dann küsst er mich und bringt mich ins Haus.

Eine kleine Hütte aus Holz am See. Es gibt einen Kamin im Schlafzimmer. Geist sagt, niemand sonst sei je hier gewesen. Dieser Ort gehört uns. Und niemand wird uns finden.

Er hilft mir, mich auszuziehen. Ich kann es nicht allein, meinen Armen fehlt die Kraft. Aber er ist stark, stark für uns beide. Vor dem Kamin legen wir uns hin. Nackt schmiege ich mich an ihn wie so viele Nächte zuvor, und in der Hitze des Feuers verschmelzen unsere Körper und werden eins. Flüssiges Metall, das ineinanderläuft, sich verbindet, sich vermischt. Es tut weh, so schön ist es.

Später streichelt er mein Gesicht. So müde sieht er aus und so glücklich. Zum ersten Mal sehe ich ihn bei Tageslicht. Der Schweif, der verschmust nach mir schlägt. Die Hörner, die keine Hörner mehr sind. Er hat sie abgeschliffen, meinetwegen. Er ist für mich menschlich geworden. Das Biest hat sich in die Beute verliebt. Ich möchte weinen vor Glück, aber alle Tränen sind verbraucht.

»Ich danke dir«, flüstere ich ihm ins Ohr.

Das Messer in meiner Hand ist scharf. Es durchdringt Stoff, Leder, Fleisch. Seine Augen sind vor Schreck weit geöffnet, er röchelt und hält mich fest umklammert. Drückt sich an mich, sagt meinen Namen. Immer wieder steche ich zu, das Messer in sein Herz, das für mich schlug und nun für niemanden mehr. Sanft sinkt sein Kopf gegen meine Brust. Seine Augen glühen nicht länger. In diesem Moment ist er sterblich. Er stirbt in meinen Armen, mein Retter, mein Geist. Der Teufel, der zum Menschen wurde. Ausgelöscht und kalt. Sein Körper wird schwer, und ich schiebe ihn weg und strecke mich nach meiner Kleidung.

Er hätte mich nicht gehen lassen. Niemals. Aber gehen muss ich. Zurück nach Hause, zurück ins Licht. Dahin, wo ich hingehöre.

Ich lasse ihn liegen und zünde das Haus an.

7

Nun ist es doch noch ein Flammensee geworden. Funken tanzen in der Luft wie winzige Feen in der Abenddämmerung. Ich denke an Fairy und daran, was nun mit ihr geschehen wird. Was mit ihnen allen geschehen wird. Einen Teil von mir zieht es zurück an jenen Ort jenseits des Waldes, zurück in den Kerker, der so viele Jahre mein Zuhause war, der mich gebrochen hat, zerschnitten, ertränkt in meinem eigenen Blut. Ein Teil von mir möchte dorthin zurück, weil es alles ist, was ich kenne. Schon ertappe ich mich dabei, wie ich den Spuren folge, die Geist und ich bei unserer Flucht im Schnee hinterlassen haben. Bald schon wird der Wind sie verweht haben.

Ich stehe am Scheideweg meines Lebens. Es gibt kein Zurück mehr, nur noch die Sonne. Ich werde ihr folgen, und ihr Licht wird mich zu ihm führen. Hinein in sein Loch, in sein Versteck. Ich werde es ausräuchern. Ich werde Shark umbringen. Weil er es war, der mich umgebracht hat.

Ich stülpe die Kapuze über meinen Kopf und folge dem Pfad, ohne zurückzuschauen.

AUFERSTEHUNG

8

Zwei Wochen später

Es ist eine Zelle. Meine Unterkunft am Bahnhof, ein Dreckloch. Die Wände sind porös und schmutzig, es gibt kein Bett, nur eine Matratze in der Ecke, die ich mir mit Spinnen und anderem Ungeziefer teile. Untertags ist es laut, nachts gespenstisch still. Ich finde es großartig. Es kostet mich nichts. Der Mann, dem das Loch gehört, wollte lediglich eine kleine schmutzige Gefälligkeit. Das, was alle Männer wollen, wenn ihnen sonst nichts einfällt. Dafür sieht er alle paar Tage nach mir. Kümmert sich um die dürre, verstörte Frau, die vor zehn Tagen mutterseelenallein im Bahnhofsgebäude aufgetaucht ist und nicht mehr weggehen wollte. Eingehüllt in einen viel zu großen Mantel, die riesige Kapuze über den Kopf geschlagen, sodass man ihr Gesicht nicht sah.

»Du verletzt?«, hat er gefragt. »Hilfe rufen? Polizei?«

Nein, keine Polizei. Da bin ich nämlich schon gewesen. Nachdem ich tagelang durch die verschneite Wildnis gestreift war. Nachdem ich schon geglaubt hatte, dieser Wald werde zu meinem Grab. Da sah ich plötzlich Lichter in der Ferne und kehrte endlich in die Zivilisation zurück. Mir war klar, was ich zu tun hatte: Hilfe suchen, mich jemandem anvertrauen. Doch es lief anders als geplant. Ich saß auf einem Stuhl und musste auf eine Tischplatte starren. Das Licht im Raum war viel zu grell. Es brachte mich fast um, dieses Licht. Als der Polizeibeamte schließlich zur Tür hereinkam, war ich zunächst erleichtert. Endlich ein Mensch. Einer von den Guten. Er nahm mir gegenüber Platz, und plötzlich sah ich sie – Hörner. Feuerrot, spitz, mit Blut befleckt, noch frisch. Einer von ihnen. Er erkannte mich nicht. Schreiend sprang ich auf. Es kamen andere herein und versuchten, mich zu beruhigen. Ich konnte nicht aufhören. Nicht aufhören zu schreien, nicht aufhören, die Klinge in mir zu spüren, das riesige glühende Schwert, mit dem er mich aufgespießt hatte. Vor zwei Jahren, vor drei, vor zehn. Ich weiß nicht, wie lange es schon her ist. Aber ich weiß, es dauerte ewig. Die halbe Nacht nur dieses Schwert tief in mir drin, wie es meine Gedärme teilte, meinen Brustkorb, mich der Länge nach spaltete, und wie er stöhnte und lachte, stöhnte und lachte.

Sie wollten mich in eine Zelle stecken. Nur eine weitere Obdachlose, die verrückte Geschichten erzählt. Nicht der Rede wert. Ich riss mich los und rannte um mein Leben. Niemand jagte mir nach. Seitdem bin ich hier.

»Nix Polizei?«, fragte er. Klein und untersetzt, ein hässlicher, dicker Gnom mit Glatze und Zahnlücke. »Gut, gut, schon gut. Ich nix sagen. Aber du nicht hierbleiben. Bahnhof nix mit Rumtreibern. Macht Probleme. Aber gibt hier Versorgungsraum. Etwas schmutzig, aber okay. Kein Wind und Kälte. Und günstig!«

»Ich habe aber kein Geld.«

»Du nicht brauchen. Wir können machen Geschäft. Du machen Geschäft mit mir?«

»Ja. Geschäft klingt gut.«

»Sehr gut. Ich bin Jiri! Komm, komm mit! Ich dir zeigen neues Zuhause. Und dort wir besprechen Bezahlung.«

Jetzt wohne ich im Versorgungsraum. Zwischen Wischmopps und Kanistern mit Putzmittel. Zwischen ranzigen Rohren, durch die heißer Dampf und Schmutzwasser fließen. Es ist ein guter Deal. Ich kann damit leben. Er versorgt mich mit Essen und hält mir neugierige Blicke vom Hals. Dafür bekommt er, was er eben will. Meinetwegen. Wenigstens keine Schreie in der Nacht. Keine Türen, die sich öffnen. Ich habe den Schlüssel. Ich entscheide, wer reinkommt und wer nicht. Ich bin Königin über einen Haufen Müll. Aber Königin.

Nachts unternehme ich Streifzüge. Ich warte, bis es still wird und die Halle sich leert. Dann komme ich aus meinem Versteck. Das Bahnhofsgespenst spukt mal wieder durch die Gänge. Ich erkunde das Gelände, starre auf Fahrpläne und zermartere mir den Kopf. Es gibt einen Zug, der mich von hier fortbringen könnte. Über die Landesgrenze und zurück in meine Heimat. Er fährt einmal pro Tag, um zehn Uhr fünfundvierzig. Ein Schnellzug. Zielankunft in weniger als vier Stunden. Eine Zugfahrt allein würde natürlich nicht helfen. Denn es gibt niemanden, der am Bahnsteig stehen wird, um mich abzuholen. Es gibt keinen Ort, an den ich mich flüchten kann, wenn Nacht und Kälte erst über mich hereingebrochen sind. Ich habe weder Freunde noch einen Pass. Ich existiere überhaupt nicht.

Aber hierbleiben kann ich nicht.

Bis auf Weiteres ist der Versorgungsraum ein gutes Versteck. Auf dem Bahnhofsklo kann ich mich waschen. Jiri hat mir ein paar Kosmetikprodukte besorgt, Seife und Shampoo, Zahnputzsachen und auch eine Schere. Ich hatte extra darum gebeten. Im Licht der flackernden Leuchtstoffröhre fasse ich mein Haar zusammen und schneide es ab. Es dauert ewig. Aber schließlich ist es getan. Im Abfluss sammeln sich die schwarzen Haarsträhnen und der Schmutz, den ich mit Seife und Schwamm von meinem Körper wasche. Darunter sind die Narben. Eine Landkarte der Gewalt, die mich zurück in die Vergangenheit führt. Ich erinnere mich an jeden Schnitt, jeden Biss, jeden Splitter unter der Haut. Wäre mein Blut golden, würde ich glühen. Auch Geist hat seine Spuren auf diesem Körper hinterlassen. Hier hat er mich zum ersten Mal berührt. Man sieht es noch, genau da. Unter dem Kinn, mit dem Daumen, ganz sanft. Er wollte, dass ich ihn anschaue. Das war sein Untergang. Hätte er damals meine Tränen nicht gesehen, wäre er jetzt noch am Leben.

Mit den Papiertüchern aus dem Spender trockne ich mich ab. Jiri hat mir auch Kleidung besorgt. Die Unterwäsche ist zu groß. Trotzdem bin ich dankbar dafür. Ich steige in die Jeans und ziehe mir den Pulli über. Dann die dicken Winterstiefel, etwas eng, aber warm. Ich beuge mich über das Waschbecken und schaue der Frau im Spiegel in die Augen.

Keine Madonna mehr. Aber wer bin ich dann?

Ein Donnerschlag hinter der Tür. Ich verharre regungslos. Jiris Stimme klingt angespannt.

»Heute Nacht nix Versorgungsraum. Sie schicken Polizeikontrolle einmal im Monat. Du nicht hier unten schlafen.«

»Aber wo soll ich sonst hin?«

»Nix Problem. Du schlafen bei mir. Auf Dachboden! Komm mit.«

Ich verstaue meine alten Kleidungsstücke und die Kosmetiksachen in dem Plastiksack, den er mir geschenkt hat. Die Schere stecke ich in meine Hosentasche. Mit dem Sack unter dem Arm komme ich heraus. Jiri macht große Augen.

»Wo sind alle Haare? Du selbst gemacht? Oh, du so dumm! Du jetzt Wischmopp. Komm, ich mach das neu. Komm, komm!«

Durch die leere Halle, Treppen rauf und unter das Dach. Jiri wohnt hier oben ganz allein. Er ist ebenfalls ein Außenseiter, ein Fehler des Systems, gesichtslos. Er sagt, die Arbeit im Bahnhof bringe ihm das Nötigste ein, Geld für Kleidung, Essen, Strom und einen einäugigen Kater, der neben der Couch auf einem Fleck Filzdecke liegt und schläft. Jiri besitzt nicht viel außer dieser Couch, dem Kater und einem alten Röhrenfernseher. Sein Essen kocht er auf einem kleinen Ofen im hinteren Bereich des Dachbodens. Die schrägen Wände hat er mit Fotos tapeziert. Zu jedem hat er eine Geschichte auf Lager.

»Das da ich beim Militär! Viele Jahre ist das her. Und hier, mein erstes Auto! Keins war besser. Erste Frau. Nix gut. War Hexe! Jetzt weg zum Glück. Das da ich und mein Vater. Guter Mann. Schon lange tot, leider. Hier ich am Meer. Du schon mal am Meer? Nix Gutes. Ich lieber Berge. Eines Tages bau ich Hütte im Wald! Mit Kamin und weichen Fellen!«

»Das klingt sehr schön.«

»Mhm, sehr schön! Wenn ich habe Rente, ich weg. Bahnhof sieht mich nie mehr wieder. Dreckiges Loch. Aber Dachboden okay. Sehr ruhig und gemütlich. Kennst du Rufus? Alter Freund von früher.« Er deutet auf den Kater, der sich immer noch nicht bewegt. Ich blinzle. Mausetot. Ausgestopft. Jiri lacht. »Wurde achtzehn Jahre alt! Gutes Tier. Jetzt leider sehr schweigsam. Aber treu. Ist immer da.« Er deutet auf die Couch. »Setzen bitte!«

Ich gehorche. Verstohlen beobachte ich, wie er durch den Raum saust, den toten Kater streichelt, sich für die Unordnung entschuldigt, obwohl es aufgeräumt und sauber ist. Ich glaube, Jiri ist sehr einsam. Und ich glaube, er schämt sich. Dafür, was er von mir wollte und was er auch bekommen hat. Er hat es kein zweites Mal verlangt.

»So. Großes Wirrwarr hier! Wirklich Schande. Hast du Schere?« Er steht hinter mir und betrachtet mein Haar.

»Ich fürchte, ich habe sie unten im Waschraum vergessen.«

»Macht nix. Ich habe zweite.«

Er geht zu der Holzkommode neben dem Ofen und holt eine Schere aus der obersten Lade. Er kommt zurück und lässt prüfend die Finger durch meine dunklen Strähnen laufen. Schnipp-schnapp. Winzige Büschel fallen zu Boden. Nach wenigen Schnitten ist er fertig.

»Du schauen«, sagt er und hält mir einen kleinen Spiegel vors Gesicht.

Kinnlang sind die Fransen jetzt. Geist wäre traurig. Er liebte mein langes Haar.

»Perfekt«, sage ich.

»Du wollen schlafen? Hier Couch. Wir nebeneinanderliegen. Ist wärmer so.«

Er scheucht mich auf die Beine, um an der Couch herumzuwerken. Er zieht ein Bett aus und richtet die Decke und ein Kissen.

»Nun komm. Komm schon, komm! Ich nicht beißen, versprochen. Nur Bettwanzen beißen. Ich sie für dich vertreiben.«

Die Zahnlücke strahlt mich an.

»Kann ich noch ein bisschen aufbleiben? Ich bin noch nicht müde.«

Er zuckt mit den Schultern. »Ist okay. Bleib wach, bleib wach. Kannst Rufus streicheln. Er ist ein gutes Tier.«

»Das mache ich.«

Ich setze mich neben dem ausgestopften Kater auf den Boden und streiche über den borstigen, starren Kopf. Jiri schlüpft aus Hemd und Hose und legt sich in Unterwäsche ins Bett. Es dauert nicht lange, da ist er eingeschlafen.

Geräuschlos ziehe ich die Schere aus meiner Hosentasche hervor. Ein Stich in den Hals. Blutig, aber effizient. Es würde schnell gehen. Aber nein. Er war gut zu mir, als niemand mich haben wollte. Als sie alle an mir vorbeigelaufen sind, lachend, telefonierend, gleichgültig. Auch er ist ein Geist des Bahnhofs, ein stiller Beobachter, so unsichtbar wie traurig. Wir stehen auf derselben Seite.

Ich stecke die Schere weg und durchsuche den Dachboden nach allem, was ich brauche. Bargeld. Er bewahrt es dort auf, wo die andere Schere lag, in der Lade. Damit werde ich für eine Weile auskommen. Proviant. Ich finde Knäckebrot, Käse und ein paar Flaschen Mineralwasser. Das alles verstaue ich in dem Rucksack, der hinter der Couch lehnt, zusammen mit Geists Mantel und meinen restlichen Sachen. Als Letztes Waffen. Die Schere und ein Taschenmesser, Feuerzeuge und einen Hammer. Ich weiß, wie man den benutzt. Und was er anrichten kann. Mir hat ein Hammer einmal das Licht ausgeblasen. In Sekundenschnelle nur noch Brei im Kopf. Ich schultere den Rucksack und schalte die Lampe hinter mir aus.

»Leb wohl, mein Freund.«

Jiri lächelt im Schlaf, als träumte er von früher. Glückliche Erinnerungen müssen das sein. Die Fotos an der Wand. Fragmente, Vergangenheit, aber real. Nichts ist unscharf an diesen Bildern. Für mich gibt es nur die Bilder in meinem Kopf. Das Haus auf der Lichtung. Meine Mutter, die lacht. Sharks Fratze und mein Herz in seiner Hand. Sie treiben mich voran, gönnen mir keine Ruhe.

Ich beginne zu laufen. Ich muss einen Zug erwischen.

9

Es geht ihr gut. Sie hat ein Haus, einen Mann und einen Sohn. Die Tage sind ruhig, und die Nächte sind es auch. Sie sieht oft aus dem Fenster. Sieht zu, wie der Wind sich in den Bäumen fängt. Wie Sonnenstrahlen über die Eisfelder tanzen. Wie alles einfach nur wunder-, wunderschön ist.

Auch die Geräusche sind schön. Das Knistern des Kamins. Diese selige, seltene Stille. Am meisten mag sie es, wenn der Junge mit dem Ball durch die Gänge tollt. Er hat dunkles Haar und dunkle Augen, er kommt nach seinem Vater, aber er hat auch etwas von ihr, zumindest glaubt sie das, irgendwo in diesem Kind muss es etwas geben, das von ihr kommt und nicht von ihm.

Sie ist froh. Sie ist dankbar. Dass sie jeden Tag in diesem wunderschönen Bett aufwachen darf. Mit diesem wunderschönen Jungen an ihrer Seite. Da ist es gar nicht so schlimm, wenn der Sturm die Landschaft verwischt und ihre Blicke aus dem Fenster im Nichts enden. Sie ist froh, hier zu sein. Sie ist dankbar, dass ihr Mann sie so liebt.

»Warum ich?«, fragt sie ihn manchmal, wenn er neben ihr liegt. Warum hat er sich ausgerechnet für sie entschieden? Es gab doch so viele. So viele Möglichkeiten.

»Weil du etwas Besonderes bist. Weil du die Schönste von allen warst.«

Er könnte das tausendmal sagen. Sie glaubt es nicht. Sie versteht es nicht. Und doch ist sie hier. Er hat sie ausgewählt, und das ist alles, was zählt.

»Ich würde so gern ans Meer fahren«, sagt sie. *»Können wir das? Können wir ans Meer fahren?«*

»Was willst du denn am Meer? Hier ist es viel schöner.«

»Manchmal ist es einsam.«

»Möchtest du, dass ich mir mehr Zeit für dich nehme?«

Sie schüttelt den Kopf. Ihr Mann ist sehr beschäftigt. Er hat Pflichten, das versteht sie. Er sorgt für sie, und das ist ihr genug.

»Du bist meine Königin«, flüstert er ihr zu. »Wünsch dir etwas, und es wird in Erfüllung gehen.«

»Ich habe schon alles, was ich jemals wollte«, antwortet sie.

10

Die Landschaft verändert sich. Es wird flacher. Heller. Vertrauter.

Wir haben die Grenze Richtung Westen mittlerweile passiert. Ich lege die Hand an die Fensterscheibe, weil ich mir einbilde, die Veränderung durch das Glas hindurch spüren zu können. Ich möchte es berühren, das vertraute Land, die Felder und Äcker, die Häuser, die Straßen. Alles wirkt so unverändert. Als wäre ich nie weg gewesen. Als wäre das alles nie passiert.

Die Frau, die mit mir im Abteil sitzt, sieht von ihrem Buch auf. »Ist alles in Ordnung?«, möchte sie wissen. »Sie weinen ja.«

Ganz plötzlich muss ich lächeln. Mir blutet das Herz vor Freude. Diese öde, verschneite Feldlandschaft ist das Schönste, was ich seit Langem gesehen habe.

Meine Sitznachbarin wirkt verunsichert. Sie entschließt sich, wieder zurück ins Buch zu schauen, und nach ein paar Atemzügen setzt sie sich auf die andere Seite des Abteils. Ich nehme es ihr nicht übel. Meine Kleidung ist schmuddelig, und ich bräuchte dringend eine Dusche. Bestimmt hält sie mich für eine Herumtreiberin, die das Zugticket entweder gestohlen oder mit unlauteren Methoden erworben hat. Wie sollte sie ahnen, dass ich einmal richtig normal war? Ein ganz normales Mädchen mit ganz normalen Träumen. Ich könnte ihr von meiner Mutter, dem Haus und den vielen Bediensteten erzählen. Davon, wie hübsch ich einmal war. Die Unschuld strahlte mir aus den Augen. Darum nannten sie mich auch Madonna. Weil ich so rein aussah, dass es der allergrößte Triumph sein musste, mich zu beflecken.

Aber was interessiert es eine solche Frau, warum ich aussehe wie ein Vagabund? Sie kennt die Hölle dort draußen nicht. Niemand weiß, was in der Ferne lauert. Soll sie weiter in ihrem Buch lesen. Soll sie denken, ich sei Dreck. Von Dreck hält man sich wenigstens fern.

Jemand tippt mir auf die Schulter, und ich schrecke auf.
»Endstation«, sagt der Schaffner. Und: »Vergessen Sie Ihr Gepäck nicht«, als ich aufspringe wie vom Blitz getroffen.

Ich muss während der Fahrt eingeschlafen sein. Die Frau mit dem Buch ist weg. Mit dem schweren Rucksack verlasse ich den Zug. Menschen tummeln sich auf dem Bahnsteig. Es ist laut. Eng. Ich setze mich auf eine Bank und starre vor mir auf den Boden. Betrachte meine Füße in den dicken Stiefeln, die in den letzten Wochen so weit gewandert sind. Was, wenn das alles nur ein Traum ist? Wenn ich in der Hütte am See bloß eingeschlafen bin und in Wahrheit immer noch in Geists Armen liege? Gebrochen, ausgeliefert, eingesperrt. Aber die Menschen sind real. Die Luft in meinen Lungen ist real. Ich bin tatsächlich hier, und in meiner Brust breitet sich Panik aus.

Ich weiß nicht, wie es jetzt weitergehen soll. Ich bin allein. Niemand ist hier, der mich versorgt. Der mir morgens Frühstück bringt und mir beim Waschen hilft. Der mir die Haare kämmt, die Wunden versorgt, der mir Schlafmittel gibt, damit die Angst mich nicht länger wach hält. Ich weiß nicht, wie ich ohne all das überleben soll. Ich fühle mich schutzlos und verwirrt. Vielleicht sollte ich einfach den vielen Menschen folgen. Ich stehe auf und begebe mich in die Bahnhofshalle. Der Lärm ist hier kaum zu ertragen. Polternde Schritte, Sprachdurchsagen, Tausende Stimmen wild durcheinander. Aber es tut gut, das alles zu hören, das

Leben, die Normalität, die vertraute Sprache. Ich erinnere mich daran, dass ich Geld wechseln muss – mit Jiris Scheinen kann ich hier nicht bezahlen. Es gibt eine kleine Bankfiliale im Bahnhofsgebäude, ich muss nicht lange warten. Die Dame hinter dem Schalter drückt mir für Jiris Ersparnisse knappe zweitausend Euro in die Hand. Rasch verstaue ich das Geld in meinem Rucksack, eile durch die Halle und komme raus auf die Straße. Es dämmert. Taxis stehen am Straßenrand und warten auf Fahrgäste. Menschen verladen Gepäck in Kofferräume. Menschen sind unterwegs nach Hause. Sie kennen ihren Weg. Mein Weg liegt verborgen in meiner Erinnerung. Fußspuren im Schnee, die von der Witterung verschluckt werden. Ich kenne den Weg nach Hause nicht, aber ich weiß, wer ihn mir sagen kann.

Das Funkhaus in der Innenstadt. Von hier ist es gar nicht weit. Ich könnte laufen, aber meine Füße sind müde. Ganz plötzlich beginne ich die Meilen zu spüren, die ich seit jenem Morgen am See hinter mich gebracht habe. Jahre scheint das her zu sein. Und immer noch ist es kalt, immer noch herrscht Winter. Ich knie mich hin und hole Geists Mantel aus dem Rucksack, wickle mich darin ein, auch wenn es ohne seine Umarmung nur halb so wärmend ist. Ich möchte so gern schlafen. Ich entdecke die Leuchtreklame eines Hotels auf der anderen Straßenseite. Einen Versuch ist es wert.

Schon beim Betreten der Lobby werde ich von der Frau am Empfang ins Visier genommen. Abschätzig mustert sie mich. »Tut mir leid, Sie müssen sich ausweisen, um ein Zimmer zu buchen.«

Weiter zum nächsten Hotel. Auswahl gibt es rund um den Bahnhof genug. Wieder steht eine Frau am Empfang. Wieder scannt ihr Blick mich von Kopf bis Fuß. Mit deutlichem Unbehagen sucht sie im Computer nach einem freien Zimmer.

»Ich würde gerne sofort bezahlen«, sage ich.

Ich hole ein paar Geldscheine hervor, die im Rucksack bereits leicht zerknittert sind. Die Frau nimmt die Hände von der Tastatur, als hätte sie sich verbrannt.

»Tut mir leid, wir haben nichts mehr frei.«
»Gar nichts?«
»Nein.«
»Aber ich brauche ein Zimmer. Bitte schauen Sie noch mal nach.«

»Tut mir leid«, wiederholt sie, ohne einen Finger zu rühren.

Ich bin verzweifelt. Ich strecke ihr das Geld hin, sie weicht zurück. »Ich kann bezahlen, hier! Egal, wie viel. Bitte geben Sie mir ein Zimmer.«

»Ich sagte doch schon, es ist nichts mehr frei.«
»Das stimmt doch gar nicht.«
»Bitte gehen Sie jetzt. Wir können hier nichts für Sie tun.«

Sie stiert an mir vorbei. Zum ersten Mal fällt mir der Mann auf, der am anderen Ende der Lobby an der Bar steht. Er kommt hinter dem Tresen hervor und taxiert mich mit drohendem Blick.

»Schon gut«, sage ich schnell. Ich stecke die Scheine weg, verstecke mich in meiner Kapuze. »Schon gut, ich gehe. Ich gehe ja schon.«

Zurück auf der Straße. Inzwischen ist es dunkel geworden. Der Wind braust aus allen Richtungen. Zitternd halte ich den Mantel zu, während ich vor diesem Hotel stehe und nachdenke.

Eine Chance gibt es noch. Eine Billigabsteige in einer Seitengasse ums Eck. Sieht bereits von außen dreckig aus. Aber mit Absteigen kenne ich mich aus. Schlimmer als der Versorgungsraum kann es nicht sein.

Ich bin sehr vorsichtig beim Öffnen der Tür. Ich luge vorerst bloß hinein. Die Lobby ist klein, und der Schalter ist unbesetzt. Auf den Sofas neben dem Eingang sitzen Männer, die rauchen und Bier trinken. Nachdem sie mich kurz angeschaut haben, kümmern sie sich nicht mehr um mich. Ich wage mich an den Empfang. Aus dem Nebenraum kommt ein junger Mann. Er lächelt.

»Ein Zimmer für eine Nacht?«

Ich nicke euphorisch. Während er ein großes, schweres Buch hervorzieht, packe ich meine zerknitterten Scheine wieder aus.

»Das macht fünfundvierzig Euro.«

Ich gebe ihm das Geld. Er lächelt erneut, steckt die Scheine in eine Blechbox und trägt im dicken Buch etwas ein.

»Auf welchen Namen?«

»Linda.«

»Linda und weiter?«

Ich zögere.

»Linda Burghart vielleicht?«

Ich nicke.

»Dachte ich's mir doch.« Er schreibt noch etwas dazu und übergibt mir den Schlüssel. Kein Ausweis. Keine Rechnung. Dafür ein drittes Lächeln. »Zweiter Stock, Zimmer Nummer 48. Der Aufzug ist leider defekt. Die Treppe ist gleich dort hinten.«

Gekrümmt schleppe ich den Rucksack in den zweiten Stock. Die richtige Türnummer muss ich erst einmal suchen. Das Zimmer liegt versteckt am Ende des Korridors, und die Tür klemmt. Ich drücke mit der Schulter dagegen und stolpere in einen muffigen Raum mit nur einem Fenster. Bett, ein Tischlein mit Stuhl, ein kleiner Schrank, sonst nichts. Ein winziges Bad mit Kloschüssel und Spiegel. Als Erstes ziehe ich die Vorhänge zu, damit die Straßenlichter mich nicht blenden. Dann versperre ich die Tür mit dem Schlüssel und ziehe die Kette vor. Den Rucksack werfe ich auf den Boden. Ich gehe ins Bad, zerre mir die Kleider vom Leib und stelle mich unter die herrlich warme Dusche.

Mit dem Kopf zur Wand stehe ich eine Weile da. Die Augen geschlossen, regungslos. Im Schlachthaus war das die einzige erlaubte Position. Sie sagten, damit sie uns besser abspritzen können. Wer nicht artig war, wurde manchmal mit dem Schlauch bestraft. Auch das ist eine Art des Pfählens. Wenn der Wasserstrahl so hart ist, dass er kaputte Fliesen aus der Wand schlägt, fragst du dich allmählich, wieso du eigentlich so dumm warst und den Teller nicht leer gegessen hast. Oder was du sonst falsch gemacht hast. So viele Regeln, die ich erst lernen musste. Den Arzt bespuckt man nicht. Und Greta erzählt es weiter, wenn du sie um scharfe Rasierklingen bittest, mit denen du dir die Pulsadern aufschlitzen kannst.

Ich wasche den Straßenstaub aus meinem Haar und strecke das Gesicht für einige Sekunden in den Wasserstrahl. Dann beginnt das Wasser kalt zu werden. Ich steige aus der Duschkabine, trockne mich ab und habe mir eben ein Handtuch um den Körper gewickelt, da klopft es an meiner Zimmertür.

Ich stehe vor Schreck ganz still. Haben sie mich gefunden? Es klopft erneut. Ich drehe den Schlüssel herum, die Kette lasse ich dran. Durch den Spalt erkenne ich ein lächelndes Gesicht. Es ist der junge Mann vom Empfangsschalter.

»Entschuldigen Sie, dass ich Sie störe. Aber ich wollte Ihnen noch schnell sagen, dass Sie den Fön im Bad besser nicht benutzen sollten. Das Ding ist steinalt und löst ständig einen Kurzschluss aus.«

»Ist gut. Ich werde ihn nicht anrühren.«

»Ist sonst alles okay mit dem Zimmer? Haben Sie irgendwelche Fragen?«

»Nein, alles bestens. Danke, dass Sie vorbeigekommen sind.«

Ich möchte die Tür schließen. Er stemmt den Fuß in den Spalt.

»Ist wirklich alles in Ordnung?«, fragt er. Jetzt mit einem anderen Lächeln, einem hinterlistigen. Ich nicke hastig und drücke die Tür gegen seinen Fuß. Der Fuß rührt sich nicht. »Sie sehen verunsichert aus. Soll ich reinkommen und alles noch mal überprüfen?«

»Nicht nötig.«

»Denn wissen Sie, manchmal springt die Sicherung heraus, wenn man das Licht anmacht. Und Sie wollen doch bestimmt nicht in der Dunkelheit bleiben. Oder?«

Etwas in diesen Worten, die stille Drohung darin, schnürt mir die Kehle zu. Ich trete zurück, wie ferngesteuert. Durch den Spalt in der Tür greift eine Hand. Sie löst die Kette von außen, und knarrend schwingt die Tür auf. Im nächsten Moment ist er bei mir im Zimmer. Immer noch lächelnd. Er sieht sich um, betätigt mehrmals den Lichtschalter, sodass es dunkel wird und dann wieder hell, dunkel und wieder hell.

»Scheint nichts kaputt zu sein«, meint er.

»Hab ich doch gesagt. Es ist alles in Ordnung.«

»Sicher?« Er kommt auf mich zu.

Unter dem dünnen Handtuch bricht mir der Schweiß aus. Ich knalle mit dem Rücken an die Wand. Er bleibt stehen und sieht langsam meinen Körper hinab.

»Hm. Etwas dünn. Das Handtuch, meine ich. Ihnen muss kalt sein.«

»Ich wollte mich gerade anziehen«, krächze ich.

Er geht weiter, immer tiefer ins Zimmer hinein, vor dem Spiegel bleibt er stehen. Ich versuche etwas darin zu erkennen; etwas, das man bei Licht nicht sieht. Manche Dämonen besitzen die Gabe, ihre teuflische Gestalt zu verschleiern. Wer sie wirklich sind, erkennt man dann bloß an ihrem gehörnten Spiegelbild.

Er dreht sich weg vom Spiegel. Er betrachtet mein Bett, als stelle er sich vor, wie ich darin aussehen würde. Schlafend, nackt, an Armen und Beinen gefesselt.

»Bitte gehen Sie jetzt. Ich möchte mich gerne ausruhen.«

»Ich glaube nicht, dass du das willst.«

»Was?«

»Wie viel?«

»Ich verstehe nicht.«

Er lacht. »Komm schon. Ich meine, du bist doch ... oder etwa nicht? Jetzt sag schon, wie viel? Sagen wir, zwei Stunden, und ich erlasse dir den Zimmerpreis?«

Etwas passiert. Die Angst, sie ist plötzlich nicht mehr da. Dafür Wut. Höllenzorn. Dieses widerliche Arschloch.

»Raus hier.«

»Jetzt spiel hier nicht das verschreckte Mäuschen. Okay, eine Stunde.«

»Hau ab, du Drecksau!«

»Ernsthaft? Du willst das Zimmer wirklich bezahlen? Sorry, aber du siehst nicht aus wie jemand, der so ein Angebot ausschlagen sollte.«

»Sofort raus hier! Los, raus! Verschwinde!«

»Schön, dann zahl dein verkacktes Zimmer eben selbst, du Schlampe. Morgen früh um acht bist du draußen, oder ich schmeiße dich und deinen verlausten Rucksack auf die Straße.« Er geht.

Ich werfe die Tür zu, drehe den Schlüssel, presse mich dagegen, wie manisch. Die Schritte auf dem Gang entfernen sich. Einige Zeit bleibe ich so stehen, mit dem ganzen Körper gegen die Tür gestemmt, und lausche, ob er zurückkommt. Es bleibt still.

In zwei Minuten bin ich angezogen. Der Rucksack

ist geschultert, die Lippen sind versiegelt. Überrascht glotzt er hinter seinem Empfangsschalter hervor.

»Bis acht ist es noch ein Weilchen, Schätzchen! Kein Grund, sich zu hetzen.«

»Fick dich.«

Die Männer auf den Sofas lachen. Ich marschiere in die Kälte und drehe mich nicht mehr um. Dann eben zurück in die Nacht. Das Geld soll er behalten. Soll er ersticken daran.

11

»He, du, Kleine. Ist alles in Ordnung? Brauchst du Hilfe?«

Ich stehe an der Straßenecke, unter dem offenen Mantel zittert mein ganzer Körper. Seit Stunden bin ich der Kälte und der Finsternis ausgeliefert. Es ist kurz vor drei Uhr nachts. Um drei Uhr nachts kommen die Dämonen raus. Wäre ich doch in diesem Hotel geblieben. Jetzt habe ich keine Wahl mehr. Ich brauche ein Dach über dem Kopf.

»Hast du eine Wohnung?«, frage ich.

Der Mann im Auto runzelt die Stirn. »Was soll die Frage?«

»Wenn du mich mit zu dir nimmst, darfst du alles mit mir machen, was du willst.«

»Was?«

»Du hast mich schon verstanden.«

Er mustert mich schweigsam, entriegelt die Tür und winkt mich zu sich ins Wageninnere. »Steig ein, ich fahr dich aufs nächste Polizeirevier.«

Ich weiche zurück. »Nein! Keine Polizei! Ich hab nichts getan!«

»Dann eben ins Krankenhaus. Hier draußen erfrierst du doch.«

»Auch nicht ins Krankenhaus! Bitte! Ich brauche bloß einen Schlafplatz, mehr nicht. Nur für ein paar Stunden, dann bist du mich los.«

»Es gibt dafür Anlaufstellen, ich kann dich auch dorthin bringen, wenn du willst.«

»Nein, du verstehst nicht. Ich kann dort nicht hin. Ich muss ... ich muss über Nacht nur irgendwo unterkommen, das ist alles. Gleich morgen früh bin ich wieder weg, ich schwöre es! Bitte!«

»Kleine, nimm's mir nicht übel, aber ich lasse dich sicher nicht einfach so zu mir in die Wohnung.«

»Bitte!«, wiederhole ich. Er muss mich für verrückt halten, aber er hat ein gutes Herz. Man sieht es in seinen Augen, die mich auf die gleiche mitleidige Art anschauen wie Jiris. Er ist kein Teufel, kein gehörntes Monster, das nach meinem Blut trachtet. In einer Stadt, wo hinter jeder Ecke die Verdorbenheit lauert, ist es immer noch die sicherste Alternative, zu diesem Fremden in den Wagen zu steigen.

»Nur für diese eine Nacht«, sage ich. »Bitte nimm mich mit. Ich brauche sonst nichts, ich will nur mitkommen, okay?«

»Du hast doch nichts ausgefressen, oder?«

Ich schüttle den Kopf, er überlegt. Schließlich nickt er, und ich steige ein.

»Gehört der Rucksack da dir?«, fragt er, während er Gas gibt.

»Ja.«

»Wirklich? Nicht geklaut?«

»Bist du Polizist, oder was?«

Er antwortet nicht mehr. Über die gelbe Ampel rast er drüber. Ich lehne den Kopf an die Scheibe und schließe die Augen. Ich bin so müde. Die Musik aus den Boxen höre ich kaum. Wir fahren um die Kurve. Dann wird er langsamer. Eine Garageneinfahrt. Der Motor geht aus. Die Musik verstummt, und er beugt sich zu mir herüber. Wortlos löst er meinen Gurt.

»Wohnst du allein?«, frage ich.

»Klar, sonst würdest du jetzt immer noch an der Straßenecke stehen. Komm jetzt, wir müssen in den vierten Stock.«

Er steigt aus. Ganz plötzlich ist die Angst wieder da.

Kann ich ihm tatsächlich vertrauen? Sie sind überall. Sie haben Späher, mischen sich unter die Leute. Er könnte doch zu ihnen gehören, auch wenn er nicht so aussieht.

Er wartet, sein Gesicht verfinstert sich.

»Du kannst meinetwegen auch im Auto pennen«, sagt er und steckt die Wagenschlüssel ein. »Wenn du doch nicht mitkommen willst.«

»Nein, nein. Schon gut. Ich komme mit nach oben.« Ich steige aus dem Wagen und folge ihm.

12

Es ist eine Dachgeschosswohnung. Fenster und Tür sind mit Brettern vernagelt. Er hat mich eingesperrt, hier in dieser Wohnung. Auf dem Untersuchungstisch liegt ein Messer. Er wird mich damit aufschneiden. Mir Arme und Beine abnehmen wie dem kümmerlichen Ding auf der Trage nebenan. Alles hat er ihr abgesägt, bloß der Torso liegt noch da. War das einmal Fairy? Die Tür zur Küche öffnet sich. Dort steht er und rührt in einem Topf. Pfeift ein Liedchen, während die Suppe brodelt, in der er mich kochen wird. Er langt mit dem Kochlöffel in den Topf und zieht ein tropfendes Haarbüschel heraus. Schlürfend probiert er die Brühe.

»Fehlt noch Salz«, sagt er.

Eine Erschütterung schleudert mich umher. Hände, die mich packen und schütteln. Stöhnend reiße ich die Augen auf.

»So, Kleine, ich muss dich jetzt leider rauswerfen. Es wird Zeit.« Er steht in Hemd und Krawatte am Bett und schlägt meine Decke zurück. »Tut mir wirklich leid, aber ich muss noch die Bettwäsche wechseln, bevor ich aufbreche, also mach mal ein bisschen zackig.«

Erneut ein Schlürfen. Aber es ist keine Suppe, bloß Kaffee in einem Becher. Die ganze Wohnung duftet danach.

»Hast du schlecht geträumt?«, fragt er, während ich mich aufsetze. »Du hast im Schlaf geredet.«

»Mir geht es gut.«

Er nickt, betrachtet mich nachdenklich und geht dann in die Küche zurück, um den Becher in den Abwasch zu stellen.

Verschlafen suche ich meine Kleidungsstücke zusammen. Die Unterwäsche, die Jeans, den Pulli, den ich schon seit zwei Tagen trage. Das Laken ist komplett durchgeschwitzt. Er hat mir das Bett überlassen, während er mit der ausziehbaren Couch vorliebgenommen hat. Solche Güte ist beinahe verdächtig. Ich frage, ob ich das Badezimmer benutzen kann. Er nickt. Ich dusche schnell und ziehe mich an. Als ich rauskomme, steht er mit ein paar Zwanzig-Euro-Scheinen vor mir.

»Hier, ich glaub, die kannst du gut gebrauchen.«

»Du musst mir nichts geben, ehrlich. Ich komme schon klar.«

»Versprich mir einfach, dass du keine Drogen davon kaufst, okay?«

Er drückt mir das Geld in die Hand und beginnt mit dem Wechseln der Bettwäsche. Ich zähle fünf blaue Scheine und möchte jubeln wie ein Kleinkind. Damit lässt sich was anfangen. Ein günstiges Hotel, neue Kleidung und etwas zu essen. Verstohlen mustere ich ihn aus dem Augenwinkel. Offenbar bin ich tatsächlich an die einzige gute Seele im Umkreis von hundert Kilometern geraten. Ich könnte fragen, ob er einen Blowjob will. Oder etwas anderes in diese Richtung. Dann springt vielleicht ein Scheinchen mehr raus. Aber dass ich und meine schmutzigen Gefälligkeiten hier genauso unerwünscht sind wie eine Küchenschabe oder ein Fleck auf seinem weißen Hemd, ist mir klar. Es wird Zeit, aufzubrechen, eine neue Bleibe zu finden. Wahrscheinlich wird es wieder ein Loch mit Rohren und Ungeziefer. Nicht so wie hier. Alles ist sauber und ordentlich, wie er. Gesittet. Ein Ort, an dem ich nicht bleiben kann.

Bevor ich zur Tür hinaus bin, ruft er mir noch einmal nach.

»Warte, ich möchte dich was fragen. Kennst du das Funkhaus?«

Das Funkhaus. Beinahe hätte ich es vergessen. Es war mal mein Zuhause, damals mit Shark. Ich wollte doch vorbeischauen. Ich wollte so tun, als hätte ich keine Angst davor, an jenen Ort zurückzukehren, der einer Heimat noch am nächsten kommt.

Was, wenn er dort ist? Ich kann ihn noch nicht wiedersehen. Nicht, solange ich nachts wach liege und morgens aus blutverschmierten Träumen erwache.

»Du könntest mir nämlich einen Gefallen tun. So als kleine Wiedergutmachung.« Er ist zu mir an die Tür gekommen. Er trägt jetzt ein Sakko und eine Laptoptasche.

»Soweit ich weiß, suchen die dort immer neue Mädchen. Ist ein richtiges Kommen und Gehen. Keine Ahnung, vielleicht wäre das ja was für dich. Falls du einen Job brauchst.«

»Wieso sagst du mir das?«

»Wenn du dort bist, kannst du dich für mich nach jemandem erkundigen? Sie nennt sich Flo.«

»Deine Lieblingshure?«

Er grinst schief, doch es wirkt gestellt. Meine Frage hat ihn verärgert. »Tu mir einfach den Gefallen und hör dich ein bisschen nach ihr um. Hab lange nichts von ihr gehört. Vielleicht kannst du ja was rausfinden.«

Ich nicke, und er drückt mir eine Karte mit seiner Nummer in die Hand. »Damit kannst du mich erreichen.«

»Ich werde schauen, was ich herausfinden kann.«

Gemeinsam verlassen wir die Wohnung. Er mit der Laptoptasche, ich mit meinem zerfledderten Rucksack, in dem sich mein ganzes Leben befindet. Vor dem Ausgang des Wohngebäudes bleibt er stehen, und ich begreife, dass ich vorausgehen soll. Damit niemand uns zusammen sieht.

»Mach's gut«, sage ich.

»Geh zum Funkhaus!«, ruft er mir nach. »Und vergiss nicht, nach Flo zu fragen.«

Ich lasse den Mann im Treppenhaus zurück. Sonnenlicht und Wärme schmettern wie Kugelhagel auf mich ein. Sofort ziehe ich mir die Kapuze über den Kopf und suche Zuflucht im Schatten einiger Bäume. Hinter einer Mauerecke versteckt warte ich. Er verlässt das Haus wenige Minuten nach mir. Er fährt mit dem Bus. Wie vorbildlich. Der Vorzeigebürger mit der staubfreien Wohnung. Jetzt um einige Scheine ärmer. Verübt in einem Moment gute Taten und vernascht im nächsten Atemzug kleine Huren namens Flo. Flo aus dem Funkhaus. Herr Saubermanns kleine Bettgeschichte. Auf meinen Lippen zuckt ein Lächeln. Solche Typen sind Peanuts. Leicht zu handhaben. Die haben keine Hörner, nur Geld.

Das Funkhaus also. Heute Nacht. Das Funkhaus.

13

Die Stadt flimmert und gibt Hitze ab. Eine feuchte, dampfende Hitze, als würde im Inneren etwas gekocht werden, Menschenfleisch. Je tiefer man in die Stadt vordringt, desto dunkler werden die Straßen. Gestalten tummeln sich in den Ecken, zusammengerottet wie Insekten unter einem Stein. Es gab eine Zeit, da gehörte ich zu ihnen, war mittendrin in diesem Gewirr, das dir tagsüber alle Kräfte raubt und dir in den Stunden der Nacht Schutz bietet. Und Schutz ist bitter nötig in einer Gegend wie dieser. Bordelle, Nachtclubs und miese Spelunken stehen hier in Reih und Glied. Polizeisirenen und das Brüllen der Betrunkenen vertreiben die Ruhe der späten Stunde. Aber es gibt auch Zusammenhalt. Ein nahezu unzerstörbares Geflecht aus Kriminalität, das uns alle miteinander verbindet. Ob wir es wollen oder nicht.

Zentrum des wilden Treibens ist das dreistöckige weiße Gebäude mit der roten Eingangstür, das in der ganzen Stadt bekannt ist. Nahezu jeder war hier bereits Gast. Vom Straßenkehrer bis zum Bürgermeister. Sie alle schätzen das Wunderland, das hinter der roten Tür wartet und niemals geschlossen hat.

Als ich das erste Mal vor diesem Gebäude stand, war ich dreizehn. Obdachlos, verstört, allein, auf der Flucht.

Wie wenig sich seitdem verändert hat. Immer noch obdachlos. Verstört. Allein und auf der Flucht. Nur das Herz schlägt inzwischen ein wenig langsamer. Gebremst vom Gewicht der Gräueltaten, die ich wie eine Kette hinter mir herziehe. Dreizehn Jahre war ich alt.

Ein Kind, das Hilfe brauchte und diese Hilfe auch bekam. Dort hinter der roten Tür.

Der Koloss hinter dem Empfangsschalter winkt mich einfach durch. Offenbar haben Frauen immer noch gratis Zutritt zu Sharks schmutzigem Höllenkabinett. Ich passiere die Garderobe, ohne meinen Mantel abzugeben, und folge dem schmalen, schwach beleuchteten Gang bis zu einer Tür mit einem violetten Samtvorhang. Hinter diesem Vorhang wartet das Chaos. Laute Musik, Spotlights und Unmengen von Menschen. Es scheint heute Nacht eine Veranstaltung zu geben. Alle sind mit Masken unterwegs. Die halb nackten Kellnerinnen gehen von Tisch zu Tisch und servieren Drinks, es ist eng, die Luft riecht süßlich, alles ist rot. Rote Wände, rote Möbel, roter Boden, rot wie Blut. Die Luft fühlt sich samtig an, als hätte auch sie etwas von der klebrig roten Farbe angenommen, hätte sich vollgesogen mit dem Schweiß, der Gier und der Perversion, die von jedem Einzelnen hier ausgedünstet werden.

Kein einziges vertrautes Gesicht. Jeder hier ist mir fremd. In der Mitte des riesigen Raumes bleibe ich stehen. Was früher so normal für mich war, wirkt plötzlich abstoßend und beängstigend: Da hängen Käfige von der Decke. Hoch und schmal, gerade breit genug für eine Person. An schweren Ketten befestigt, schweben sie im Raum und schwingen im Eifer der Tänzerinnen leicht hin und her. Acht Käfige sind es, heute Nacht voll besetzt. Auch ich war einmal eine Käfigtänzerin. Nur die beliebtesten Mädchen durften das Publikum auf diese Weise unterhalten. Mir gefiel es. Es war Freiheit, hinter den Gitterstäben konnte ich machen, was ich wollte. Niemand darf die Käfige berühren. Sie sind tabu, bloß zum Anschauen da, ein Vorgeschmack auf das, was in den oberen Stockwerken auf dich wartet, sofern du es dir leisten kannst.

Ich schaue von Käfig zu Käfig. Von Gesicht zu Gesicht. Mein Blick bleibt an zwei schwarzen Hörnern hängen, an der dunkelroten bestialischen Fratze, die zwischen den Gitterstäben auf mich herabglotzt. *Geist?*, denke ich erstaunt und trete näher.

Ein schlanker, halb nackter Körper beugt sich zu mir herab. Der Junge im Käfig hebt die Maske an und schaut mir ins Gesicht. Ein Gefühl sagt mir, dass ich ihm helfen sollte, ihn von dort oben rausholen, dabei ist der Käfig der einzig sichere Ort vor der Meute. Er lächelt und streckt den Arm zu mir nach draußen. Schon kommen sie herangestürmt, stoßen mich beiseite, als hätte irgendjemand zum Essen gerufen. Gerade rechtzeitig kann der Junge die Hand zurückziehen, bevor sie ihn packen und annagen können. Streck niemals die Hand aus dem Käfig. Die da draußen sind Raubtiere. Ich weiß nicht, warum er es getan hat. Vielleicht hat er mir ja angesehen, dass wir Geschwister sind, derselben kranken Familie angehören. Ich schaue ihm eine Weile zu. Seine Bewegungen, sein Blick, das alles ist hypnotisch. Er hat sich die Maske wieder aufgesetzt, aber dahinter sehe ich seine Augen. Auch er hört nicht auf, mich anzusehen.

Das Licht geht aus, und die Musik verstummt. Applaus. Jubel. Warten auf die nächste Show.

Es entsteht Bewegung im Raum. Die Leute wollen zur Bar oder auf die Toilette. Durch die ausschwärmende Menge kämpfe ich mich bis an den langen Tresen vor, wo die Schlüssel für die Zimmer ausgegeben werden.

Ein Typ mit orange gefärbten Haaren und Kaugummi im Mund empfängt mich. Ich kenne ihn nicht.

»Ist Shark da?«, frage ich.

»Wer?«

»Shark.«

»Sagt mir nichts.«

Dann muss er den Laden verkauft haben. Aber wieso? Das Funkhaus ist eine Goldgrube. Ich überlege. Es wäre wohl zu schön gewesen, wenn es tatsächlich so leicht gegangen wäre. Einfach zur Tür hereinspazieren und nach ihm fragen. Nach all den Jahren. Ich betrachte die Schlüssel, die hinter dem Typen an Haken an der Wand hängen. Fünfzig Schlüssel. Für fünfzig Zimmer. Eine Nummer sticht mir ins Auge.

»Wer ist auf Nummer 13?«, will ich wissen.

»Das ist Stars Zimmer.«

»Ich will sie buchen.«

»Ihn. Star ist ein Kerl.«

»Gut, dann eben ihn. Was kostet die ganze Nacht?«

»Die ganze Nacht? Hör mal, kleine Lady, ich glaub nicht, dass du dir das leisten kannst. Star ist teuer.«

»Wie viel?«, frage ich gereizt.

Er murrt angepisst und gibt in seinem Computer etwas ein. »Tausendzweihundert. Aber nur das Light-Paket. Kein SM, keine Fäkalien und keine zusätzlichen Personen. Falls du upgraden willst, käme das auf eine Gesamtsumme von –«

»Das Light-Paket reicht völlig.«

»Dreitausendsechshundert«, beendet er seinen Satz. »Exklusive Steuer.«

»Ich nehme das Light-Paket.«

»Bist du sicher?«

»Ja, das bin ich.«

»Schön. Der nächste freie Termin ist in sechs Wochen. Soll ich dich auf die Warteliste setzen?«

»Die Warteliste kannst du dir sonst wohin stecken. Ich bezahle sofort und in bar, also hab ich Vorrang.«

»So funktioniert das nicht.«

»Klar funktioniert das so. Hier hast du das Geld.« Zerknitterte Scheine landen in einem wirren Haufen auf dem Tisch. »Jetzt gib mir schon den Schlüssel.«

Er wirkt überrascht, wendet aber nichts mehr ein. Er zählt die Scheine gewissenhaft durch, überprüft, ob sie echt sind, und stopft sie in die Kassenlade. Das Gerät spuckt einen Beleg aus, den er mir kaugummikauend übergibt. Ich soll etwas unterschreiben. Der Länge nach zu urteilen ist das die zehnseitige Verzichtserklärung, die schon zu meiner Zeit für lange Gesichter gesorgt hat. Ich lese sie mir nicht durch, ich kenne die Regeln hier. Ich unterschreibe mit Linda Burghart und stecke den Beleg in meine Manteltasche.

»Schlüssel«, sage ich.

Ein schäbiges Grinsen. »Ein bisschen musst du dich noch gedulden. Er hat gerade Pause. Ich schick ihn zu dir, sobald er zurück ist. Warte doch einstweilen bei der Bar. Die nächste Show fängt gleich an.«

Bei der Bar warten. Bis der Stricher, für den ich soeben den Großteil meines Budgets verbraucht habe, von seiner Pinkelpause zurück ist. Meinetwegen.

Ich bestelle mir bei der in Latex gehüllten Barkeeperin ein Glas Mineralwasser, das ich reglos mit Blick auf die Barrückwand trinke. Minuten vergehen. Die Käfige werden neu besetzt. Spotlights beginnen zu blinken und zu blitzen.

Mein großherziger Wohltäter fällt mir ein, mein Retter in letzter Sekunde. Ich wende mich noch mal an die Barkeeperin. »Arbeitet hier eine gewisse Flo?«

»Sorry, du musst etwas lauter reden! Wie war der Name?«

»Flo!«

»Nicht dass ich wüsste. Ich mach den Job aber auch noch nicht so lange. Frag mal Speedy.« Sie deutet auf den Typen hinter der Schlüsseltheke.

Ich winke ab. Immerhin habe ich es versucht. Ich muss meine Gedanken fokussiert halten. Shark habe ich nicht gefunden, aber vielleicht hat er mir ja etwas hinterlassen. Ein Stückchen Vergangenheit, das die leeren Flecken in meinem Gedächtnis wieder füllt.

Jemand taucht neben mir auf. Pünktlich auf die Sekunde steht meine tausendzweihundert Euro teure Errungenschaft vor mir, einen guten Kopf größer als ich, aber schmal, fast ein bisschen androgyn. Blitzblaue Augen strahlen mich an, als hätte ich eine Geburtstagstorte mitgebracht. Es ist der Junge aus dem Käfig. Jetzt ohne Maske und mit ein bisschen mehr Stoff am Körper. Das ist also Star. Wenn ich mir sein Lächeln so anschaue, hält er das hier nicht für einen Zufall. Shark würde jetzt sagen: Gute Arbeit, Kleiner. Ein Blick, und sie bucht dich für die ganze Nacht. Weiter so.

»Ich habe noch keinen Schlüssel bekommen«, beginne ich.

Er hält etwas Klimperndes hoch und kräuselt beim Grinsen seine Nase. Ein hübscher Junge. Wahrscheinlich nur halb so alt wie ich. Aber wer weiß schon, wie alt ich bin.

»Musst du gar nicht mehr in den Käfig?«, frage ich, als die Lichtshow von Neuem beginnt.

Er schüttelt den Kopf und beginnt zu gestikulieren. Schnelle, komplexe Bewegungen mit den Händen, denen ich kaum folgen kann. Gebärdensprache. Mein Luxus-Stricherjunge kann nicht sprechen. Kein Wunder, dass er so teuer ist. Schweigsame Sexspielzeuge sind selten.

»Tut mir leid, aber ich verstehe dich nicht«, unterbreche ich ihn.

Er wirkt etwas verwirrt, lächelt aber wieder und deutet mit einem Nicken zum Treppenaufgang auf der anderen Seite.

Ich gehe voraus. Ich kenne den Weg. Über die Treppe hoch in den ersten Stock. Das Zimmer mit der Nummer 13 liegt am Ende des Ganges. Ein langer Gang mit vielen, vielen Türen. Hundertmal entlanggegangen. Immer in fremder Begleitung. Auf dem Weg ins Zimmer lässt sich gut auf den Charakter eines Menschen schließen. Manche sind nervös, wissen kaum, was sie tun sollen, ob sie dich jetzt schon anfassen dürfen oder erst später, ob sie reden oder still sein sollen, und vor lauter Aufregung vergessen sie völlig, warum sie eigentlich hier sind, und kriegen am Ende nicht mal einen hoch. Andere strotzen nur so vor Selbstvertrauen, würden dich am liebsten huckepack nehmen und mit dir durch Wände laufen. Und es gibt jene, die ganz gelassen sind, weil sie das schon oft gemacht haben und es kaum noch etwas gibt, das sie befriedigt. Das sind die Schwierigsten. Die von allem sofort gelangweilt sind und dementsprechend viel von dir verlangen.

Ich frage mich, was Star von mir erwartet, als ich zielsicher auf die letzte Tür zusteuere und ungeduldig darauf warte, dass er aufsperrt. Ich habe mir mit der Zeit ein Pokerface angeeignet, doch sein Gesicht verrät viel. Vielleicht deshalb die Maske im Käfig. Vielleicht hat er sie deshalb auch abgenommen, in dem kurzen Moment, nur für mich, um mir zu zeigen, was er denkt. *Ich will dich vögeln* – ich weiß, wie sich das anfühlt. Wenn aus der konturlosen Masse jemand heraussticht, den du länger ansiehst als die nötigen Sekunden während Begrüßung und Abschied. Es ist selten. Wie Star, eine Rarität.

Der Schlüssel dreht sich, die Tür geht auf. Plötzlich stehe ich in meinem alten Zimmer. Wo ich gelebt habe. Wo meine Sachen waren, mein kleines Hab und Gut. Wo ich meine Unschuld verloren und neue Freunde gewonnen habe.

Natürlich ist nichts mehr davon da. Alles sieht anders aus. Die Farbe der Wände, die Möbel und wie sie im Zimmer standen. Selbst der Geruch hat sich verändert. Ich gehe in die Zimmermitte, stelle mich unter die Lampe, die als Einziges noch dort ist, wo ich sie vermutet habe. Obwohl mir nichts vertraut ist, spüre ich in diesem Raum einen Sog. Die Vergangenheit scheint nach mir zu rufen, die verschütteten Erinnerungen brechen zaghaft aus ihrem Grab.

Ich schließe die Augen. Ich weiß, hier ist noch irgendwas. Irgendetwas, das mir gehört. Das mir helfen wird, den Weg nach Hause zu finden.

Das Zufallen einer Tür. Schritte in meinem Rücken. Star legt den Schlüssel weg, packt mich bei den Hüften und fängt an, meinen Hals zu küssen. Ich schiebe ihn weg und setze meinen Streifzug durch das Zimmer fort. Das Bett ist größer als meins. Und alles ist schwarz, die Bettwäsche, die Polsterung der Sitzmöbel, der Teppich, die Vorhänge. Mein Zimmer war weiß. Ein jungfräuliches Zimmer für den Engel mit den Rekordzahlen. Meistgebucht, meistbezahlt, meist, meist, meist. Jetzt hat Star meinen Platz eingenommen. Es war bestimmt nicht seine Entscheidung, alles in Schwarz zu dekorieren. Wahrscheinlich fand irgendein Manager, dass es zu ihm passt. Man spielt hier eine Rolle. Star kennt seine Rolle. Er versucht es erneut, kommt mir nach und will mich küssen. Ich weiche ihm aus und halte ihn auf Abstand.

»Hör zu, du musst das nicht machen. Ich bin nicht deswegen hier. Ich will mich nur im Zimmer umschauen.«

So etwas hat er offenbar noch nie gehört. Ich vergrabe die Hand in meinem Rucksack und ziehe einen meiner letzten Scheine heraus.

»Hier, nimm den. Geh doch runter und iss etwas. Auf meine Kosten. Ich gebe dir frei, okay?«

Er betrachtet den Zwanzig-Euro-Schein, den ich ihm in die Hand gedrückt habe. Dann schaut er zurück in mein Gesicht, die Augen voller Fragen. Der Käfig, die Blicke, das Lächeln, all das ist Performance. Er verdient damit sein Geld, vierundzwanzig Stunden pro Tag. Sag einem Hund, der sein Leben lang an der Kette hing, er solle laufen, und er wird dich nicht weniger verzweifelt und verständnislos anschauen.

»Jetzt mach schon«, dränge ich. »Geh, geh raus oder was auch immer du möchtest! Du hast frei für heute. Tu einfach, worauf du Lust hast.«

Er scheint immer noch nicht zu kapieren. In seinen Ausdruck mischt sich Panik. Er will mir den Zwanzig-Euro-Schein zurückgeben, fasst nach meiner Hand, möchte mich zum Bett zerren, irgendwie muss er das hier durchziehen, sonst bringt sein Zuhälter ihn wahrscheinlich um. Erneut schiebe ich ihn weg, und er steht da wie erstarrt.

Großartig. Ich und ein abgewiesener Stricher. Weil ich nicht länger von diesen verwirrten Augen angestarrt werden will, lasse ich ihn stehen und gehe raus auf den Balkon.

Der Ausblick ist etwas vertrauter. Hochhäuser erhellen den Nachthimmel, und mir fällt ein, wie oft ich früher auf diesem Balkon stand und mir vorstellte, ich würde einmal in einem dieser Häuser leben. Mit einem Mann, der viel Geld verdient und uns eine Wohnung im obersten Stock gekauft hat. Es war ein verrückter Traum, das wusste ich schon damals. Ich hätte mich auch mit weniger zufriedengegeben. Solange ich Shark hatte, war mir jede Baracke gut genug.

Ich lehne mich ans Geländer und ziehe die kalte, stinkende Luft ein. Ich muss nachdenken. Mich erinnern. Ich schließe die Augen. Die Treppe hoch, den Gang entlang, nach hinten zu Tür Nummer 13. Was kommt dann? Ich weiß es doch, verflucht. Durch die Tür und in den Raum. Der Raum. Der weiße Raum, der nun schwarz ist. Erinnere dich. Durch die Tür und in den Raum. Hinter das Bett. Nein, nicht hinter das Bett. Daneben. Im Boden, die Dielen. Ein Geheimversteck. *Mein* Geheimversteck! Jetzt weiß ich es wieder.

Ich reiße die Augen auf und stürme zurück ins Warme.

Ich habe ihm gesagt, er soll tun, worauf er Lust hat. Was ihm als Erstes einfällt, wenn eine komplett Verrückte ihm für eine ganze Nacht Freiheit erkauft. Er hat sich dafür entschieden, schlafen zu gehen.

Bäuchlings liegt er da und rührt sich nicht. Sein rechter Arm hängt über die Kante. Das Gesicht ist tief im Kissen versunken, als wäre er aufs Bett gefallen und einfach so liegen geblieben. Wer weiß, wann er das letzte Mal geschlafen hat. Wer weiß, wie viele Fremde er für gewöhnlich küssen muss, ehe dieses Bett nur mehr ihm allein gehört.

Ich versuche ganz leise zu sein. Ich will ihn nicht wecken, denn er soll nicht sehen, was ich tue.

Es ist noch an derselben Stelle. Der Riss in der Diele, ein kleiner Spalt, gerade groß genug, um mit dem Finger hineinzugreifen. Wie damals ist es erstaunlich leicht. Ein schwacher Zug reicht schon aus. Ich halte vor Angst den Atem an. Ein dunkles, kleines Loch. Ein Bunker, in dem all meine Träume lebten. Ich hatte eine Schatulle mit Geld, mit Schmuck, aber das Wertvollste waren die Fotos. Bilder von meinen Eltern, dem Haus, dem Leben, das ich nie hatte. Alles weg. Das Loch ist leer. Ausgeräumt, gestohlen.

Shark.

14

Ich halte eine tote Fliege in der Hand. Sie lag in dem Loch. Ganz hinten im Eck. Eine tote Fliege ist alles, was von meinem Schatz noch übrig ist.

Irgendjemand hat die Dielen geöffnet. Jemand, der wusste, wo er zu suchen hat. Der mir um jeden Preis alles wegnehmen wollte, alles, was ich noch hatte, obwohl ich nichts mehr hatte.

Ich muss gehen und herausfinden, wo er ist. Wohin er sich abgesetzt hat. Mit meinen Erinnerungen. War ihm mein Herz nicht genug? War ihm das blutende Herz im Aquarium nicht genug?

Ich brauche Hinweise, bevor ich losziehe. Sein Büro unten im Keller. Unter den Lüftungsschächten, eingebettet in Lärm. Er liebte es. Es gab Tage, da wollte er gar nicht mehr rauskommen. Er hörte Musik und betrachtete stundenlang sein Aquarium. Einige Male besuchte ich ihn dort unten in seinem Bunker. Ich wollte nicht, dass er einsam war. Ich wollte so sehr von ihm geliebt werden. Alles hätte ich für ihn getan.

Vielleicht sind die Unterlagen noch da. Papiere, Verträge. Kontrollen gibt es überall, selbst im chaotischsten Teil der Stadt. Er musste eine Akte für mich anlegen. Ganz offiziell. Da drin stand die Wahrheit. Alles, was ich wusste, hatte ich ihm erzählt. Ich muss diese Akte finden.

Im Haus wird es ruhiger. Die Hauptshows sind vorbei. Die Schlüssel sind vergeben. Zeit für den Schlussakt, das große Finale. Tausendzweihundert Euro pro Nacht. Light-Paket. Kein einziges Mal hat er sich bewegt, seit er hier liegt. Ich lege mich zu ihm, betrachte die Zimmerdecke, höre zu, wie er atmet. Ich muss warten. Noch ist es nicht ruhig genug. Noch ist der Vorhang nicht gefallen. Star seufzt leise im Schlaf. Vielleicht sollte auch ich ein wenig schlafen. Um der alten Zeiten willen, in meinem neuen schwarzen Zimmer. Nur ein bisschen. Mir fallen die Augen zu.

Ein Mädchen steht vor dem Bett. Die Haare sind so lang und dunkel, wie es meine früher waren. Sie ist dürr und bleich wie ein vereister Stock. In ein weißes Nachthemd gehüllt, unter dem sich ihre Rippen und die winzigen Brüste abzeichnen. Ihre eisblauen Augen sind riesengroß. Sie betrachtet mich, als wäre ich ihr Frühstück. Als wolle sie ihre Zähne in mich versenken. Ich richte mich auf.

»Wer bist du?«, will ich wissen. »Wie bist du hier reingekommen?«

Sie hebt einen Block und beginnt zu schreiben.

Ich verstehe das nicht. Die Tür kann man von außen ohne Schlüssel nicht öffnen. Es ist unmöglich. Sie muss schon hier gewesen sein, als wir das Zimmer betreten haben. Versteckt irgendwo in diesem Raum. Die ganze Zeit war sie hier. Dieses gespenstische, dürre Vampir-Mädchen. Star liegt schlafend neben mir. Sie zeigt mir den Block, und ich lese angespannt die Worte.

Geh weg! Lass ihn in Ruhe! Ich töte dich, wenn du nicht weggehst.

»Wer bist du?«, frage ich noch mal.

Wütend kratzt der Stift über das Papier. Sie schreibt nun schneller, wie manisch.

Hau ab, oder ich ramm dir den Stift ins Auge!

»Jetzt beruhig dich mal.«

Hau ab! Verschwinde! Du tust ihm weh!

»Niemand tut hier irgendwem weh. Ihm geht es gut, siehst du das nicht? Dank mir kann er schlafen.«

Sie schleudert den Block zu Boden, dass es knallt. Mit einem Mal sausen ihre Hände durch die Luft, auf die gleiche komplexe Art wie bei Star, ihr Mund ist weit geöffnet, obwohl kein Laut herauskommt. Nur die stumm brüllenden Handzeichen in der Luft.

Star bewegt sich. Mein Herumwühlen im Boden konnte ihn nicht wecken, aber das lautlose Gebrüll dieses Mädchens reißt ihn aus dem Schlaf. Kaum dass er sich hochgestützt hat, presst die Kleine die Lippen zusammen und bückt sich nach dem Block. Star blinzelt und springt aus dem Bett.

Ich habe noch nie einen Streit in Gebärdensprache gesehen. Flinke Bewegungen, zornige Gesichter, aber was fehlt, ist der Lärm. Das Ganze wirkt seltsam ästhetisch. Schließlich verliert Star die Geduld, packt das Mädchen am Arm und wirft es raus. Das Klopfen ignoriert er zunächst, dann donnert er seine Faust gegen die Tür, und aufgebrachte Schritte trampeln den Gang hinunter.

Es ist wieder still. Es war die ganze Zeit still, aber nun ist es friedlich. Star entdeckt den Block, den das Mädchen im Streit erneut auf den Boden geschleudert hat, und setzt sich damit aufs Bett.

Das war meine Schwester, schreibt er. *Sie versteckt sich manchmal im Schrank. Ich hab ihr schon so oft gesagt, sie soll das nicht mehr machen.*

»Ist schon gut.«

Er hält inne, überlegt. Wir könnten uns jetzt unterhalten. Mit dem Block wäre das möglich. Er könnte alles schreiben, aber sein nächster Satz lautet: *Ich will mit dir schlafen.*

»Dann solltest du mir die tausendzweihundert Euro zurückgeben.«

Ein lautloses Lachen. Er drückt sich den Block an die Brust, sodass ich nicht sofort sehe, was er schreibt.

Er schreibt es sehr langsam. In Großbuchstaben. Und er unterstreicht es. Mehrmals.
BITTE!
»Wieso?«
Er zuckt mit den Schultern.
»Was wollte deine Schwester? Ist sie nicht viel zu jung, um hier zu arbeiten?«
Er stößt die Luft aus, fährt sich über den Kopf. Sein Haar ist ganz zerwühlt vom Schlaf. Dunkles Haar wie das seiner Schwester. So ein hübscher, hübscher Junge.
»Du hättest sie nicht rausschmeißen sollen. Wer weiß, wo sie jetzt herumstreunt.«
Er hebt den Block und tippt mit dem Stift vielsagend auf das letzte, große, zehnmal unterstrichene Wort.
»Aber nur das Light-Paket«, sage ich. »Und nur einmal. Okay, zweimal.«
Er nickt aufgeregt.
Ich lehne mich zurück, bis ich mit den Schultern die Bettwand berühre. Ich lasse es zu, dass er mir die Stiefel auszieht. Zuerst den rechten, dann den linken. Ich beobachte dabei aufmerksam sein Gesicht. Er öffnet meine Jeans, zieht sie vorsichtig nach unten. Den Slip auch. Seine Hände sind warm und sauber. Es fühlt sich nicht schmutzig an. Nichts, was er tut. Als er mir meine restlichen Sachen auszieht, warte ich auf seine Reaktion. Er sieht sie nicht. Die Narben, er kann sie nicht sehen. Weil sie in diesem Moment auch gar nicht da sind.
Das ist gut. Das ist sehr, sehr gut.

15

Ich schlafe nicht, ich halte mich bereit. Wenn es so weit ist, möchte ich keine Zeit verlieren. Während der letzten Minuten ist seine Atmung ruhiger und auch etwas lauter geworden. Sein Kopf ist gegen meine Schulter gesunken, das Gewicht seines Armes auf meinem Bauch wird schwerer. Er hält mich fest umschlungen. Der kleine Junge und sein neues Lieblingsspielzeug. Sonst ist er das Spielzeug. Behutsam schäle ich mich aus seiner Umarmung und suche im schummrigen Licht meine Kleidung zusammen.

Es muss jetzt sehr schnell gehen. Im Funkhaus gibt es keinen Zapfenstreich, bloß Ruhepausen. Das Geschäft läuft rund um die Uhr. Immer frische Ware, wie beim Bäcker. Ich schaue mich um, ob es etwas gibt, das ich einstecken könnte. Geld oder Schmuck oder Elektronik. Auf den ersten Blick nicht. Star besitzt nicht viel, die Möbel gehören dem Funkhaus, er selbst gehört im Grunde dem Funkhaus. Vielleicht hat er irgendwo ein kleines Versteck, in dem er Wertsachen hütet, aber er soll nicht aufwachen und ein leeres Loch im Boden vorfinden so wie ich. Es reicht schon, wenn man seine Würde, den Glauben an das Gute verliert. Er soll seine Sachen behalten.

Mit dem Rucksack verlasse ich das Zimmer. Der Gang schimmert rötlich, aus dem Erdgeschoss dringt aggressives Bassdröhnen. Dieses Haus ist ein Schlachtfeld, und die Krieger rasten bloß. Ich beginne zu marschieren. Zügig an den nummerierten Türen vorbei, zügig aus der verminten Zone. Ein Mann kommt mir auf der Treppe entgegen, sturzbetrunken ist er, und er meint offenbar, mich gegen die Wand drücken und befummeln zu müssen, weil Frauen in diesem Haus Freiwild sind.

»Auf genau dich hab ich gewartet. Gib mir einen Kuss.«

Feuchter, nach Bier riechender Atem kondensiert auf meinem Gesicht. Er packt seinen Schwanz aus, will es offenbar gleich hier auf der Treppe erledigen, ich stoße ihn weg, und er kracht benommen an die Wand. Ratlosigkeit sammelt sich in seinen blutunterlaufenen Augen. Nach einem kurzen Moment taumelt er davon. Ich eile weiter. Nach der Treppe kommt der Partyraum. Der Zigarettenqualm lässt alles ein wenig unscharf wirken. Ein Käfig-Mädchen ist noch im Einsatz. Ein harter Job. Schlafen kannst du, wenn du tot bist. Das verbliebene Publikum ist träge und schaut zu. Die Bar ist mittlerweile unbesetzt. Hervorragend. Dahinter befindet sich die Tür in den Vorratsraum. Von dort kommt man in den Keller.

Ich husche an der Schlüsseltheke und dem tanzenden Mädchen vorbei, schiebe mich ungesehen durch die Hintertür und begebe mich abwärts, die Treppe runter und in den grauen, engen Korridor, der zu Sharks ehemaligem Bunker führt.

Nackte Glühbirnen geben ein Minimum an Helligkeit ab. Es reicht gerade mal, um sich zu orientieren. Die Luft riecht nach Beton und Benzin. Im Raum dort hinten befindet sich die riesige Heizungsanlage, die die Kacke am Dampfen hält. Das Rohrsystem ist uralt und zum Teil mit Klebeband geflickt. Alles ein wenig russisch. Es war eine der ersten Lektionen, die Shark mich gelehrt hat: Geh niemals mit einer Zigarette in den Keller. Sonst macht es *bumm*.

Der Bunker liegt am Ende des Ganges. Ich befürchte, dass abgeschlossen sein wird, aber die Tür lässt sich öffnen. Und schon bin ich drin. Das Aquarium ist noch da. Es ist das Erste, was mir auffällt. Unberührt steht es auf dem Tisch und wirft seinen blauen Schimmer an die Wand. Durch meinen ganzen Körper läuft ein Zittern. Ich möchte auf dieses Aquarium einschlagen, bis es bricht. Ich möchte die Fische auf dem Boden verrecken sehen, will wissen, wie es klingt, wenn ich sie mit meinen Stiefeln zertrample, einen nach dem anderen. Er hat es dagelassen. Sein Scheißaquarium, in dem mein Herz verfault, er hat es dagelassen, während er die Fotos und all mein Hab und Gut einfach aus meinem Zimmer gestohlen hat.

Genug. Ich bin wegen etwas anderem hier.

Der Schreibtisch steht an Ort und Stelle und sieht unverändert aus. Ich knipse die kleine Leselampe an und betrachte das Chaos aus Papierunterlagen. Offenbar wird hier immer noch gearbeitet. Das bedeutet, dass auch die Akten von früher noch da sein müssen.

Der Metallschrank hinter dem Schreibtisch. In den Laden schlummern die Ordner, Hunderte, Tausende, in einem davon schlummert mein Leben.

Ganz oben links werde ich fündig. Ich muss mich auf die Zehenspitzen stellen. Ich hole den gesamten Ordner heraus, wuchtig und voll landet er auf dem Tisch. Meine Finger gleiten ungeduldig durch den dicken Papierstapel. So viele Namen. Den richtigen in so kurzer Zeit zu finden ist nahezu unmöglich. Und doch ist sie plötzlich da. Die Akte mit meinem Namen drauf. Nicht Madonna. Sondern der Name, auf den ich getauft wurde. Den die hübsche Frau aus meiner Erinnerung für mich ausgesucht hat. Der Name einer Fremden.

Ich schlage die Akte auf. Langsam jetzt, voller Hoffnung, den Blick auf die vielen, vielen Seiten gerichtet. Papier raschelt. Ich blättere weiter. Immer wilder und wilder. Die Seiten sind leer. Das sind bloß lose Blätter in einem Ordner. Was bedeutet das? Dass ich gar nicht existiere? Niemals existiert habe? Ich hole die Blätter heraus, eines nach dem anderen lege ich auf den Tisch. Eine Landkarte entsteht. Ein Weg ins Nichts, ins Niemandsland. Jemand hat mich gelöscht. Mich aus dem Gedächtnis getilgt, aus der Realität.

Das kann nicht sein. Dass er einfach verschwunden ist. Dass er meine Vergangenheit mit sich genommen und jede Spur verwischt hat. Wieso, wieso sollte er das tun?

Das Scheißaquarium. Wie es dasteht. Und mich verhöhnt. Alles hätte er zurücklassen können, aber doch nicht sein Herzstück, seine sieben blubbernden Lieblinge. Ich gehe nahe an das Aquarium heran, berühre das Glas, hinter dem die Fische schwimmen. Er wollte es immer so kitschig haben. Mit Burgen und kleinen Schatztruhen. In einer der Schatztruhen ist etwas eingeklemmt. Das ist neu. Ich schaue genauer hin. Nein, ich täusche mich nicht.

Dieser raffinierte Bastard.

Nass und zerknittert liegt das Foto vor mir auf dem Tisch. Ich habe es herausgeholt, mit der Hand. Ich habe hineingegriffen in dieses Miniatur-Bermudadreieck, mein Herz blieb verschollen, aber in der Schatztruhe befand sich tatsächlich ein kleiner Schatz.

Nass und zerknittert. Ausgeblichen von den Jahren. An den Rändern eingerissen. Meine Mutter und ich, vor dem Haus auf der Lichtung, bei Schnee. Ich war vielleicht zwölf Jahre alt. Ein Mädchen, unschuldig. Das Haus wirkt größer als in meiner Erinnerung. Und es sieht auch ganz anders aus. Vier Stockwerke, weiße Fassade, dunkel gestrichene Fenster. Ein viereckiger Klotz mitten auf der Lichtung. Fast wie ein Fabrikgebäude. Meine Mutter trägt einen langen Pelzmantel. Sie hält meine Hand. Ich starre auf diese Gesichter und kann nicht glauben, dass sie nicht lächeln. Dass sie stattdessen beinahe traurig aussehen. Aber sie sind doch zusammen. Sie berühren sich. Wieso haben wir nicht gelächelt für dieses Foto?

Die Tür geht auf. Ich bin gerade schnell genug, um das Foto an mich zu nehmen und in meine Jeanstasche zu stecken. Die losen Blätter und die Akte bleiben auf dem Tisch.

Es ist der Typ mit den orangefarbenen Haaren. Jetzt ohne Kaugummi. Dafür mit einer berechtigten Frage.

»Was zum Teufel suchst du hier?«

»Wo ist Shark?«, entgegne ich.

»Wer?«

»Der, dem früher dieses Büro gehört hat.«

»Ich kenne keinen, der so heißt.«

»Er hat früher diesen Club geleitet. Wo ist er?«

»Ich frag dich noch mal: Was suchst du hier? Das ist Privatbereich.«

»Ich suche Shark.«

»Hier gibt es keinen Shark! Hau lieber ab, bevor ich die Polizei rufe.«

Ich hebe beide Hände, weiche mehrere Schritte zurück. »Du willst die Polizei genauso wenig hier haben wie ich. Aber wir können uns einigen. Ich verschwinde, und du vermeidest unnötiges Aufsehen. Sag mir einfach nur, wo Shark ist.«

»Zum letzten Mal, ich kenne keinen Shark.«

»Du lügst. Du kennst ihn, und du weißt auch, wo er ist. Sag es mir.«

Er bemerkt die Blätter auf dem Schreibtisch. Seine Augen werden schmal. »Bist du von der Steuer? Ein bisschen spät für eine Kontrolle. Aber nur zu, tob dich aus. Du wirst nichts finden, Schätzchen. Alles legal und registriert. Wir sind korrekter als die Kirche, meine Liebe.«

»Nicht ganz. Die Akte hier auf dem Tisch, wo ist der Inhalt? Ich suche Informationen über ein Mädchen, das vor einer Ewigkeit einmal hier gearbeitet hat. Und ausgerechnet ihre Akte fehlt. Wie kannst du mir das erklären?«

Ein fieses Grinsen. »Wenn du auf der Suche nach ehemaligen Mitarbeiterinnen bist, solltest du vielleicht mal im Gefängnis nachfragen. Oder auf dem Friedhof. Dort landen die meisten, soweit ich weiß. Wenn sie überhaupt hier rauskommen.«

»Und was ist mit jenen Mädchen, die ihr ins Ausland verkauft? Wo sind die?«

Ihm vergeht das Grinsen. Entweder habe ich ihn wütend gemacht, oder er bekommt gerade die Panik seines Lebens. Wahrscheinlich beides.

»Was soll das?«, fragt er gereizt und kommt ein Stück auf mich zu. »Du bist nicht von der Steuer, hab ich recht? Gehörst du ... gehörst du zu *denen*?«

Ich rühre mich nicht. Die Tür. Sie ist nicht länger versperrt.

»Antworte mir. Bist du eine von denen? Scheiße, ich hab deinen Kollegen doch neulich schon alles gesagt. Ich weiß nicht, wo der Mistkerl steckt. Ich habe keine verfickte Ahnung.«

Ganz langsam bewege ich mich seitwärts. An dem Metallkasten entlang, vom Schreibtisch weg und hinüber zur Wand. Diese Angst in seiner Stimme. In seinen Augen. *Bist du eine von denen?*

Sie waren hier, begreife ich. Sie haben nach mir gesucht. Sich nach mir erkundigt. Deswegen ist Shark verschwunden. Weil er derjenige ist, bei dem ich Zuflucht suchen würde.

Ich bin hier nicht sicher. Wenn sie es einmal versucht haben, werden sie es wieder tun. Ich muss weg von hier, bevor sie wiederkommen und mich zurückbringen. Zurück in den Kerker. Wer weiß, was dieser orangefarbene Trottel ihnen alles erzählt hat. Shark hat sämtliche Beweise vernichtet, aber selbst die beste Aufräumaktion hilft nichts gegen die Dummheit eines Einzelnen. Das Foto in meiner Hosentasche knistert. Noch drei Schritte. Noch drei Schritte, bis ich draußen bin.

Der Mann packt mich am Arm. »Wenn ich es dir doch sage, ich weiß nichts! Er hat mir nichts erzählt. Ist einfach abgehauen, der Wichser! Ich habe mit dem ganzen Scheiß nichts zu tun, okay?«

»Lass mich los.«

Er packt mich noch fester. »Du glaubst mir doch, oder? Dass ihr mich schön brav aus euren Geschäften raushaltet. Ich mach so was jetzt nicht mehr. Ich steh euch nicht im Weg, also verlagert eure kleinen Scharmützel gefälligst woandershin!«

»Du sollst mich loslassen, du Dreckskerl!«

Abrupt lässt er von mir ab, redet aber weiterhin wie aufgezogen.

»Schon gut, schon gut, bloß nicht aufregen, okay? Ich wollte hier nur meinen Standpunkt klarmachen. Oh nein, nein, nein, nicht weggehen, warte, warte, warte. Wir können uns doch sicher einigen. So als kleine Wiedergutmachung für eure Mühen. Was hältst du davon, wenn ich dir ein Zimmer nach Wahl auf Kosten des Hauses spendiere? Noch mal eine Nacht mit Star? Wo der herkommt, gibt's noch mehr! Du bekommst sie gratis, du hast die freie Wahl! Hier!« Er greift in seine Taschen, holt lose Scheine hervor, die er mir verzweifelt hinhält. »Hier hast du dein Geld zurück! Die erste Runde Star geht ebenfalls aufs Haus. Du musst hier nie wieder bezahlen, ich schwöre! Oder willst du Star mitnehmen? Er würde gut zu euch passen! Sag schon, ist das ein guter Deal? Ich geb euch Star, und dafür lasst ihr mich endgültig in Ruhe.«

Schmieriger, elendiger Feigling. Verhökert sein bestes Rennpferd, um den eigenen Kopf aus der Schlinge zu ziehen. Er widert mich an. Dieses Gespräch widert mich an. Das Geld stecke ich ein, seine schweißnasse Hand schüttle ich ab.

»Ich werde jetzt gehen«, sage ich. »Komm mir nicht mehr zu nahe.«

»Oh nein, mach ich nicht, mach ich nicht, niemals, ihr Typen habt von mir nichts zu befürchten. Ich meine, wir stehen doch alle auf derselben Seite! Wir halten zusammen, oder nicht?«

An ihm vorbei und im Eiltempo zur offenen Tür.

Im Hintergrund höre ich, wie er nervös die Luft einzieht. Kurz darauf hat er mich eingeholt, will erst nach mir greifen, zieht dann aber wie angeekelt die Hand zurück.

»Haben wir alles besprochen?«, fragt er hastig. »Du hast keine Fragen mehr? Ist alles klar so weit?«

»Du hast meine Fragen überhaupt nicht beantwortet.«

»Ich hab es doch gesagt, ich weiß nichts! Ich hab mit dem Ganzen nichts zu tun! An Shark müsst ihr euch wenden, er ist euer Mann!«

»Und wo ist Shark?«

Sein Gesicht gefriert zu einer gepeinigten Grimasse. »Ich weiß es nicht! Ehrlich, das müsst ihr mir glauben! Warum sollte ich lügen?«

Kopfschüttelnd gehe ich weiter.

Ein Arm stemmt sich zwischen mich und die Tür.

»Ich will dein Wort!«, fordert er. »Ich will eine Garantie, dass ihr Typen mich in Ruhe lasst. Ich führe hier nur meinen Club, okay? Ich weiß nicht, was ihr dort draußen alles macht, und es ist mir auch egal, verstanden? Scheißegal ist es mir! Meinetwegen holt euch noch mehr, Star, Moonlight, Timber, ihr könnt sie alle

haben, ich finde neue! Wir sind doch Freunde, oder?«
Ein irres Lachen. »Du und ich, wir sind Freunde.«

»Wir sind gar nichts. Lass mich vorbei.«

»He, he, ich will doch nur sichergehen, dass wir alles geklärt haben. Sag deinen Bossen, dass ich jederzeit zur Kooperation bereit bin. Der gute Speedy ist immer zur Stelle. Auf Speedy ist Verlass. Sagst du es ihnen?«

»Darauf kannst du wetten.«

»Die Hand drauf!«

»Fass mich nicht an!«

»He, he, he«, ruft er, als ich ihn drei Meter von mir wegschubse. Er taumelt zurück und hebt beschwichtigend die Arme. »Schon gut, Fräulein, schon gut! Kein Grund, sauer zu werden! Ich wollte nur einen Handschlag.«

»Du hast mich angelogen. Als ich dich nach Shark gefragt hab, an der Bar. Da hast du mich bereits angelogen. Wieso sollten wir mit dir kooperieren?«

Er schluckt. »Ich wusste nicht … Ich dachte, du wärst bloß irgendeine Frau!«

»Und wer bin ich wirklich? Sag es mir, wer bin ich!«

Ich stehe vor ihm. Er starrt mich an. Ich weiß, was er sieht. Hörner. Feuerrot, brennend, tödlich. Er denkt, ich sei eine von ihnen. Eine Schlächterin, eine Handlangerin, unterwegs, um neues Vieh zu akquirieren. Er denkt, ich besäße Macht. Die Macht des Höllenfeuers. Schon spüre ich die Flammen in mir zucken. Ich will ihn brennen sehen, dieses Wichtelmännchen, das so schamlos das Leben anderer verhökert für tausendzweihundert Euro pro Nacht, Light-Paket.

Ich renne los und ramme ihm meine Hörner in den Rumpf.

Von da an geht alles ganz schnell. Schreiend bäumt er sich auf, gerät ins Stolpern und donnert mit dem gesamten Gewicht gegen das Aquarium. Die Wucht des

Aufpralls schlägt ihn zu Boden. Auf dem Rücken liegt er da, kommt blinzelnd zu sich, als in diesem Moment das Aquarium vornüberkippt und auf ihn herabstürzt.

Zweihundert Kilo Glas und Wasser. Es zerschmettert seinen Schädel, quetscht ihn zu Brei. Beinahe sieht es witzig aus. Wie sein Gesicht vom Gewicht flach gedrückt wird, ein paar Sekunden, dann platzt der Schädel, und das Wasser vermischt sich mit Blut, Knochen und Hirnmasse. Nicht mal geschrien hat er. Die Beine zucken noch ein wenig. Hilflos winden sich die Fische an der frischen Luft. Überall ist es nass und rot.

Ich kann mich nicht bewegen. Meine Glieder sind wie taub. Tausend Gedanken, wo bis eben noch dieser rasende, verrückte Zorn war.

Das wollte ich nicht. Verdammt, was hab ich da getan? Hätte er mich doch einfach gehen lassen. Jetzt habe ich ein Problem. Ein richtig großes Problem. Ich muss etwas tun. Die Leiche muss verschwinden – alles hier muss verschwinden. Das Büro, der Keller, das ganze Haus. Bevor sie kommen und alle mitnehmen. Bevor jeder Einzelne hier den Teufeln in die Hände fällt. Ich will es mir kaum vorstellen. Star und seine kleine Schwester, zusammengepfercht in einer Ecke, zitternd vor Kälte. In ihren Gesichtern der nackte Schrecken. Nachts, wenn die Türen sich öffnen.

Besser tot als das. Besser im irdischen Feuer verbrannt als im Höllenfeuer gefangen.

Das Funkhaus ist nicht länger meine Heimat. Das hier ist ein Irrenhaus. Nichts als ein verlauster Sündenpfuhl, ein Magnet für den widerwärtigsten Dreck dieser Stadt. Shark. Auf ihn läuft es hinaus, er ist der Schlüssel. Er hat mir ein Puzzleteil hinterlassen. Bevor er aufbrach, vielleicht in Eile, ein letzter Gedanke, der ihm kam, als er das Aquarium ansah und sich verabschiedete. Er wollte, dass ich nach ihm suche. Weil nur er mich wieder nach Hause bringen kann. Dahin, wo dieses Foto gemacht wurde. Er ließ alles zurück, weil er wusste, dass es ohnehin verloren war. Dieses Foto ist ein Auftrag: *Brich alle Brücken hinter dir ab. Verwische alle Spuren. Und dann folge mir.*

Befehl verstanden.

16

Ich hole Benzin. In großen Kanistern lagert es in einem Raum gleich neben der Heizungsanlage. Dieses Irrenhaus.

Es wird ein Fort aus Kanistern. Aufgereiht wie Soldaten an der Stadtmauer stehen sie da. Den letzten Kanister öffne ich und lasse es laufen. Dann gehe ich. Mit dem Kanister, durch den Korridor, zurück zur Treppe, in den ersten Stock. Mit dem Zippo in der Hand. Niemand beachtet mich. Mein Blick fällt auf die Türen. Da drin liegen sie. Besudelt, volltrunken, die Helden unserer Nation. Vergewaltiger. Kinderschänder. Alle auf einem Haufen. Ein Scheiterhaufen.

Eine Bewegung im Augenwinkel lässt mich herumfahren. Da steht sie mitten im Flur. Das dürre Mädchen, das nicht spricht, das im Schrank auf mich gewartet hat. Sie sieht das Zippo in meiner Hand, die Benzinspur auf dem Boden. Sie könnte loslaufen und Alarm schlagen. Aber sie scheint zu verstehen, warum ich das hier tun muss. Warum diese Säuberung nun stattfinden muss, Opfer hin oder her. Die Zeit der Vergewaltiger und Kinderschänder ist vorüber.

Ich stelle den Kanister ab und halte fünf Finger hoch. Ich gebe dir fünf Minuten, Kleines. Fünf Minuten, um zu holen, was dir lieb und teuer ist. Um deinen Bruder aufzuwecken. Um mit ihm nach draußen zu laufen. Um zu überleben, während der Rest hier drin stirbt.

Sie dreht um und rennt barfuß in das Zimmer mit der Nummer 13.

Und die Uhr beginnt zu ticken.

17

Ich stelle es mir so vor: Die Zündschnur wandert geruhsam durch das Haus. Wie ein kleiner, lustiger Geselle, der von einigen vielleicht wahrgenommen, aber nicht wirklich beachtet wird. Den man ausblendet, weil man seine Zeit nicht mit ihm verschwenden will. Wie bei dem komischen alten Mann vom Putzdienst. Mit dem will auch keiner was zu tun haben, obwohl man andauernd über ihn stolpert.

Es beginnt mit einem Knall. Einer Erschütterung tief in den Eingeweiden des Gebäudes. Ein paar fallen vielleicht aus den Betten. Sie schauen aus dem Fenster, fragen sich, was los ist. Dann die Fontänen. Urplötzlich schießen sie aus dem Boden. Alles zerbricht. Ich versuche mir vorstellen, wie das Geschehen aus der Sicht des Feuers aussehen würde. Eine rasende Fahrt, eine Achterbahn. Geschrei. Wildes, laut brüllendes Geschrei. Bloß dass die Schienen auseinanderbrechen und das Gerüst sich biegt. Dass alles in Flammen aufgeht.

Dort vorn, an der Straßenecke, brennt das Funkhaus wie ein Fiebertraum. Ich kann nicht aufhören, hinzusehen. Sirenen werden laut. Sollen sie nur kommen. Dieses Feuer löscht keiner mehr. Dieses Feuer ist für die Ewigkeit. In diesem Feuer verbrennt der Abschaum dieser Stadt gerade zu Asche.

18

Er möchte noch ein Kind. Er sagt es ihr während des Abendessens. »Vielleicht ein Mädchen«, fügt er hinzu.
»Das wäre doch schön.«
»Dann hätte der Junge jemanden zum Spielen.«
»Und jemanden zum Beschützen. Jungs brauchen immer eine Schwester, die sie beschützen können.«
Sie lächelt. Sie fühlt sich so niedergeschlagen, seit sie es weiß. Seit sie sicher ist, dass in ihrem Bauch etwas heranwächst. Sie hat es ihm noch nicht gesagt. Sie war sich nicht sicher, wie er es aufnehmen würde. Jetzt fällt die ganze Last von ihr ab. Er hat es doch gesagt! Gerade eben, er hat gesagt, er möchte noch eines haben. Welch glückliche Fügung.
Vor dem Schlafengehen will der Junge eine Gruselgeschichte hören.
»Aber dann kannst du wieder nicht schlafen«, sagt sie.
»Bitte, Mama. Nur eine.«
»Also schön. Erinnerst du dich an das Mädchen, das einmal bei uns zu Besuch war?«
»Du meinst das hübsche blonde?«
»Genau das meine ich. Weißt du, wir haben dir erzählt, dass sie Heimweh bekommen hat und deswegen so schnell wieder abgereist ist. Aber die Wahrheit ist, sie hat sich nicht an die Regeln gehalten. Eines Nachts ging sie unerlaubt in den Keller. Sie wollte wissen, woher diese ganzen Geräusche kommen. Dieses Knarren und Heulen und Flüstern. Sie wollte uns nicht glauben, dass das bloß die Ratten und Fledermäuse sind. Also ging sie hinunter, um nachzuschauen. Hätte sie das doch lieber

gelassen. Denn dort unten gibt es nicht bloß Ratten und Fledermäuse. Dort unten wohnen auch ein paar Monster. Früher lebten sie in den Wäldern ringsum, und jede Nacht haben sie aus einem Haus ein Kind gestohlen, um es über dem Feuer zu braten und zu verspeisen. Aber dein Vater, dein Vater hat sie alle eingefangen. Damit die Kinder endlich sicher sind. Er hat sie in große Käfige gesperrt und die dann in den Keller gebracht. Aber das dumme Mädchen war zu neugierig, und als es einen der Käfige entdeckte, hat es ihn geöffnet. Du kannst dir nicht vorstellen, wie laut sie geschrien hat. Dein Vater sprang aus dem Bett und rannte nach unten. Aber als er bei ihr war, war es bereits zu spät. Das Monster hatte sie gefressen! Mit Haut und Haaren! Und es wollte auch deinen Vater fressen, aber er war klüger, stärker und schneller als das Monster, und so sperrte er es zurück in seinen Käfig. Und seitdem ist es wieder ruhig im Keller.«

»Die Geschichte ist blöd«, mault der Junge.

»Aber sie ist wahr.«

»Stimmt doch gar nicht. Im Keller gibt es keine Monster. Das sind nur die Ratten und die Fledermäuse. Papa hat es mir schon ganz oft erklärt. Du brauchst keine Angst zu haben.«

Sie küsst ihn auf die Stirn. »Wie recht du doch hast.«

19

Sie haben mich verhaftet. Weil ich die Einzige war, die dastand, anstatt wegzulaufen. Jetzt sitze ich in diesem Raum und warte auf mein Verhör. Sie sollen sich beeilen, verflucht. Ich halte es in engen Räumen nicht aus.

Ein Mann kommt herein. Im Anzug und mit zurückgekämmtem dunklen Haar. Ich erkenne ihn auf Anhieb. Das ist der Vorzeigebürger mit der schönen Wohnung und der wohltätigen Ader. Der untertags Gesetze hütet und nachts mit Huren namens Flo um die Häuser zieht. Er wirkt äußerst professionell, als er in aller Ruhe auf der anderen Seite des Tisches Platz nimmt. Zweifelsohne weiß auch er, wen er da vor sich hat. Das kann kein Zufall sein.

»Also«, beginnt er und legt eine dünne Mappe neben sich ab. »Ich hätte mir denken sollen, dass du noch Ärger machst. Wäre wohl besser gewesen, wenn ich dich direkt aufs Präsidium gebracht hätte.«

»Ich habe nichts mit dem Brand zu tun.«

»Das war kein Brand. Das war ein Inferno. Das gesamte Haus ist in die Luft geflogen.«

»Ich weiß. Ich war dabei.«

»Scheiße, das brennt wahrscheinlich noch bis zum Sankt-Nimmerleins-Tag. Eine richtig üble Sache ist das. Und hier kommst du ins Spiel.« Er schlägt die Mappe auf und blickt stirnrunzelnd auf ein Blatt Papier. »Laut meinen netten kleinen Aufzeichnungen hier gab es genau drei Überlebende, dich eingeschlossen. Vom Rest ist nichts mehr übrig. Ich meine das wörtlich, da ist nichts mehr da. Bloß ein Haufen zusammengeschmolzenes Fleisch. Während du keinen einzigen Kratzer abbekommen hast. Wie kann das sein, wenn dieses Feuer doch offenbar jeden überrascht hat, mitten in der Nacht?«

»Ich war nicht im Gebäude, als es passiert ist.«
»Ach.«
»Ich wollte frische Luft schnappen.«
»Nicht zufällig mit einem Feuerzeug und einem Benzinkanister in der Hand?«

Ich antworte nicht.

»Ich hab das vorhin übrigens ernst gemeint. Hätte ich dich doch bloß in eine Zelle gesperrt, als ich die Chance dazu hatte.«

»Ich sagte doch schon, ich habe nichts mit dem Brand zu tun!«

»Komischer Zufall, dass ich dich zum Funkhaus schicke und es in der Nacht darauf bis aufs Fundament abgefackelt wird. Meine Kollegen sagten mir, du hättest auf der Straße gestanden und zugeschaut.«

»Ist das verboten?«

»Es wundert mich nur. Als du bei mir warst, musste ich den Kamin ausmachen. Du hast gezittert wie Espenlaub beim Anblick des Feuers. Und dann stehst du plötzlich daneben und schaust zu? Während selbst die Feuerwehr Respektsabstand hält?«

»Ich weiß nicht, was ich noch sagen soll. Ich habe nichts mit diesem Vorfall zu tun. Ich bin raus, um frische Luft zu schnappen. Dann explodierte es plötzlich.«

Er lehnt sich in seinem Stuhl zurück, sieht mich durchdringend an.

»Was sagt denn die Feuerwehr?«, frage ich. »War es Brandstiftung?«

»Das lässt sich derzeit noch nicht sagen.«

»Dann weiß ich nicht, warum ich hier festgehalten werde.«

Immer noch sieht er mich an. Er kommt mir gepflegter vor als bei unserer ersten Begegnung. Respekteinflößender. Davor war er einfach bloß so ein Typ. Irgendein Mann in einem Auto. Jetzt sitzt er im Chefsessel und spielt den gerissenen Cop, der sich nicht täuschen lässt. Warum hat er mich nicht längst eingesperrt, wenn er sich so sicher ist, dass ich es war? Überhaupt, warum ist ausgerechnet er derjenige, der mich verhört, und nicht einer seiner Kollegen?

»Ich will ganz ehrlich sein«, sagt er und schließt die Mappe. »Ich bin mir zu hundert Prozent sicher, dass du lügst. Ich weiß, dass du nicht Linda Burghart heißt. Es gibt hier keine Linda Burghart. Du hast eine Menge Dreck am Stecken, aber du weißt auch Dinge, die mich interessieren. Über das Funkhaus und was dort alles passiert. Über die Mädchen, die regelmäßig von dort verschwinden.« Er wartet, runzelt die Stirn. »Du weißt doch, wovon ich spreche, oder? Du weißt es genau.«

Ich presse die Lippen zusammen, versuche das alles nicht zu spüren: seinen drängenden Blick und die vielen Fragen, die darin brennen, die Schläge, die Prellungen und die Schnitte auf meiner Haut, unsichtbar für andere, aber allzu real für mich. Ja, ich weiß, wovon er spricht. Im Funkhaus nahm alles seinen Anfang. Und es geht noch immer so, Mädchen verschwinden und bleiben verschollen. Nichts bleibt zurück, bloß eine leere Mappe im Metallschrank. Es ist ein Verbrechen, das keine Worte kennt. Seit Jahrzehnten unbemerkt. Und niemand tut etwas dagegen. Niemand stellt Fragen oder traut sich auch bloß, hinzusehen. Nur er.

»Hör zu, ich kann dir helfen«, sagt er und beugt sich ein Stück über den Tisch, die Stimme gesenkt. »Falls es das ist, wovor du Angst hast. Hier bist du sicher. Du kanntest das Funkhaus bereits, nicht wahr? Als ich dir davon erzählt habe. Du warst schon einmal dort. Ich hab es dir angesehen. So ein Schrecken lässt sich nicht überspielen. Hast du früher dort gearbeitet? Weißt du, was dort vor sich gegangen ist?«

Ich schüttle den Kopf.

»Erzähl es mir. Was ist dort passiert? Was geschieht mit all den Menschen, die von dort verschwinden, wo kommen sie hin? Wer ist dafür verantwortlich?«

»Ich weiß nicht, wovon du sprichst.«

»Hör zu, das ist deine einzige Chance. Was glaubst du, wo du jetzt wärst, wenn ich dieses Verhör nicht in die Wege geleitet hätte? Du wärst längst hinter Schloss und Riegel. Hier kümmert sich keiner um Straßennutten. Wenn was in die Luft fliegt, war es der Erstbeste, der in Frage kommt, und das bist in dem Fall du!«

»Ich habe nichts getan!«

»Und nur dank mir kannst du das überhaupt zur Sprache bringen! Jetzt sag mir, was du weißt. Was geht dort draußen vor?«

»Nichts. Ich weiß nichts darüber. Ich bin eben erst in der Stadt angekommen.«

»Und davor? Wo bist du davor gewesen?«

Ich schweige.

»Jetzt rede doch, verflucht!« Er wird lauter, seine Faust knallt auf den Tisch. Angespannt warte ich auf Verstärkung der Kollegen, die diesem Gespräch via Freisprechanlage oder einem doppelten Spiegel folgen. Nichts passiert. Offenbar bin ich allein mit ihm. »Du warst selbst dort, nicht wahr? Wohin all die Mädchen verschwinden. Du hast es von dort rausgeschafft.«

»Keine Ahnung, wovon du redest.«

»Glaubst du, ich hab es nicht bemerkt? Die ganzen Narben? Was ist mit dir passiert? Wo haben sie dich hingebracht, die Schweine? Wie viele von euch sind noch dort?«

Schläge, Schläge, andauernd nur Schläge. Jedes seiner

Worte verprügelt mich, wirft mich zurück in die Zelle, aus der es kein Entkommen gibt. Er kann mir nicht helfen, niemand kann mir helfen. Nur Shark. Ich muss ihn finden, versteht der Saubermann-Polizist das denn nicht? Ich muss weiterziehen!

»Erzähl mir, was du weißt. Ich kann dir helfen. Das kann alles ein Ende haben. Wer sind die Drahtzieher? War es dieser Shark?« Er lächelt, als ich beim Klang dieses Namens unwillkürlich zusammenzucke. »Er ist nämlich verschwunden seit gewisser Zeit. Einfach abgetaucht, der gute Mann. Und kurz darauf brennt sein Geschäft nieder. Merkwürdiger Zufall.«

»Weiß man, wo er ist? Ist die Polizei auf der Suche nach ihm?«

»Das wüsstest du wohl gerne, hm?«

Das war ein Fehler. Ihn nach Shark zu fragen, überhaupt eine Regung zu zeigen. Aber was soll ich denn anderes tun? Schließlich weiß ich nicht mal, wo ich nach ihm suchen soll.

»Es interessiert mich einfach bloß«, weiche ich aus.

»Vielleicht war es ja er. Wollte die Versicherung abkassieren. Hast du daran schon gedacht?«

»Na, na, so läuft das nicht. Wie du mir, so ich dir. Keine Antworten für eine Gegenfrage.«

»Ich sagte doch, dieser Typ ist mir egal. Aber wahrscheinlich solltet ihr besser ihn verhören und nicht mich!«

Auf der anderen Tischseite wird ein Stuhl ganz langsam nach hinten geschoben. Er kommt zu mir und kniet sich hin. Er sieht mir in die Augen, und als ich mich abwende, dreht er mein Kinn zu sich.

»Ich kann dich beschützen. Du brauchst mir nicht mal deinen richtigen Namen zu sagen. Alles, was ich will, sind Antworten. Ich will diese Schweine drankriegen. Dir wird nichts geschehen.«

»Ich möchte jetzt bitte gehen.«

»Du kannst mir glauben. Ich will diese Dreckskerle finden.«

Ich schüttle den Kopf.

Er richtet sich auf und nimmt die Mappe vom Tisch. »Schön, dann geh.«

»Ich … ich bin nicht verhaftet?«

»Das bist du schon seit einer ganzen Weile nicht mehr. Bedanke dich bei den beiden Kids draußen im Warteraum. Die haben ausgesagt, dass deine Geschichte stimmt. Du warst nicht mehr im Gebäude, als der Brand ausgebrochen ist.«

Er lockert seine Krawatte und fährt sich über die Stirn. Verwirrt stehe ich vom Tisch auf. Also war alles nur Show? Er hätte mich so oder so gehen lassen müssen? Es kommt mir zu einfach vor nach diesem ganzen Verhör, das keinem von uns etwas gebracht hat. Unsicher schaue ich zur Tür, dann zurück in sein Gesicht.

»Ich wünschte, du würdest mir vertrauen«, sagt er.

Er lässt mich gehen. Ich bekomme meinen Rucksack und meinen Mantel zurück. Im Warteraum treffe ich auf meine Retter. Die einzigen Überlebenden dieser furchtbaren Katastrophe. Dicht beieinander sitzen sie da, wie zwei Kinder, die sich im Wald verirrt haben und darauf warten, dass man sie findet. Star entdeckt mich als Erster. Er springt auf, als wolle er auf mich zulaufen, bleibt dann aber wie angewurzelt stehen. Seine Schwester klammert sich an ihn, als könne sie ohne seine Hilfe nicht aufrecht bleiben. Beide schauen mich an, mit diesen großen blauen Augen, in denen ein Flehen liegt, ein stummes »Nimm uns mit«.

Ihr Anblick zerreißt mir das Herz. Alles, was sie hatten, ist im Feuer verbrannt. Es gibt niemanden, zu dem sie gehen können, niemanden, der ihnen Schutz bietet. Bloß die fremde Frau mit dem Zippo in der Hand.

Ich kann sie nicht mitnehmen. Und genauso wenig kann ich sie hierlassen. Sie haben für mich gelogen. Haben den Mund gehalten, obwohl nichts sie dazu zwingt. Ich bin es ihnen schuldig.

»Gehen wir«, sage ich und verlasse das Polizeigebäude.

Ohne Anklage und ohne Handschellen. Ohne das Gefühl loszuwerden, dass es mit diesem Polizisten noch nicht zu Ende ist. Aber dafür mit zwei neuen Begleitern.

20

Wir sind in einem Bahnhofscafé. Es ist eines von der Sorte, die rund um die Uhr geöffnet haben. Außer zwei Taxifahrern, die gerade Pause machen, ist niemand hier. Eine nette Bleibe für sieben Uhr morgens. Für gewöhnlich würde ich jetzt unter einer Brücke liegen. Oder im Bett irgendeines Arschlochs, das mir ein paar Scheine zusteckt. Da ist dieses Café doch richtig gemütlich.

Wir sitzen am Fenster mit Blick in die Dämmerung. Auf dem Tisch stehen drei verschiedene Tortenstücke, zwei Burger und eine große Scheibe Pizza. Die beiden hauen rein, ich esse nichts. Mahlzeiten verbinde ich mit Schmerzen. Und Scham. Es kann dich umbringen, nichts zu essen, aber genauso bringt es dich um, wenn du dazu gezwungen wirst.

Star schiebt seinen Teller weg, um dem Mädchen das restliche Pizzastück zu überlassen. Sie schlingt gierig weiter, Fleisch, Pommes, Torten, alles wild durcheinander. Soll sie nur essen. Es tut gut, ihrem dürren Körper dabei zuzusehen, wie er seine Reserven wieder auffüllt. Star blickt mit ernstem Gesicht aus dem Fenster. Vielleicht denkt er an sein Zimmer und wünscht sich in diesem Moment, er könnte wieder dahin zurück. Zu den Trunkenbolden und Gewalttätern, die sein Zuhause und sein Essen bezahlt haben. Ein hartes Geschäft, aber fair. Um nichts mussten sie sich Sorgen machen. Außer vielleicht um Geschlechtskrankheiten, blaue Flecken und Striemen auf dem Rücken, aber was sind schon Striemen, solange es eine Tür gibt, die immer offen steht.

Mir ist immer noch nicht klar, warum sie mich nicht verraten haben. Schon als die Kleine im Flur stand und mich einfach machen ließ, fühlte ich mich schuldig. Weil ich im Grunde nicht besser bin als die Monster aus meinen Träumen. Ich habe ihnen alles weggenommen. Ohne Grund, ohne Vorwarnung. Fünf Minuten habe ich ihnen gegeben. Um zu entscheiden, was am wichtigsten ist. Kleidung oder Geld. Erinnerungen oder das eigene Leben. In fünf Minuten haben sie es geschafft, sich anzuziehen, aus dem Gebäude zu flüchten und sich in Sicherheit zu bringen. Wären sie bloß um wenige Augenblicke zu langsam gewesen, wären sie mit den anderen verbrannt. Ich hätte sie dann auch umgebracht, einfach so, oder eigentlich, um etwas in mir zu spüren, Genugtuung. Erlösung. Ein Ende der Schmerzen, und der Witz ist, die Schmerzen sind jetzt noch viel schlimmer. Es bringt mich fast um. Mit jedem Blick in ihre hoffnungslosen Gesichter.

Die Kellnerin kommt vorbei und fragt uns, ob wir noch etwas bestellen möchten. Ich verneine, Star schüttelt den Kopf. Die Kleine isst weiter, als hätte sie die Frau nicht gehört. Und das hat sie auch nicht, wird mir klar. Sie ist nicht bloß stumm, sie ist auch taub.

»Wie heißt sie?«, frage ich Star.

Moonlight. Er formt das Wort mit den Lippen, und weil ich es schon mal gehört habe, verstehe ich es auf Anhieb. *Star, Moonlight, Timber, ihr könnt sie alle haben.* Orangefarbene Drecksau.

»Moonlight also. Kann sie mich verstehen? Ich meine, kann sie Lippenlesen?«

Er nickt. In dem Moment hebt das Mädchen den Kopf, als spürte sie, dass über sie gesprochen wird. Sie hat in der Tat etwas Mondlichtartiges an sich. Ihre Haut ist so weiß, ihr Haar so schwarz, die Augen so blau. Eine kühle Schönheit, genau wie ihr Bruder.

»Ich hoffe, du bist gut im Stehlen«, sage ich zu ihr. »Wir brauchen mehr Geld.«

Sie hat mich genau verstanden. Sie legt die Kuchengabel weg und beginnt zu gestikulieren. Ich habe keine Ahnung, was sie sagt, aber es sieht mir ganz nach einem »Leck mich« aus.

Ich wende mich an Star. »Es gibt jemanden, der uns vielleicht helfen kann. Es ist ein bisschen weit von hier. Aber er weiß vielleicht, wo Shark ist.«

Er zieht verwirrt die Brauen zusammen.

»Du kennst Shark doch, oder? Ihm hat früher das Funkhaus gehört.«

Er stiert suchend über den Tisch, nimmt eine Serviette und schnippt mit dem Finger. Kurz darauf kommt die Kellnerin zurück an den Tisch. »Können wir einen Stift haben?«, frage ich.

Sie gibt Star einen Kugelschreiber und zieht wieder von dannen. Die Serviette wandert zu mir über den Tisch.

Shark ist gefährlich, steht da bloß.

Erzähl mir was Neues, Kleiner.

»Er hat mir etwas gestohlen«, entgegne ich. »Und ich möchte es wiederhaben.«

Er zupft eine neue Serviette aus dem Spender. Seine nächste Nachricht ist genauso kurz.

Wie ist dein Name?

Ich gebe ihm keine Antwort.

Er wartet, dann schreibt er weiter.

Wir sollten nicht zu lange hierbleiben. Dieser Polizist hat so viele Fragen gestellt. Ich fürchte, er hat uns nicht geglaubt.

Richtig. Und er wird nicht lockerlassen, bis er seine Antworten hat. Ehrlich gesagt glaube ich nicht, dass er mich einfach so hat gehen lassen. Vielleicht hat er einen Spürhund auf uns angesetzt. Wir sind hier nicht sicher.

Ein letztes Mal winke ich die Kellnerin zu uns. Während Moonlight auf die Toilette huscht, bezahle ich unser Festmahl mit dem Geld, das mir Orange Boy in die Hand gedrückt hat. Oder ist es Jiris Geld? Oder das des Polizisten? Jedenfalls reicht es, um die Bäuche meiner neuen Kumpane für die nächsten Stunden zu füllen. Aber es geht nicht bloß um Essen. Wir brauchen Kleidung, Proviant, einen Block zum Schreiben. Und wir brauchen ein Auto.

Als wir das Lokal verlassen, fallen die ersten Sonnenstrahlen über die schlafende Stadt herein. Es ist so friedlich. Für einen Augenblick stehe ich einfach da und schaue dem Licht zu, wie es ganz sanft die Dunkelheit am Horizont vertreibt. Star stellt sich neben mich. Er hat noch eine Nachricht geschrieben. Eine winzige, das Stückchen Serviette ist gerade mal so groß wie meine Handfläche. Es sind verwischte, hingefetzte Buchstaben. Er muss das geschrieben haben, während ich bezahlt habe. Während Moonlight auf der Toilette war. In dem kurzen Moment, als niemand hingeschaut hat.

Reglos lese ich, was da steht.

Moonlight kommt mit einer Handvoll Geldscheine zurück und drückt sie mir in die Hand. Zunächst verstehe ich nicht ganz, doch dann, als ich die Aufregung im Inneren des Imbisses bemerke, wird es mir klar. Sie hat den Trinkgeldbehälter geklaut.

Jetzt heißt es rennen.

Die U-Bahn bringt uns fort. Einfach nur fort von hier, zurück an den Stadtrand in Richtung Morgengrauen. Moonlight ist an Stars Schulter eingenickt, und auch er hat die Augen geschlossen. Wie sie nebeneinandersitzen und sich gegenseitig Halt geben. Als hätte man sie betäubt und einfach hier zurückgelassen.

Ich werde sie noch eine Weile schlafen lassen. Sie werden ihre Kräfte brauchen. Mein Blick liegt in der Ferne. Etwas außerhalb der Stadt befindet sich ein Haus, wo Shark und ich früher oft waren. Dorthin treibt es mich. Wenn Shark nicht dort ist, wird derjenige, der in dem Haus wohnt, mir sagen, wo er zu finden ist. Ich bin mir sicher, dass es so sein wird. Denn finden muss ich ihn. Ich möchte ihm so viele Fragen stellen, die seit Jahren meine Träume vergiften. Wieso das alles? Wieso musste das passieren?

Und vielleicht wird er ja antworten: »Ich wollte das nicht.«

Meine Hand hält das kleine Serviettenstück umklammert, das Star mir gegeben hat. Die gekritzelten Worte bringen alles durcheinander.

Ich kenne dich. Bist du nicht das Mädchen von dem Foto? Das er immer so oft angestarrt hat?

Also zurück aufs Land. Zu den Äckern und Feldern aus meiner Erinnerung. Um den Mann zu suchen, der mich einmal geliebt hat. Und es vielleicht immer noch tut.

21

Ein Geschäft in einer kleinen Einkaufsstraße. Star steht bei der Kasse und lenkt die Verkäuferin ab, während Moonlight und ich aus der Umkleidekabine schleichen. An unseren Körpern befinden sich so viele neue Klamotten, wie wir anziehen konnten. Drei T-Shirts, zwei Pullis, zwei Hosen, eine Jacke und jede Menge Unterwäsche. Endlich in der richtigen Größe. Geschwind geht es ums Eck, wo der Gang mit den Drogerie-Produkten liegt. Schnell die Taschen unserer neuen Jacken gefüllt, und ab geht die Post, ungesehen am Kassentresen vorbei und von dort zurück an die rettende frische Luft.

Hinter der nächsten Straßenecke warten wir auf Star. Er hat nach wie vor den Lolli im Mund, an dem er die letzten Minuten lasziv herumgelutscht hat. Der Verkäuferin dürfte die Show gefallen haben, denn sie hat ihm acht Gratisproben und ihre Telefonnummer gegeben.

»Gute Arbeit«, sage ich und nehme ihm die Beute ab. Gratis-Shampoo, Gratis-Seife, Gratis-Nachtcreme, Gratis-Zahnpasta. Plus das Diebesgut aus unseren Taschen ergibt das eine schöne Mischung. In der Toilette eines Restaurants ziehen wir die erbeuteten Kleidungsstücke aus und stopfen alles in meinen geräumigen Rucksack.

Als Nächstes suchen wir uns eine Unterkunft. Moonlight ist für das Hostel zwei Gassen weiter, ich sage, das ist zu gefährlich. In solchen Absteigen vermuten sie uns am ehesten. Wir nehmen ein Hotel in Bahnhofsnähe, und diesmal werde ich nicht abgewiesen. Star und der Lolli. Die Frau am Empfang ist ungemein freundlich.

Eine Dusche und frische Kleidung machen mich stark für den langen Marsch, der uns bevorsteht. Bis zu den Außenbezirken können wir mit der U-Bahn fahren, danach noch ein Stück mit dem Regionalzug, aber spätestens wenn wir auf dem Bahnsteig der verlassenen Haltestelle mitten im Nirgendwo stehen, dann wird uns Beinarbeit nicht erspart bleiben.

Dieses Zimmer ist nur vorübergehend. Was danach kommt, wird sich zeigen. Moonlight hat sich aufs Bett gelegt und döst, Star kommt mit zerrauften Haaren soeben aus dem Badezimmer. Wir haben immer noch keinen Block für ihn organisiert. Ich winke ihn zu mir ans Fenster und senke die Stimme, weil ich nicht daran denke, dass Moonlight mich nicht hören kann.

»Wie gut kennst du Shark?«, frage ich. »Du hast gesagt, er hätte oft ein Foto von mir angestarrt. Hat er je von mir gesprochen?«

Er schüttelt den Kopf, wobei das auch heißen könnte, dass er es nicht weiß. Schließlich hätte es jede sein können, über die Shark geredet hat.

»Wie lange arbeitest du schon im Funkhaus? Ein Jahr? Zwei? Mehr?«

Er hebt vier Finger.

»Also vier Jahre. Ist in dieser Zeit je etwas Merkwürdiges passiert? Sind Mädchen verschwunden, von einem Tag auf den anderen?«

Ein irritierter Blick, und er beginnt zu gestikulieren. Kurz darauf bricht er ab und zuckt hilflos mit den Schultern.

»Ist schon gut«, sage ich. »Es ist besser, wenn wir nicht darüber reden. Je weniger ihr beide wisst, desto sicherer seid ihr.«

Er schnaubt. Dass ich ihn nicht verstehe, frustriert

ihn offenbar. Er versucht es noch mal, sehr langsam und bedächtig, als würde das helfen. Ich nehme seine Hände und drücke sie nach unten.

»Ist nicht so wichtig. Versuchen wir uns ein bisschen auszuruhen. In einer Stunde brechen wir auf.«

Wohin? Er formt es mit den Lippen.

»Zu einem alten Freund.«

Zur Abenddämmerung sind wir da. Moonlight ist erschöpft. Nach einem zweistündigen Marsch bei klirrender Kälte bleibt sie in der Einfahrt sitzen und rührt sich nicht mehr von der Stelle.

Star bleibt bei ihr. Das ist gut. Ich muss allein in dieses Haus gehen. Die Antworten, die da drin warten, gehören mir.

Es ist kein großes Haus, mehr so ein Häuschen. Ein Häuschen im Wald. Nicht ganz im Wald. Dort drüben sieht man bereits das Nachbarhaus. Eingezäunt und wohlbehütet. Es ist eine nette Gegend. Perfekt geeignet, um Kinder großzuziehen. Das muss sich auch Sharks Vater gedacht haben, als er mit Frau und Kind vor über dreißig Jahren hierherzog. Ein nettes kleines Haus für eine nette kleine Familie.

Ich stehe vor der Tür. In den Fenstern brennt kein Licht. Vielleicht hat Shark seinen Vater ja mitgenommen. Aber das glaube ich nicht. Das Verhältnis der beiden war nicht sehr gut. Während wir anfangs fast jedes Wochenende hier waren, waren es später nur noch wenige Tage im Jahr. Es war nie leicht für den alten Mann, das alles zu akzeptieren. Womit sein Sohn sein Geld verdient. Welches Schlitzohr aus dem süßen Jungen geworden war, der früher so gern Pilot oder Feuerwehrmann werden wollte. Am Ende stritten sie nur noch. Dennoch zweifle ich nicht daran, dass der alte Mann weiß, wo Shark sich aufhält.

Ich klopfe. Keine Reaktion. Auch in den Fenstern bleibt es dunkel.

Ich drehe mich nach Star und Moonlight um, die zu mir in den Garten gekommen sind. »Wartet hier«, flüstere ich.

Sie nicken und bleiben, wo sie sind.

Ich hebe den Blumentopf neben dem Eingang auf und hole den Ersatzschlüssel darunter hervor. Immer noch dasselbe Versteck. Braver alter Mann. Der Schlüssel passt, ich gehe rein. Dunkelheit, so weit das Auge reicht. Ich finde den Schalter an der Wand, und flackernd geht das Licht an.

Es scheint niemand hier zu sein. Ich durchquere das Vorzimmer, dann das kleine, aber heimelige Wohnzimmer, betrete die Küche mit dem rustikalen Gasherd in der Ecke. Schmutziges Geschirr stapelt sich in der Spüle. Ich öffne den Kühlschrank und finde jede Menge frische Lebensmittel, verpacktes Fleisch, Gemüse, Milch und Eier. Er muss bis vor Kurzem noch hier gewesen sein.

Oder er ist es noch.

Ich steige die schmale Treppe hoch, die ins Schlafzimmer und ins Badezimmer führt. Im Flur bleibe ich stehen. Die Tür zum Schlafzimmer steht einen Spalt offen. Plötzlich bewegt sie sich. Sie öffnet sich weiter.

»Hallo?«, rufe ich. »Falls du da bist, komm raus. Ich bin's nur.«

Ein Kopf lugt aus dem Spalt, darüber erhoben ein Schürhaken. Er senkt seine Waffe und kommt langsam auf den Flur.

»Bist du's wirklich?« Seine Stimme, so vertraut. Ängstlich und gleichzeitig voller Freude.

»Ja, ich bin es wirklich. Ich bin wieder da.«

»Oh mein Gott …«

Der Schürhaken fällt ihm aus der Hand, und er taumelt auf mich zu. Ich weiß nicht, ob die Freude ihn überwältigt oder ob er einfach nur zu schwach ist. Er fällt mir in die Arme, dieser kleine, schmächtige Mann, und zum ersten Mal seit Langem fühlt es sich warm an in meinem Inneren.

»Ich dachte, du bist tot«, flüstert er.

»Das dachte ich auch.«

»Komm her, lass dich anschauen!« Er schaltet das Flurlicht ein, nimmt mein Gesicht in die Hände. Erschrocken stelle ich fest, wie alt er geworden ist. Die Haare grau, die Wangen zerfurcht. Bin ich so lange fort gewesen? Waren es tatsächlich so viele Jahre?

»Mein Gott, du bist es wirklich, du bist es wirklich …« Er streicht über mein Gesicht, als könne er es nicht glauben. »Ich hätte nicht gedacht, dass ich dich noch mal wiedersehe. Jetzt, wo mein Sohn weg ist …«

»Genau deswegen bin ich hier. Ich habe so viele Fragen.«

Ich sitze auf dem alten, schmalen Sofa, auf dem ich vor Jahren Kakao verschüttet habe. Der Fleck ist immer noch zu sehen. Dieses Haus steckt so voller Erinnerungen; dort der Kaktus, den ich Sharks Mutter einmal geschenkt habe. Unglaublich, dass es ihn noch gibt. Die kitschigen geblümten Vorhänge, die dazu passenden Tapeten. Sie erschlägt mich fast, diese Vertrautheit, es tut weh, hier zu sitzen und bei jedem Atemzug zu spüren, wie lange ich weg war, was ich alles verpasst habe, was meins hätte sein können, all die Zeit, in der ich stattdessen nur den Wunsch hatte, zu sterben.

Der alte Mann steht am Fenster und schlürft eine Tasse Tee. »Wer sind die beiden dort draußen?«

»Freunde.«

»Wollen wir sie nicht reinbitten? Das Mädchen sieht aus, als könne es was zu essen vertragen.«

»Ich hab sie gebeten, draußen zu warten. Ich würde gern mit dir allein reden. Über deinen Sohn. Und was passiert ist.«

Als ahnte er, dass etwas Schweres auf ihn zukommt, setzt er sich zu mir auf die Couch. Ich weiß nicht, wo ich anfangen soll. Ich weiß nicht, ob es sich überhaupt in Worte fassen lässt. Die Jahre, der Kerker, die Qualen, meine Flucht. Die Erinnerungen verwischen mit jeder Sekunde, als wäre dieses Haus stärker als die Vergangenheit, als könnte es die Bilder einfach aus meinem Kopf radieren. Doch ich muss es rauslassen, einmal noch, der alte Mann muss es erfahren. Ich beginne zu reden. Und er hört mir zu. Die Zeit vergeht. Mit jedem Wort wird das Erlebte wieder lebendig, manifestiert sich in den Schatten zu einer bedrohlichen schwarzen Masse, sodass ich kurz Angst habe weiterzusprechen, aufhören will, bevor aus den Worten Wirklichkeit wird. Eine warme Hand berührt meine Schulter.

»Es ist alles gut, Kleines. Ich bin da. Du bist in Sicherheit.«

Ich sammle mich und rede weiter. Über Fairy und die alte blinde Frau. Über Geist, ganz viel über Geist. Zum ersten Mal steigen mir Tränen in die Augen. Ich erzähle ihm von meiner Flucht, vom Haus am See und von dem Messer aus der Küchenschublade. Wie ich es an mich genommen habe, als Geist Feuer im Kamin gemacht hat. Mit dem Brennspiritus, der später auch dem Haus zum Verhängnis wurde. Ich erzähle ihm von meiner anstrengenden Heimreise und wie ich das Funkhaus niedergebrannt habe. All das erzähle ich ihm, ohne auch nur einen Hauch von Verurteilung in seinen Augen zu erkennen. Als ich zum Ende komme, hole ich tief Luft. Den wichtigen Teil habe ich bis zum Schluss aufgehoben. Ich wollte ihm Zeit geben. Ein letztes bisschen Zeit, ehe sich das Bild, das er von seinem Sohn hat, von Grund auf ändern wird.

Ich erzähle ihm von jener Nacht, als sie kamen und mich fortbrachten.

Es war Herbst.

Sie kamen mit Vans. Schwarz angezogene Gestalten, die ich noch nie zuvor gesehen hatte. Sie betraten das Funkhaus, als gehörte es ihnen. Shark hatte mich in sein Büro gebeten. Schon als ich reinkam, wusste ich, dass etwas nicht stimmte. Er drückte mich an die Wand und küsste mich. Willig ließ ich es geschehen, weil ich es für ein Spielchen hielt, ein schneller, harter Fick auf dem Büroschreibtisch, aber es war bloß ein Abschied. Auf seine kranke Art wollte er mir Lebewohl sagen. Ein allerletztes Mal das heimatlose Mädchen vögeln, ehe er es auf eine lange, qualvolle Reise schickte.

Sie kamen zu dritt. Männer ohne Gesicht und ohne Worte. Sie nahmen mich mit, und Shark ließ es geschehen. Erst später wurde mir klar, dass es schon lange Zeit so geplant gewesen war. Wahrscheinlich hatten sie ihm bereits vor Wochen ihre Wünsche diktiert und eine schöne Summe Geld überwiesen. Und alles, was er tun musste, war, auszuwählen. Zu liefern. Seine Wahl fiel auf mich. Geschäft, würde er sagen. Am Ende ist alles bloß Geschäft. Ich erfüllte die Anforderungen. Der Kunde ist König. Der Kunde nahm die Ware mit nach Hause. Die Ware hielt stand. Und hielt stand und hielt stand.

Das Gesicht des alten Mannes ist blass geworden. Reglos sitzt er da. Fast so, als wäre er nicht länger lebendig. Als hätten meine Worte ihn zu Tode erschreckt. Verkrampft hält er seine Teetasse umklammert. Ich berühre seinen Arm.

»Wo ist er?«, frage ich.

»Ich glaube das nicht ... Ich kann es einfach nicht glauben.«

»Wo ist dein Sohn? Sag es mir.«

»Wie er von dir gesprochen hat. All die Jahre, seit du weg warst. Es hat ihm das Herz zerrissen. Er hat dich geliebt, verstehst du? Unmöglich kann er zugelassen haben …« Ihm versagt die Stimme.

Ich nehme ihm die Tasse aus der Hand und stelle sie vor uns auf den Tisch. Ich greife nach seinen Händen, halte sie fest. »Nur er kennt die ganze Wahrheit. Darum musst du mir sagen, wo ich ihn finde. Du musst mir helfen, wieder nach Hause zu kommen! Bitte.«

Er schüttelt den Kopf. Er kann und will es nicht begreifen. In seiner Welt gibt es keine Teufel, keine Folter, keine Verräter. Wer weiß, was Shark ihm erzählt hat. Welche Lügenmärchen er sich ausgedacht hat, um den alten Mann nicht zu verunsichern. Glasklar sehe ich ihn vor mir: wie er mit verweinten Augen auf dieser Couch sitzt und das Hirn seines Vaters mit Lügen füttert. Wie er beteuert, wie sehr er mich vermisst und dass er einfach nicht versteht, wieso ich das getan habe, wieso ich ihn verlassen habe, wo doch alles so großartig lief. Allerdings, das wüsste ich auch zu gern.

Die schwieligen Hände entziehen sich meinem Griff. »Das ist doch Unsinn!« Er steht auf, geht ein paar Schritte. »Hör zu, da muss mehr dahinterstecken. Ich kenne meinen Sohn. Er mag ein Schlitzohr sein, aber er würde niemals zulassen, dass …« Er kann es nicht einmal aussprechen. Aufgebracht redet er weiter. »Vielleicht hängt das alles zusammen. Sein Verschwinden und die Geschichte, die du mir erzählt hast. Ich wette, da steckt dieser Beck dahinter.«

»Beck?« Das war einer von Sharks Geschäftspartnern. Ein unsympathischer Fettwanst mit Körpergeruch und Dauergrinsen, der im Funkhaus für die Finanzen zuständig war. Soweit ich mich erinnere, hatte er immer sein eigenes Süppchen am Kochen, aber Shark

ließ ihm den Spaß, solange er nirgends hineinpfuschte.
»Wie meinst du das? Was soll Beck damit zu tun haben?«

»Einfach alles! Das Schwein hat sich vor einer Weile mit einer ganz schönen Summe Geld abgesetzt. Es war überall in den Medien. Das war kurz bevor mein Junge verschwunden ist. Erst dachte ich, die beiden stecken vielleicht unter einer Decke, aber jetzt, wo ich das alles gehört habe ...« Er setzt sich zurück auf die Couch, denkt einen Moment lang nach und steht wieder auf. »Es muss dieser Beck gewesen sein. Der dir das angetan hat, der für das alles verantwortlich ist. Dieses geldgierige Schwein. Der verkauft doch seine eigene Seele für ein paar Münzen! Wieso sollte er dann davor haltmachen, ein unschuldiges Mädchen an einen Haufen Perverser zu verhökern? Er steckt dahinter, ich bin mir ganz sicher! Er muss meinen Sohn da irgendwie mit reingezogen haben. Und als es zu brenzlig wurde, hat er sich seinen Anteil geschnappt und ist abgehauen.«

»Ich würde dir gerne glauben.« Das ist die Wahrheit. Wie gern würde ich glauben, dass es für alles eine Erklärung gibt. Dass man Shark reingelegt hat. Oder erpresst. Dass er keine Wahl hatte. Ich würde das wirklich gern glauben. »Wo steckt Beck jetzt?«

»Ich würde ja sagen, hinter Gittern, aber bei der Polizei sind doch alle korrupt! Sie haben ihn geschnappt, ein paar Tage festgehalten, und nach einem kleinen, harmlosen Verfahren wurde er zu einer Geldstrafe verurteilt und darf nun wieder ungehindert seinen Geschäften nachgehen. Er besitzt ein Bordell irgendwo am Stadtrand. Ganz ehrlich: Ich hatte auch die Vermutung, dass mein Sohn losgezogen ist, um diesen Mistkerl kaltzumachen. Aber der Kerl lebt immer noch, und seinem Bordell geht es ebenfalls hervorragend. Nur das Funkhaus hat's erwischt.«

In meinem Kopf arbeitet es auf Hochtouren. Shark und Beck. Geschäftsführer und Geldeintreiber. Ein gutes Team, vielleicht sogar gute Komplizen. Ich werde es nur erfahren, wenn ich frage. Und das werde ich auch. Ich werde Beck fragen.

Der alte Mann hat den Kopf in den Nacken gelegt und massiert sich die Schläfen.

»Das ist alles ein einziger Alptraum«, sagt er.

»Wir werden das schaffen.«

»Ich möchte, dass du weißt, dass es mir leidtut. Einfach alles, was passiert ist. Du hast das nicht verdient.«

»Du musst das nicht sagen. Es war nicht deine Schuld.«

Er lächelt sanft. »Ich glaube, ich brauche jetzt etwas Stärkeres als Tee. Möchtest du auch was?«

»Nein. Aber hol dir ruhig was, wenn du willst.«

»Bin gleich wieder da.« Er verlässt das Wohnzimmer und geht in die Küche.

Da sitze ich nun. Verwirrter als zuvor. Wenn selbst sein Vater nicht weiß, wo Shark steckt, wie um Himmels willen soll ich ihn dann finden? Ob Beck mir tatsächlich Antworten liefern wird? Schließlich fußt das alles bloß auf Vermutungen. Aber es stimmt schon, er wusste über alles, was im Funkhaus passierte, Bescheid. Auf die eine oder andere Weise muss er in diese Sache involviert gewesen sein.

Oh Gott, diese Kopfschmerzen. Vielleicht wäre etwas zu trinken doch nicht verkehrt.

Ich stehe auf und folge Sharks Vater in die Küche. Geräusche lassen mich innehalten. Er spricht mit jemandem. Die Worte sind sehr leise, ich verstehe sie nur bruchstückhaft. Vorsichtig trete ich näher, hinter der Mauerecke zur Küche bleibe ich stehen. Er hat mir den Rücken zugewandt und hält ein Handy am Ohr. Er flüstert, aber ich verstehe nun jedes Wort.

»Ich weiß nicht, seit etwa einer Stunde. Ja, das kann ich. Sie haben mein Wort. Und Sie halten Ihres? Ihm wird nichts geschehen? Wann werden Sie hier sein? Hallo?«

Er legt auf, und ich komme hinter der Ecke hervor.

»Mit wem hast du telefoniert?«

Ihm fällt vor Schreck das Handy aus der Hand. Sein Gesicht ist blass und reglos. Er antwortet nicht. Ich komme näher, mein Herz beginnt zu klopfen.

»Mit wem hast du da eben telefoniert?«, wiederhole ich.

»Mit niemandem. Ich habe nur meine Mailbox abgehört.«

»Ach ja?« Meine Stimme klingt ganz schrill. Ich hebe das Handy vom Boden auf. Die Nummer, die er zuletzt gewählt hat, ist unter dem Namen »Mr. Shadow« eingespeichert. Ich drücke auf Wahlwiederholung und lausche mit rasendem Puls dem Freizeichen.

Eine Männerstimme meldet sich barsch. »Gibt's noch was?«

»Wer ist da?«, frage ich.

Stille.

Nein, das stimmt nicht. Ich höre ihn atmen. Höre, wie er röchelt. Höre das feuchte, träge Rasseln, das seine vom Krebs zerfressenen Lungen bei jedem Atemzug fabrizieren. Und dann ein Wort. Leise, sanft, wie ein Vater, der sein Kind zum Einschlafen bringen möchte.

»Madonna«, sagt er.

Feuer jagt durch meinen Kopf. Ein Strahl, ein Schuss, es durchbohrt mich, die Angst, die Erkenntnis, wer das ist am anderen Ende der Leitung. Ich sehe ihn vor mir, den Riesen mit dem dunklen Gesicht, ihr Anführer, ihr König, der erbarmungslose Herrscher über das Reich der Schmerzen und des Blutes.

Mr. Shadow. Alias Onkel Doktor. Alias »Ich mach

dich wieder gesund, kleiner Engel«. Seinerseits Direktor des kranken Schlachthauses und leidenschaftlicher Sammler von Raritäten. Knochen, Grabsteine, Seelen, an Fäden aufgehängt und bereit für das Puppentheater. Bereit für die Freakshow.

Sie werden kommen. Sie wissen, wo ich bin. Der alte Mann hat es ihnen verraten.

Ich lege auf und schleudere das Handy weg. In meinen Augen brennen die Tränen. »Warum?«, flüstere ich.

»Du … du verstehst es nicht!« Er ist bis an die Spüle zurückgewichen. Er reibt die Hände aneinander, zittert am ganzen Leib. »Sie haben gesagt, sie bringen ihn um. Sie werden ihn umbringen, wenn ich dich nicht zu ihnen bringe.«

»Du hast gelogen. Du wusstest, wo ich war. Die ganze Zeit hast du mit denen zusammengearbeitet.«

»Nein! Ich wusste gar nichts! Ich habe nichts gewusst. Ich schwöre, dass ich von alldem nichts gewusst habe. Aber dann ist mein Sohn verschwunden. Und plötzlich standen diese Männer vor meiner Tür! Du – du hast keine Vorstellung davon, was die mit mir gemacht haben! Sie wollten wissen, wo du bist. Hundertmal haben sie mir diese Frage gestellt! Ich hab geschrien und beteuert, dass ich es nicht wüsste. Sie haben mir nicht geglaubt. Sie haben mir einfach nicht geglaubt. Bis sie es irgendwann glauben mussten. Weil ich nicht mehr konnte, verstehst du? Ich konnte nicht mehr … nicht mehr schreien. Da haben sie gesagt, dass du früher oder später bei mir auftauchen wirst. Und dass ich sie sofort kontaktieren soll, wenn es so weit ist. Sonst bringen sie meinen Sohn um. Ich musste es tun, verstehst du, ich hatte keine Wahl! Es geht hier um meinen Sohn! Ich habe doch nur noch ihn!«

»Dann haben sie ihn? Ist er deswegen verschwunden, haben sie ihn erwischt?«

Ihm stockt der Atem, seine Schultern beben, und auf einmal bricht er in Tränen aus. Er greift nach dem Küchentisch, sucht verzweifelt nach Halt. »Ich weiß es nicht«, schluchzt er. »Ich weiß nicht, wo er ist. Ich weiß gar nichts. Aber sie sagten, sie bringen ihn um, wenn ich ihnen nicht helfe! Was hätte ich tun sollen? Ich will ihn wiederhaben! Ich ... ich würde alles tun, damit er lebt ...«

Er sinkt auf dem Küchenboden zusammen. Dieser dumme alte Mann. Macht gemeinsame Sache mit dem Feind. Lässt sich auf einen Deal ein, aus dem er als Verlierer aussteigen wird. Er hat sie mir auf den Hals gehetzt. Meine Gedanken überschlagen sich. Wie viel Zeit bleibt mir noch? Wo soll ich hin, wie kann ich ihnen entkommen?

»Star!«, brülle ich.

Schon kommt der Junge durch die Tür geschossen, Moonlight ist ihm dicht auf den Fersen. Gemeinsam stolpern sie in die Küche.

»Sucht alles zusammen, was von Wert ist«, befehle ich. »Geld, Schmuck, Kleidung, alles. Wir verschwinden von hier.«

Sie stellen keine Fragen. Haben keine Zweifel. Auf meine braven kleinen Fußsoldaten ist Verlass. Während sie das Haus durchsuchen, schlüpfe ich in meine Jacke und reiße den Autoschlüssel vom Haken neben der Tür. Der alte Mann hockt am Boden und schaut mir teilnahmslos zu.

»Es ist zu spät«, sagt er tonlos. »Sie werden dich finden. Und mich werden sie sowieso umbringen. Es ist zu spät.«

»Komm mit uns! Wir suchen deinen Sohn, gemeinsam können wir ihn finden!«

Eine schwache Regung zuckt in diesem müden, faltigen Gesicht, ein Hoffnungsschimmer, doch nein, es ist bloß eine Träne. Mit schwachen Gliedern kämpft er sich auf die Beine. Er geht zum Küchentresen und holt ein Messer aus der Lade. Ein langes, scharfes Messer, mit dem man Fleisch schneidet, sehr gefährlich.

»Tu es nicht«, warne ich ihn. »Ich töte dich, wenn du mir zu nahe kommst.«

Er lächelt wie an jenem Tag, als wir uns zum ersten Mal sahen. »Pass gut auf sie auf«, sagte er zu Shark. »Das ist ein Mädchen, für das es sich zu sterben lohnt.«

»Nimm das Messer mit«, sagt er leise. »Und befrei damit meinen Sohn.«

Er legt die Klinge an seinen Hals und beginnt zu schneiden.

22

Blut. Blut zu meinen Füßen, Blut in seinem Gesicht. Blut ändert die Farbe, wenn man lange genug hinsieht. Mit der Zeit wird es schwarz. Wird Teil des Abgrundes, in den es dich reißt. Aus der Schwärze entsteigen die Schatten. Wie ein Schwarm wütender Insekten tummeln sie sich um mich, lachen mich aus. Armes kleines Mädchen. Wie es schreit und schreit. Wie es einfach nicht aufhören kann.

Eine Hand umfasst grob meinen Arm. Star. Zwei Taschen und ein Rucksack voll mit Diebesgut warten auf ihre Verladung. Tüchtiger Junge. Er passt auf mich auf. Behält für uns beide einen kühlen Kopf. Er sieht das Blut und den vornübergesackten Körper, aus dem es fließt, und zerrt mich weg. Die Eingangstür steht offen. Moonlight wartet mit weiteren vollgepackten Taschen vor dem Garagentor.

Ich will ihn nicht so zurücklassen. Will ihn nicht hier liegen lassen, als Futter für die Wölfe, wir müssen ihn begraben, wenigstens begraben müssen wir ihn! Den armen alten Mann, der keine andere Wahl hatte.

Star hält mich fest, seine blauen Augen sprechen mit mir. *Ich weiß nicht, was hier los ist. Ich weiß nicht, wer du bist. Aber wir halten zusammen. Wir müssen jetzt los. Es wird alles gut, hörst du, es wird alles gut. Nur müssen wir jetzt los.*

Er hat recht. Kluger Fußsoldat. Wir laufen aus dem Haus, und ich öffne die Garage.

Der alte Pick-up aus meiner Erinnerung. Vollgetankt. Braver alter Mann. In der Ferne blitzen Lichter auf der Straße. Ich setze mich hinters Steuer, Star ist neben mir, Moonlight schlägt mit den Fäusten gegen meine Rückenlehne – *fahr!*

Wir preschen los, und das Haus verschwindet in der Nacht.

23

Da sind wir nun. Im Auto, auf der Landstraße, unterwegs ins Nirgendwo. Eine Mörderin, ein stummer Stricher und ein gehörloses Mädchen. Ein ungleiches Trio auf der Flucht. Wovor die beiden weglaufen, kann man in ihren stillen, blassen Gesichtern lediglich erahnen. Vielleicht vor einem Leben auf der Straße, vielleicht vor ihren eigenen Alpträumen. Nichts kann so schlimm sein, um dafür gemeinsame Sache mit einer Brandstifterin zu machen. Und doch sind sie hier. An meiner Seite.

Im Radio läuft Musik. Star und Moonlight unterhalten sich zwischen den Vordersitzen hindurch. Ihre Bewegungen sind so sanft, geschmeidig fast. Als streichelten sie die Luft. Es macht mich müde, dieses geräuschlose Gemurmel. Ich greife über den Schaltknüppel hinweg und umfasse Stars Handgelenk.

»Genug jetzt. Die Kleine soll schlafen.«

Als hätte sie mich gehört, wird prompt ein Knie in meine Rückenlehne gerammt. Star bedeutet etwas mit seinen Händen, woraufhin das Mädchen die Luft ausstößt und aus dem Fenster sieht. Kurz darauf sehe ich im Rückspiegel, wie ihr die Augen zufallen.

»Danke«, sage ich leise.

Star lächelt. Er hat sich zu mir gedreht und beobachtet mich eine Weile beim Fahren. Shark hat es mir beigebracht, als wir frisch verliebt waren. Ich habe es jahrelang nicht gemacht. Ich halte mich an die Geschwindigkeitsbegrenzung und konzentriere mich auf die Straße.

Etwas raschelt. Papier. Star zieht einen Block und einen Stift hervor und beginnt zu schreiben.

»Woher hast du den Block? Aus dem Haus von Sharks Vater?«

Er nickt und schreibt weiter. Ich kenne den Satz bereits, den er mir kurz darauf entgegenhält. *Wie ist dein Name?*

Ich schaue zurück auf die Straße.

Er blättert auf eine neue Seite. *Wo fahren wir hin?*

»Zu Beck.«

Dem korrupten Fettwanst?

»Exakt.«

Er betrachtet mich, als versuche er in mich hineinzuschauen. Wieder der Satz, auf den ich nicht antworten kann: *Wie ist dein Name?*

»Spielt keine Rolle.«

Soll ich mir einen Namen ausdenken?

»Meinetwegen.«

Nachdenklich starrt er mich an. Was er wohl sieht, wenn in seine Augen dieses neugierige Funkeln tritt? Die Narben, die glühenden Linien überall dort, wo die Teufel ihre Initialen in mich geritzt haben, oder doch bloß eines, den Willen zu überleben? Fest steht, ich bin keine Madonna mehr. Bin weder lebendig noch tot. Ein Niemand, entlaufenes Vieh, zum Abschuss freigegeben, vogelfrei. Und doch scheint ihm ein Name für mich einzufallen. Was schreibt er da? Er streicht es wieder durch.

»Nenn mich Madonna«, sage ich.

Überrascht hebt er den Kopf.

»So nennen mich die meisten. Nannten mich. Ist auch egal. Madonna ist gut. Daran bin ich gewöhnt.«

Er sieht etwas nachdenklich aus, schaut auf den Block, kaut an seinem Stift. Schließlich entscheidet er sich dafür, mir das durchgestrichene Wort doch zu zeigen. *Madonna*, stand da.

Als ich nichts sage, schreibt er dazu: *Du bist wunderschön.*

Die Straße, die Markierungen, die Laternen. Ich konzentriere mich nur darauf, und nach einem Moment legt er den Block weg und lehnt sich ans Fenster, um zu schlafen.

Ich finde eine Parkmöglichkeit am Straßenrand. Seit einer Stunde sind wir unterwegs. Es ist mitten in der Nacht. Ich schalte den Motor aus, das Radio lasse ich an. Bei kompletter Stille fühle ich mich unbehaglich. Ich weiß, was bei Stille alles zu hören ist. Geräusche, die man für meilenweit entfernt hält, klingen plötzlich ganz nah. Und auf einmal fragst du dich, ob sie nicht bei dir im Zimmer sind, die Schritte, die sich nähern, das Röcheln in der Ecke. Die Schreie, die zuerst in deinem Kopf sind und schließlich aus deinem eigenen Mund kommen.

Ich möchte nicht schlafen, weil ich Angst habe, dass ich dann wieder träume. Aber ich muss. Ich muss mich ausruhen, und wenn ich aufwache, muss ich essen. Ich muss diesen Körper am Leben erhalten, zumindest ein bisschen noch, bis ich Shark gefunden habe und wieder zu Hause bin. Was dann mit diesem Körper geschieht, steht nicht mehr in meiner Macht. Er muss nur halten, solange ich ihn brauche. Er muss halten.

Ich versuche es mir auf dem Sitz bequem zu machen. Meine Begleiter schlafen bereits. Ich schaue in ihre Gesichter, die im Schlaf ganz entspannt wirken. Wie ähnlich sie sich sehen. Wie hilflos sie sind. Und doch wäre ich ohne sie nicht hier. Und nicht nur gestern im Funkhaus – auch jetzt haben sie mich gerettet. Weil sie schnell waren und keine Fragen gestellt haben. Weil ich Star im richtigen Moment in die Augen geblickt habe.

Sie können sprechen, diese Augen. Ich frage mich, ob sie auch lügen können.

24

Es ist Frühling. Alles wirkt vollkommen. Das Licht, die Farben, dieser Ort, dieses wunderschöne kleine Ding da in ihrem Arm. Es ist ein Mädchen. Vollkommen.

»Fällt dir gar kein Name ein?«, fragt er sie.

»Nein. Ich weiß keinen. Ich habe nie darüber nachgedacht.«

Bis zu diesem Tag hat sie nicht daran geglaubt. Dass es tatsächlich wahr ist, dass sie es ein weiteres Mal überstehen wird, dass sie Leben aus sich herauspresst, blutiges, schreiendes Leben an diesem sauberen, stillen Ort. Sie hat es nicht für möglich gehalten. Konnte sich nicht vorstellen, wie schön es sein würde. Wie erfüllend.

Der Junge liegt neben ihr und betrachtet seine Schwester mit riesigen Augen.

»Sie ist hübsch«, sagt er.

»Ja, das ist sie«, sagt sein Vater. »Und sie braucht einen Namen. Ich werde mir einen überlegen.«

Sie lassen sie allein, um sich auszuruhen. Nur sie und das Baby. Dieses kleine, schlafende Wunder. Es ist ganz ihres. Ihr Kind, ein Abbild ihrer selbst. Keine Ähnlichkeit zu dem Mann mit den dunklen Augen. Diese Augen sind noch blau. Wie der Himmel draußen vor dem Fenster. Wie der Teppich, auf dem das Mädchen krabbeln lernen wird. Wie das Meer irgendwo in der Ferne, nach dem es fragen wird, sobald es sprechen kann.

»Aber wieso?«, wird das Mädchen beharren. »Wieso fahren wir nicht dorthin? Wieso müssen wir im Haus bleiben?«

Und sie wird antworten: »Weil es unser Zuhause ist.«

»Was ist das, ein Zuhause?«
»Der Ort, an dem du geboren wurdest. Und der Ort, an dem du sterben wirst.«

25

Im Supermarkt an der Tankstelle kaufen wir uns Frühstück. Ich spüre Stars auffordernden Blick und zwinge mich, das zweite Sandwich auch noch zu verputzen. Er hat ja recht. Meine Appetitlosigkeit ist das erste Anzeichen, dass ich am Verhungern bin. Im Kerker schmerzte mein Bauch andauernd. Es glich einer Vergewaltigung. Die Rationen, die ständig mit Gewalt in deinen Körper gestopft wurden, selbst wenn dir alles wehtat, aber du musstest essen, du musstest, damit du am Leben bleibst und zur Verfügung stehst, rund um die Uhr.

Star muss ahnen, dass ich etwas verschweige. Er stellt seine Fragen sehr bedacht, hier ein kleiner Satz auf Papier, dort einer dieser Blicke, die sich anfühlen, als könne er mir direkt in den Kopf schauen oder gleich ins Herz. Als wolle er die Antworten, die er nicht bekommt, selbst finden, aber meine Augen sprechen nicht wie seine. In meinen Augen findet er nur die Schatten. Doch vielleicht ist ihm das Antwort genug.

Ich sage den beiden, was sie wissen müssen: dass ich auf der Suche bin. Dass unsere nächste Station uns hoffentlich weiterhilft. Dass wir vorsichtig sein müssen und nicht zu sehr auffallen dürfen.

Nachdem wir gefrühstückt haben, wird es Zeit für eine Bestandsaufnahme. Wir haben einen vollgetankten Wagen, ein paar Wertsachen aus dem Häuschen und ungefähr dreitausend Euro in bar. Was wir nicht haben, sind eine Unterkunft, Verbündete und die Adresse des Bordells, das Beck neuerdings gehört.

»Ein Handy mit Internetverbindung wäre nicht schlecht«, sage ich.

Moonlight steht auf und macht sich an die Arbeit. Meine kleine Taschendiebin ist wieder unterwegs. Ich beobachte, wie sie einer Frau auf die Toilette folgt, und schüttle halb beeindruckt, halb nervös den Kopf.

Der Block wandert zu mir über den Tisch.

Brauchen wir Waffen?

»Ich weiß nicht. Im Grunde möchte ich Beck nur ein paar Fragen stellen. Wenn wir Glück haben, dauert es nicht lange.«

Und wenn wir Pech haben?

»Das überlege ich mir, wenn es so weit ist.«

Du solltest Gebärdensprache lernen.

»Das finde ich nicht.«

Er zögert beim Weiterschreiben, will es fast schon bleiben lassen. Aber dann legt er los, und zwar so richtig.

Als ich gehört hatte, dass du mich für die ganze Nacht gebucht hast, dachte ich, dass du Gebärdensprache kannst. Weil Speedy so getan hat, als käme für dich niemand anderer in Frage. Deswegen war ich so überrascht, dass du mich nicht verstanden hast. Ich dachte, du wärst so wie ich. Ich dachte, wir könnten ganz normal miteinander reden. Ich hab mich so gefreut.

Ich lese aufmerksam jedes Wort. Nehme mir die gleiche Zeit, die auch er sich zum Schreiben genommen hat. Einmal mehr fühle ich mich schuldig.

»Ich wollte doch nur in dieses Zimmer«, antworte ich. »Ich wusste nicht, dass es deins ist. Tut mir leid.«

Er winkt ab, will sich nichts anmerken lassen. Dabei hat er sich schon bei unserer ersten Begegnung verraten. In den wenigen Sekunden, als er die Maske angehoben und mich angelächelt hat.

»Was hast du denn gesagt?«, frage ich. »Als du mir den Schlüssel gebracht hast, was hast du da gesagt?«

Er verdreht die Augen.

Ich hab gesagt: »Ich wusste es.« Hat rückblickend nicht ganz gestimmt.

Er grinst und scheint zu erwarten, dass ich mich davon anstecken lasse.

Kein Grinsen. Dafür drei Wörter auf dem Block. Ich schreibe sie auf, weil ich sie nicht über die Lippen bringe. Vielleicht niemals. *Ich danke euch.* Dass ihr da seid. Dass ihr mich nicht alleingelassen habt, als ich Hilfe am nötigsten hatte. Dass ihr euch mit den dürftigen Erklärungen einer irren Brandstifterin zufriedengebt, anstatt abzuhauen oder mich im Schlaf abzustechen.

Er lächelt nicht länger und wirkt plötzlich traurig. Er nimmt den Block an sich und schreibt nun sehr schnell.

Bitte schick uns nicht weg, steht da.

»Wieso sagst du das? Ich schicke euch nicht weg.«

Ein Kopfschütteln, dann weitere hastig geschriebene Worte.

Du hast doch etwas vor, ich merke es. Du willst das alleine zu Ende bringen. Das musst du nicht, wir können dir helfen!

Ich betrachte die Worte, die er so hitzig auf das Papier geschrieben hat, schlampige Buchstaben, und als ich aufsehe, sind da wieder diese Augen. Sie bitten mich, flehen mich an: *Schick uns nicht weg. Lass uns nicht zurück.*

»Ich weiß nicht, was passieren wird«, sage ich leise. »Dort, wo ich hinmöchte, herrscht Krieg. Ich kann euch nicht beschützen, verstehst du?«

Dann beschützen wir dich.

Er sieht so stur aus. Wie ein kleiner Junge, dabei ist er das nicht. Er ist ein Soldat. Er hat für mich gelogen, gestohlen, und jetzt ist er bereit, für mich zu kämpfen.

Brauchen wir Waffen?, hat er gefragt. Ja, wir werden

Waffen brauchen. Denn wir ziehen in den Krieg. Gemeinsam.

Moonlight kommt zurück an den Tisch. Sie hält ein Smartphone in der Hand und hat in Sekundenschnelle das Passwort geknackt.

»Wem gehört das?«, frage ich stirnrunzelnd.

Sie zeigt auf die Frau, die kurz vor ihr aus der Toilette gekommen ist und soeben nichts ahnend den Laden verlässt.

Star streicht seiner Schwester stolz über den Kopf.

»Sehr schön, Kleine, dann gib mir mal das Ding. Wir müssen eine Adresse herausfinden.«

Das Bordell heißt »Venushügel«. Ein bisschen einfallslos, aber wir sind nicht hier, um Punkte zu vergeben. Wir observieren.

Am Stadtrand gelegen, protzig und hell beleuchtet, ist es das moderne Gegenstück zum heruntergekommenen Funkhaus im Zentrum der Innenstadt. Laut Homepage möchten die Betreiber offenbar eine gehobene Klientel ansprechen. Die Fassade erinnert an eine Disco, die leuchtenden Spotlights erhellen die halbe Stadt. Heute Nacht scheint Hochbetrieb zu sein. Alle paar Minuten fliegt die Tür auf, weil irgendjemand kommt oder geht.

Ich drehe mich zu Moonlight um, die auf dem Rücksitz mit dem Handy spielt. »Du bleibst hier und bewachst das Auto. Star und ich gehen rein.«

Sie legt das Handy weg und sagt aufgeregt etwas mit den Händen. Ihr Bruder versucht sie zu beruhigen. Eine kleine Diskussion entsteht, die umso absurder wirkt, wenn man bedenkt, worüber sie sich streiten. Das da drin ist ein Wespennest, und wir sind drauf und dran, mit einer Fackel reinzustechen. Als das haltlose Herumgefuchtel kein Ende nimmt, mache ich mich vom Gurt los und packe Moonlight am Handgelenk.

»Keine Widerrede!«

Sie antwortet mit einer Geste, die selbst ich verstehe – sie streckt mir die Zunge raus.

»Können wir sie allein lassen?«, frage ich Star. »Ich meine, ohne dass sie den Wagen klaut oder jemanden umbringt?«

Er zuckt mit den Schultern. Sehr witzig.

Wir steigen aus und lassen Moonlight im Wagen auf dem Parkplatz zurück. Ich habe ein ungutes Gefühl, als wir die Straße überqueren und auf den Eingang zusteuern. Beck ist ein Arschloch, aber er hat einflussreiche Freunde. Wie sonst wäre es möglich, dass er immer noch auf freiem Fuß ist, nachdem er Shark um eine ordentliche Summe Geld erleichtert hat? Kann sein, dass er nicht mit mir reden wird. Oder dass er hinterher seine Handlanger losschickt, um mich aus dem Weg zu räumen. Jedenfalls dürfte er nicht auf Mr. Shadows Abschussliste stehen, sonst wäre er auf der Flucht wie ich, unauffindbar wie Shark oder tot wie der alte Mann.

Bevor wir reingehen, befehle ich Star, nicht von meiner Seite zu weichen. Bereits von draußen hört man die Musik und riecht die dicke Luft. Ich will nicht, dass wir uns im Gedränge aus den Augen verlieren. Er nickt, und dicht beieinander betreten wir das Lokal.

Es ist laut. Und bunt. Überall Menschen und Gelächter. Nachdem das Funkhaus aus dem Rennen ist, muss der Venushügel die erste Anlaufstelle für die einschlägige Kundschaft sein. Im Grunde das perfekte Motiv, um bei der Konkurrenz das Licht auszuknipsen. Ich frage mich, warum mein schlauer Polizist noch nicht auf diese Idee gekommen ist. Soll er mal sämtliche Bordelle im Umkreis der nächsten hundert Kilometer abklappern und nachfragen, wer alles einen Grund gehabt hätte, das Funkhaus in Schutt und Asche zu legen. Ich möchte wetten, die Liste ist lang. Und doch bin ich es, die das Scheißding abgefackelt hat. Ich bin's gewesen. Eine Namenlose, ein Geist, ohne Sinn und Verstand. Von mir können die alle noch was lernen.

»Fragen wir mal an der Bar!«, rufe ich gegen den Lärm der Musik an.

Wir müssen an drei Stripteasestangen und vielen voll besetzten Tischen vorbei. Star wird von allen Seiten angestarrt. Natürlich, der Goldjunge mit den Wahnsinnsaugen und den hohen Preisen. Der hundertprozentig diskret ist. Der garantiert nicht schreien wird, ganz gleich, was man mit ihm anstellt und wie oft. Der Großteil dieser Leute ist bis vor Kurzem noch im Funkhaus ein und aus gegangen. Star muss ihnen wie eine Heiligenerscheinung vorkommen. Der letzte Überlebende.

Ich beeile mich, zur Bar zu kommen.

Eine Frau mit Lippenpiercings gibt die Getränke aus. Auch sie sieht Star fasziniert an, während sie für mich bloß ein wortkarges »Hi« übrighat.

Er tritt zurück und überlässt mir das Reden.

»Ist Beck da?«

»Wer will das wissen?«

»Wir sind alte Bekannte. Ist er da?«

»Kommt drauf an. Hast du auch einen Namen?«

»Sicher.«

Sie schaut mich herablassend an.

»Sag Beck, ich warte hier auf ihn.«

»Sorry, Schätzchen, aber ohne Namen werde ich ihm gar nichts sagen.«

»Dann sag ihm, ich komme aus dem Schlachthaus. Er wird wissen, wie es gemeint ist.«

»Aus dem Schlachthaus, ja?« Sie nimmt den Hörer eines Uralttelefons und wählt eine Nummer. »Hey, Boss, hier ist eine Frau, die dich sprechen will. Nein, nicht vom Gesundheitsamt. Oder doch?«, fragt sie leise an mich gerichtet. Ich schüttle den Kopf, und sie redet weiter in den Hörer. »Sie sagt, sie ist eine alte Bekannte. Nein, hat sie nicht. Sie sagt, sie kommt aus dem Schlachthaus. Genau.« Sie nimmt mich ins Visier. »Könnte sein. Soll ich sie rüberschicken? Alles klar. Gut, ich sag's ihr.«

Sie legt auf.

»Und?«, frage ich.

»Der Boss sagt, die Tür für alte Bekannte befindet sich gleich dort drüben.« Sie deutet auf einen Seitenausgang, über dem »Exit« steht. »Dort geht es zu den Müllcontainern.«

»Dein Boss ist wirklich witzig.«

»Sorry, aber das hat er nun mal gesagt.«

»Dann ruf ihn noch mal an.«

»Er hat Nein gesagt. Bestell was oder zieh Leine.«

Verfluchte Scheiße. Er ist hier, in diesem Gebäude, vermutlich frisst er gerade, stopft sich seinen fetten Wanst mit Fast Food voll, während ihm irgendein armes, halb verhungertes Ostblockmäuschen den Schwanz lutschen muss. Ich schaue mich nach Hintertüren um, aber es gibt bloß diesen Raum und eine große Festtreppe, die nach oben führt.

Star tippt mir auf die Schulter.

»Wir müssen irgendwie an ihn rankommen«, raune ich ihm zu. »Wenn möglich, ohne allzu großes Aufsehen zu erregen.«

Auch er sieht sich um. Im Hintergrund entsteht Gedrängel. Ein Mann, der eindeutig zu viel getrunken hat, schiebt sich durch die Menge und packt Star am Arm.

»He, du bist doch der Kleine aus dem Funkhaus! Die Nummer 13! Ich dachte, ihr seid alle im Feuer krepiert.«

Star erbleicht und möchte zurückweichen. Der Mann hält ihn fest.

»Ich stand seit zwei Monaten auf der Warteliste. Ich will die Leistung, die mir zusteht! Du kommst jetzt mit mir mit.«

»He, he«, mische ich mich ein, »jetzt geh mal drei Meter zurück und beruhig dich.«

»Halt du dich da raus, du Fotze.«

»Er arbeitet nicht hier, du kannst ihn nicht –«

Und wusch.

Ein Schlag mitten ins Gesicht, ich taumle zurück, und alles wird für einen Augenblick schwarz. Verschwommen sehe ich, wie Star mich auffangen möchte. Doch plötzlich wird er von dem betrunkenen Arschloch zurückgerissen und gegen die Bartheke geschleudert. Gerangel entsteht, Körper prallen aneinander. Das Arschloch brüllt: »Weg da, das ist meiner!«

Auf einmal habe ich Star aus den Augen verloren. Ich rufe nach ihm, versuche ihn zu finden. Der Typ hat ihn einfach fortgezerrt. Hastig rapple ich mich hoch. Auf der anderen Seite des Raumes entdecke ich die beiden im Gedränge. Der Typ hat Star am Nacken gepackt, zieht ihn die Treppe rauf wie ein ungezogenes Kind. Niemand tut etwas dagegen. Sie bezahlen horrende Summen für uns, aber was am Ende mit uns geschieht, kümmert sie einen Dreck.

Mich packt die Wut. Mit Fäusten und Tritten räume ich mir den Weg frei. Wie eine Mauer sind die Leute plötzlich, sie lassen mich nicht durch. Um diesem Widerling seinen Spaß zu verschaffen, halten sie alle zusammen. Ich renne gegen die Mauer und werde immer mehr zurückgedrängt, weg von der Treppe, immer weiter weg von Star. Er ist schon fast aus meinem Blickfeld verschwunden.

»Ich hol dich!«, schreie ich aus Leibeskräften. »Ich hol dich da wieder raus!«

Er wird um die Ecke gestoßen und ist nicht mehr

zu sehen. Ich werde losgelassen. Von einer Sekunde auf die andere halten sie wieder Abstand. Die Party geht weiter. Der Schatten eines Berges legt sich über mich. Security.

»He, Kleine, wir wollen hier keine Störenfriede. Ich muss dich bitten, zu gehen.«

»Ich habe eine Beschwerde vorzubringen. Wo geht's zum Geschäftsführer?«

»Welche Art von Beschwerde wäre das?«

»Vergewaltigung eines Gasts!«

Er brummt.

»Bring mich zu deinem Boss!«, sage ich.

26

Es ist ein stickiger Raum ohne Fenster. Dafür voller Zigarrenqualm und dem Geruch nach durchgeschwitzten Schuhen. Keine Klimaanlage. Ölgemälde von nackten Frauen an den Wänden. Körbchengröße Doppel-D, ganz nach Becks Geschmack. Kein armes, halb verhungertes Ostblockmäuschen unter dem Tisch. Aber eine halb verzehrte Pizza in einem Karton, in dem die Fliegen hocken. Beck traut seinen kleinen, kugelrunden Augen nicht, als er mich sieht.

»Also das ist mal eine Überraschung! Ich hätte nicht gedacht, dass du noch lebst.«

»Ein Freund von mir wird in diesem Moment von einem deiner Gäste vergewaltigt«, sage ich. »Mach was dagegen.«

»Wie bitte, was?«

»Da oben, unter deinem Dach, Vergewaltigung, jetzt! Beweg deinen Arsch!«

»Jetzt halt mal die hübschen kleinen Flügel still. Gäbe es Probleme, hätte mich mein Sicherheitsdienst längst darüber informiert.«

»Dein sogenannter Sicherheitsdienst steht da draußen rum und spielt Darts! Tu was, oder ich rufe die Bullen!«

Er faltet die Hände auf dem Tisch wie ein Priester. »Was soll ich denn tun? Ich seh hier keine Vergewaltigung. Nur einen Gast, der sich schlecht benommen hat, das sehe ich. Und das bist du.«

»Du Arschloch.«

»Aber wenn du mich fragst«, fährt er selig grinsend fort, »wurde es längst Zeit, dass Star mal zur Kasse gebeten wird. Ich meine, was glaubt der Bursche? Dass sich seine Warteliste einfach in Luft auflöst? Seit Monaten versuche ich schon, ihn abzuwerben, aber Shark wollte ihn einfach nicht hergeben. Tja. Wie witzig das Leben manchmal spielen kann. Hier hat er es besser, glaub mir. Bessere Bezahlung, mehr Kunden und, bevor ich es vergesse, eine Unterkunft, die nicht in Schutt und Asche liegt! Darauf einen Toast.«

Er dämpft seine Zigarre in der Pizza aus und umfasst seinen speckigen Bauch.

»Und du«, redet er weiter, während er mich eingehend mustert. »Mein Respekt. Dass du es tatsächlich von dort rausgeschafft hast. Du musst ganz schön an deinem bedeutungslosen Leben hängen.«

»Hattest du etwas damit zu tun? Hast du mit diesen Leuten ein Geschäft gemacht?«

»Ah, verstehe. Bist hier, um mich auszuquetschen. Tut mir leid, dich enttäuschen zu müssen. Bist an der komplett falschen Adresse.«

»Du hast damals im Funkhaus gearbeitet. Du wusstest, wer diese Typen waren. Haben sie dir viel Geld bezahlt? Sag schon, wie lief es ab?«

»Zur Hölle, da lief gar kein Geschäft. Mit diesen Leuten will ich nichts zu tun haben. Die haben nämlich ganz schön viel Dreck am Stecken. Ist verdammt illegales Zeug, was die da treiben. Dafür kriegst du lebenslänglich, wenn sie dich erwischen. Wenn du Antworten willst, geh Shark fragen.«

»Shark ist verschwunden.«

»Welch Zufall.«

»Wer sind diese Leute? Woher kommen sie?«

»Aus der Hölle, schätze ich.«

»Du musst etwas wissen. Irgendwas musst du mir über diese Leute doch sagen können.«

»Klar könnte ich dir was sagen. Aber ich bin nicht

blöd. Oder glaubst du, ich lass mich mit denen auf ein Scharmützel ein? Für dich sicher nicht, mein kleiner Fickfetzen. Ich bin verschwiegen.«

»Komm schon, Beck. Was soll schon passieren? Wovor sollte ein Mann wie du Angst haben?«

»Da hast du recht. Vielleicht juckt es mich ja auch einfach nicht. Vielleicht will ich bloß, dass du verschwindest. Ganz ehrlich, wie oft haben sie mit dir den Boden aufgewischt? Dass du mir ja nicht in die Nähe meiner Möbel kommst, hast du kapiert? Die waren teuer.«

Wie er dasitzt und grinst. In seinem viel zu kleinen Drehstuhl, der Oberboss mit den illegalen Millionen auf dem Konto, das Dreckschwein, unter dessen Dach Star gerade geschändet wird. Es gibt immer ein Dreckschwein, das es am meisten verdient hat. Die Axt in den Wanst, das Messer in den Arsch. Arme und Beine möchte ich ihm abschneiden, die Zunge, die Augen herausreißen, bis nur sein zuckender, verstümmelter Torso übrig bleibt. Ein Fest für die Fliegen, im Kanal versenkt, und ab damit ins Meer. Futter für die Fische.

»Ich möchte wissen, wer dahintersteckt, Beck. Wer diese Leute sind. Und ich möchte wissen, wo Shark ist.«

»Keine Ahnung«, antwortet er.

»Und ob du Ahnung hast.«

»Hör mal, ich hatte mit dem Ganzen nichts zu tun. Ich kann mir ja vorstellen, dass es nicht leicht zu verkraften ist. Vom eigenen Lover ans Messer geliefert zu werden – wow, das muss wehtun.« Er greift nach der Pizza, in der er seine Kippe ausgedämpft hat, und beißt schmatzend hinein. »Aber wenn du meine persönliche Meinung hören willst«, sagt er mit vollem Mund, »du solltest die Sache auf sich beruhen lassen. Genieße dein Leben. Sei froh, dass du von dort weg bist. Mit diesen Leuten legt man sich nicht an.«

»Ich frag dich ein letztes Mal: Was weißt du über sie? Wer steckt dahinter?«

»Frag Shark«, sagt er noch einmal.

Mistkerl. Hier komme ich nicht weiter. Nicht so. Nicht, solange er im Vorteil ist, in seinem verfickten Chefbüro mit den Prügelgorillas vor der Tür und geschätzt zehn verschiedenen Schussfeuerwaffen in der Schreibtischlade. Ich muss ihn dort erwischen, wo er verwundbar ist. Ich muss ihn auf meine Seite des Spielfelds locken.

»Und was ist jetzt mit Star?«, frage ich.

Er lacht. »Dem wird wahrscheinlich gerade die Scheiße aus dem Arsch gefickt.« Er sieht mein entsetztes Gesicht und setzt eine Trauermiene auf. »Nimm's nicht so schwer. Auch so etwas geht vorbei, das weißt du sicher am besten. Er wird es überleben. Es ist sein Job.« Ein arroganter Wink mit dem Pizzastück. »Und jetzt verschwinde, ich hab zu tun.«

Ich gehe. Jeder Schritt ein Schnitt. Ein Schnitt durch seine Kehle, über seinen Bauch, die empfindliche Haut an seinem Schwanz. Das hier ist noch nicht vorbei.

Ich warte am Fuß der Treppe. Ich weiß nicht, wie lange. Schließlich spüre ich eine Hand auf meiner Schulter.

»Wo ist der Kerl?«, frage ich ihn.

Star zuckt mit den Schultern. Er sieht unverändert aus. Sein Gesicht ist ruhig. Als wäre nichts passiert. Aber seine Augen – sie sind ganz still. Sie weichen mir aus.

»Komm.« Ich nehme seine Hand und ziehe ihn durch die Menge nach draußen.

Als wir zum Auto kommen, wartet Moonlight im Schneidersitz auf der Motorhaube. Ohne Handy. Offenbar ist dem Ding der Saft ausgegangen. Sie scheint sofort zu wissen, dass etwas passiert ist. Eilig klettert sie herunter und macht um ihren Bruder einen großen Bogen. Star setzt sich ins Auto und rührt sich nicht mehr. Ich öffne den Kofferraum. Moonlight beobachtet mich neugierig. Wo ist es, zum Teufel? Wo ist das Messer? Da, unter dem Sack voller Kleidung. Es klebt noch ein wenig Blut dran. Mit dem Ärmel wische ich es ab.

»Bleib hier«, befehle ich Moonlight.

27

Lektion 1: Wie man ein Arschloch kastriert
»Du schon wieder?«
»War ziemlich leicht, dich zu finden. Nimmst du immer dieses Zimmer?«
»Hau ab, ich bin müde.«
»Gleich bist du munterer.«
»Ist es wegen dem Jungen? Ich hab für ihn bezahlt, okay? Wenn es dir nicht passt, beschwer dich bei seinem Zuhälter. Shit, der ist ja in die Luft geflogen. Pech.«
»Genauer gesagt ist ihm ein Aquarium auf den Kopf gefallen.«
»Wie war das?«
»Ich sagte: Ich will mir von dir nur schnell was ausborgen.«
»Du bist schon ein schräges kleines Flittchen.«
»Wärst du so gut und würdest ihn schon mal auspacken?«
»Hä?«
»Bitte pack ihn aus. Ich will ihn mitnehmen.«
»Was hältst du da hinter dem Rücken?«
»Pack ihn aus. Sofort.«
»Sonst was?«
»Sonst schneid ich dir die Kehle durch und mach's hinterher.«

Lektion 2: Wie man Antworten bekommt
»Hallo, Beck.«
»Scheiße.«

28

Wer hätte das gedacht. An einen Baum gefesselt und mit blutender Stirn wirkt er nur mehr halb so souverän.

Es war gar nicht so leicht, ihn von der Ladefläche zu wuchten. Zugegeben, ihn da raufzubringen war es auch nicht. Bloß das K.o.-Schlagen, das lief wie geschmiert. Ein dunkler Parkplatz in der Nähe des Hintereingangs. Ein Ziegelstein, der zusammen mit anderem Unrat neben den Müllcontainern lag. Eine gesunde Portion Wut und gut drei Stunden Wartezeit. Dann kam er aus dem Gebäude. Feierabend. Hatte wohl genug nach dem ganzen Aufruhr wegen des verletzten Gastes. War unaufmerksam und müde. Wollte zu seinem Wagen. Kam nie an.

Star hat mir geholfen, ihn zum Auto zu schleppen. Diese fette Sau wiegt mehr als wir drei zusammen. Mit einem Seil aus dem Pick-up haben wir ihn an den Baum gefesselt. Es war viel Seil nötig. Langsam kommt er zu sich. Das Blut auf seiner Stirn ist noch feucht. Ich habe heftig zugeschlagen, weil ich ganz sichergehen wollte. Die Kopfschmerzen, die er jetzt hat, kenne ich gut. Stöhnend öffnet er die Augen. Es gibt nicht viel zu sehen. Das lauschige Plätzchen, das wir für sein Verhör ausgesucht haben, ist weit von der Zivilisation entfernt. Zwei Stunden sind wir ins Landesinnere gefahren. Hat mich eine Menge Benzin gekostet, die kleine Spritztour. Mit einer Taschenlampe leuchte ich ihm ins Gesicht. Er blinzelt und dreht gequält den Kopf weg.

»Was soll das?«, will er wissen. Er zerrt an seinen Fesseln, fletscht die Zähne. »Scheiße, verdammt, macht mich sofort los!«

»Erst unterhalten wir uns ein wenig. Nur du und ich, Beck.«

»Dir hab ich nichts zu sagen, du Schlampe.«

»Bist du sicher? Wir können das auch anders regeln.«

Er entdeckt das Messer, das ich in der Hand halte. Ich hocke mich auf den Boden und lege es neben mir ins Gras. Beck beginnt zu grinsen.

»Du dreckige kleine Hure. Glaub ja nicht, dass du damit davonkommst. Krümm mir nur ein Haar, und du bist schon morgen deinen Kopf los.«

»Wer waren die Männer, die mich damals abgeholt haben? Waren das Kunden von euch?«

Er zieht die Nase hoch und spuckt eine Ladung Speichel auf mich. Er verfehlt mich um ein paar Zentimeter. Wieder grinst er. »Du warst das, nicht wahr? Du bist die Irre, die dem armen Kerl die Eier abgeschnitten hat.«

»Seine Eier hab ich drangelassen.«

»Dafür bist du fällig. Hast du eine Ahnung, was das für ein Aufstand war? Ich musste extra die Cops rufen! Und einen Krankenwagen! Der Typ war einer meiner besten Kunden, du Miststück.«

»Betonung auf *war*. Und jetzt rede.«

»Fick dich.«

Ich hole tief Luft. Nach wie vor hält er sich für den Oberboss mit dem roten Geheimdienst-Telefon und der muskelbepackten Leibgarde. Bloß dass ihm hier draußen niemand helfen wird. Ich drehe mich zu Star um, der etwas abseits mit Moonlight am Wagen steht.

»Halt bitte seinen Kopf fest.«

»Halt bitte seinen Kopf fest!«, wiederholt Beck höhnisch. Ein gurgelndes Lachen dringt aus seiner Kehle, als er zu Star hochsieht. »Hat er dich gut durchgefickt, Kleiner? Man sieht's dir an. Wirst wohl für die nächsten Tage blutig scheißen, was?«

Star packt den Fettwanst am Kiefer und drückt seinen Kopf unsanft gegen den Baumstamm.

»Glaubt ihr, ihr macht mir damit Angst? Ihr seid tot. Ich hetze euch meine Bluthunde auf den Hals, die reißen euch in Stücke! Schon morgen schlaft ihr in Leichensäcken!«

»Letzte Chance«, sage ich, während ich das Messer hauchzart über seine stoppelige Wange gleiten lasse. »Wer waren die Männer, die mich damals mitgenommen haben?«

Ein irres Grinsen. »Vielleicht haben sie ja zur Familie gehört. Und haben dich einfach nur nach Hause geholt.«

Falsche Antwort.

Beck schreit. Es tut in den Ohren weh, ich halte es kaum aus. Star presst ihm die Hand auf den Mund. Guter Junge. Ich säubere die Klinge mit dem Tuch, das Moonlight mir aus dem Auto gebracht hat. Keine Sekunde zu lang möchte ich das Blut dieses Dreckschweins auf meinem Messer kleben haben. Unreines Blut macht Klingen stumpf.

»Hast du es dir überlegt?«, frage ich.

Aus dem zugehaltenen Mund dringen gequälte Schmerzenslaute. Die winzigen Augen sind kugelrund aufgerissen, als ich das Messer an die andere Wange lege. Das L, das Ü und das G habe ich bereits geschrieben. Etwas zittrig, die Technik lässt sich noch verbessern. Für die restlichen Buchstaben werde ich mir ganz besonders viel Zeit nehmen. Zentimetertief in seine Haut, in sein Fleisch, und er schreit. Star muss all seine Kraft aufwenden, um den fußballgroßen Kopf still zu halten.

N – E – R.

Kurze Atempause. Gepresstes Keuchen. Ich bitte Star, das Arschloch loszulassen.

Röchelnd sinkt der fette Kopf nach vorn. Becks Hemd ist schweißdurchnässt, aus seinem Mund rinnt Speichel, der sich mit dem Blut aus den Schnittwunden vermischt und auf den Wanst tropft.

»Mir fallen noch andere Begriffe für dich ein. Und auf deinem Körper ist ja zum Glück genug Platz. Jetzt mach den Mund auf.«

Becks Gesicht ist hinter den schweißnassen Haarsträhnen zu einer höhnischen Grimasse verzerrt. Er atmet schwer, die Worte kommen stockend. Aber er grinst. Dieses kranke Grinsen kennt kein Ende.

»Mach mich los«, keucht er. »Mach mich los, und ich reiße dir vor deinen eigenen Augen die Eingeweide raus.«

Ich wechsle mit Star einen Blick.

»Mund auf«, sage ich.

»Du wirst mich nie zum Reden bringen.«

»Ich meine das wörtlich. Mund auf.«

Noch ehe das Schwein begriffen hat, kommt Star mit einer Zange anmarschiert.

Es wird eine langwierige, anstrengende Prozedur. Wenn dieser Kerl nicht so laut schreien würde. Und den Kopf still halten würde. Dann wäre es einfacher. Und wahrscheinlich auch nicht so schmerzvoll.

Diesmal muss auch Moonlight mithelfen. Sie hält seine Beine am Boden, während Star sich darum kümmert, dass Beck den Mund offen lässt. Zwei Zähne. Es ist ekelhaft. Aber effektiv. Das Schwein pisst sich in die Hosen. Es stinkt. Ich trete ihm in die Eier. Ein elendes Jaulen geistert durch den Wald.

»Okay … okay, okay …«

Ich pfeife meine braven Assistenten zurück und lege die Zange beiseite.

»Ja?«, sage ich.

Beck spuckt Blut. Mit der Zunge fährt er sich im Mund herum. Kein Grinsen diesmal. Dafür ein Kopfschütteln. Er stöhnt. »Ich kenne keine Namen. Keine echten zumindest. Diese Typen wollen anonym bleiben.«

»Erzähl mir von eurem Geschäft. Wie ist es dazu gekommen? Haben die euch kontaktiert?«

»Ja. Ist aber schon eine Weile her. Das Geschäftsverhältnis besteht seit Ewigkeiten. Sie bestellen, wir liefern.«

»Du sprichst von Mädchen.«

»Ich spreche von Dreck. Ihr seid Dreck, begreifst du nicht? Fickfetzen. Aber für die Kundschaft unserer Geschäftspartner reichen normale Huren nun mal nicht aus. Es müssen besondere Mädchen sein. Mit Wiedererkennungswert. Und mit Durchhaltevermögen.«

Er bricht ab, lehnt den Kopf an den Baum.

»Weiter«, fordere ich ihn auf.

»Sie bezahlen im Voraus. Sie bezahlen gut. Scheiße, du hast keine Ahnung, was eine von euch diesen Kerlen wert ist. Da ist nicht bloß ein kleiner Urlaub drin. Ich rede von Millionen. Deine Fotze ist Millionen wert. Macht dich das nicht stolz?«

»Weiter. Wieso ist Shark verschwunden?«

»Ganz einfach, weil er schlau ist. Oder dachtest du, dein Verschwinden hat nicht die Runde gemacht? Bei ihm haben sie als Erstes an der Tür geklingelt. Und du kannst dir denken, dass diese Leute nicht einfach mal nett fragen. Er ist der Händler, und er hat ihnen schlechte Ware verkauft. Bockige Ware. Ware, die nicht mehr da ist. Wäre ich an seiner Stelle, würde ich mehr als nur einen Kontinent zwischen mich und diese Typen bringen.«

»Wieso nur er? Wieso haben sie es nur auf ihn abgesehen? Warst du nicht auch darin verwickelt?«

»Schon, aber wen juckt das? Ist schließlich nicht mein Name, der auf den Verträgen steht. Ja, ganz richtig gehört. Er hat einen Kaufvertrag für dich abgeschlossen. Als wärst du ein hübsches Rennpferd. Davor hat er dich ordentlich zugeritten. Hat geschaut, dass du in Form kommst. Und dann hat er einfach nur unterschrieben, und schon hast du denen gehört. Wie fühlt sich das an?«

Ein blutiges Grinsen.

Ich beginne auf und ab zu gehen. Mein Puls ist auf hundertachtzig.

»Wer sind diese Leute?«, murmle ich vor mich hin. Dann brülle ich, brülle ihm ins Gesicht. »Wo verschanzen sie sich? Wie komme ich an sie ran?«

Da wird er auf einmal hellhörig.

»Willst du dich etwa bei ihnen melden? Sie suchen dich nämlich. Sie wollen dich um jeden Preis wiederhaben. Musst gute Arbeit geleistet haben in ihrem kleinen Etablissement. Warst wahrscheinlich ihre Beste, hm? Oh, ich kann es mir vorstellen. Wie oft ging es am Tag? Fünfmal, zehnmal? Unter uns, es hat dir doch Spaß gemacht, oder? Ein bisschen macht es jeder Frau Spaß. Ich wette, in dir drin ist alles zerschreddert. Da ist nichts mehr ganz. Haben sie dir die Gebärmutter kaputt gefickt? Sag schon, haben sie? Und den Darm? Scheißt du auch nur noch Blut wie der da drüben?«

Durch meine Hände fährt ein eisiges Kribbeln. Es fängt wieder an. Die Schatten, sie sind zurück in meinem Kopf. Sie sprechen mit mir.

Madonna ... mach den Mund auf. Geh runter auf die Knie.

Plötzlich wirkt alles verschwommen. Das Blut, der Baum, Stars Gesicht direkt vor meinem. Er hält mich fest, sagt stumm meinen Namen. *Madonna ...*

Sie sind hier. Sie sind mir hierher gefolgt und lauern

irgendwo im Wald. Warten auf den richtigen Zeitpunkt. Mein Kopf explodiert. Ich mache mich von Star los und stürze mich auf den Mann am Baum.

Es ist nötig. Seine Kehle zwischen meinen Händen, die Augen, die immer weiter aus den Höhlen quellen. Es ist nötig. Ich werde ihn fertigmachen. Seine Zunge werde ich ihm rausschneiden, wenn er nicht sofort den Mund aufmacht!

»Wo ist Shark?«, brülle ich. »Wo ist er!«

Arme, die mich von hinten umklammern und fortreißen. Erneut sehe ich Stars Gesicht, doch während er mich mit einer Hand festhält, schreibt er mit der anderen hektisch auf den Block, den Moonlight ihm gebracht hat.

Nicht umbringen. Sein Handy!

Ich werde schlagartig ruhig. Die Stimmen im Kopf werden leiser. Und sind schließlich ganz verstummt.

Star durchsucht die Taschen des Fettwansts nach dessen Smartphone. Schnell wird er fündig, und Moonlight knackt das Entsperrungsmuster. Im Nu ist sie da. Die Nummer aus der Hölle. Mr. Shadow. Wie kann man nur? Wie kann man die Nummer des Teufels eingespeichert haben, neben Zahnarzt und Steuerberater?

Star schreibt rasch die Nummer ab, dann kritzelt er weiter.

Wir müssen verschwinden! Sie suchen bestimmt längst nach ihm.

Er hat recht. Es wird zu gefährlich. Die Zeit ist abgelaufen. Das Verhör ist zu Ende.

Wir sammeln das Messer und die Zange ein und bringen alles zurück zum Auto. Moonlight wartet bereits auf der Rückbank. Ich gehe noch einmal zurück. Die kugelrunden Augen betrachten mich. Er will grinsen, aber seine Mundwinkel sinken erschöpft herab.

»Du kannst ihnen nicht entkommen, kleiner Engel.

Sie suchen überall in der Stadt nach dir. Du wirst ihnen genau in die Arme laufen.«

»Wo ist Shark?«

Keine Antwort.

»Du weißt es. Bitte sag es mir.«

Ein Blick in den Himmel. »Hast du es schon mal im Norden versucht? Dorthin würde ich mich absetzen. Ich meine, wenn ich dort ein Häuschen hätte. Einen Unterschlupf, den keiner kennt. Der schwer zu finden ist.«

Aber ich kenne diesen Unterschlupf. Ich weiß genau, wovon er spricht.

Dass ich nicht selbst daran gedacht habe.

Ich hebe sein Handy vom Boden auf und lege es auf seinen Bauch. »Ruf Hilfe, wenn du kannst. Und bete, dass wir uns nicht mehr wiedersehen.«

Ich drehe mich um, überlasse den blutenden, verschwitzten Klotz seinem Schicksal. Seine Stimme folgt mir, bis ich im Wagen bin, und selbst dann hört er nicht auf zu schreien.

»Du bist tot! Du bist tot, Schlampe! Du bist tot!«

Star dreht das Radio auf volle Lautstärke.

29

Wir sind auf der Landstraße. Ich habe Star gebeten, für eine Weile zu fahren. Die Nummer auf dem Block – auf diese Nummer starre ich seit Stunden.
Ein Anruf, um meinem Schöpfer gegenüberzutreten. Ein Anruf, um sie herzulocken, die Fliegen zum Fleisch, und um zuzuschlagen, schnell und hart und verzweifelt.
Ich beobachte Star aus dem Augenwinkel. Mein treuer Soldat. Und seine brave kleine Gehilfin. Wir können das nicht allein schaffen. Zu dritt sind wir nicht stark genug, um die Höllenarmee zu besiegen. Aber ich kenne jemanden, der uns helfen kann.
»Dreh um.«
Überrascht sieht Star mich an. Er dachte, wir würden nach Norden fahren, um Sharks geheimen Unterschlupf aufzuspüren, von dem Beck gesprochen hat. Aber solange wir gejagt werden, ist jeder Kilometer, den wir zurücklegen, ein Schritt in den eigenen Untergang.
Er wendet auf der breiten Straße, stellt den Wagen aber am Straßenrand ab. Verwundert steckt Moonlight den Kopf zwischen den Vordersitzen hervor. Ihre Hände schwirren durch die Luft, Star zuckt ratlos mit den Schultern. Beide schauen mich an.
»Wir müssen zurück in die Stadt.«
Star nimmt Block und Stift zur Hand.
Aber dort sind wir nicht sicher.
»Wir sind nirgendwo sicher.«
Aber ich dachte, du willst Shark finden.
»Zuvor müssen wir unsere Verfolger loswerden. Und dafür brauchen wir Verstärkung.«

Er zögert.
Was planst du?
»Bitte fahr einfach. Wir müssen zurück in die Stadt.« Als er nichts tut, greife ich nach seiner Hand. »Vertrau mir.«
Er startet den Wagen.

30

Das Viertel sieht bei Nacht ganz anders aus. Deswegen dauerte es auch so lange, die richtige Straße zu finden. Ein Eck gleicht dem anderen. Ich lotse Star in eine Nebengasse, wo wir zwischen Bäumen und Familienkutschen unseren Wagen abstellen.

Moonlight rümpft misstrauisch die Nase, als wir aussteigen. Die Gegend ist ihr nicht geheuer. Vielleicht hat sie so etwas ja auch noch nie zuvor gesehen. Gepflegte Wohnhäuser. Grünflächen und Spielplätze. Nette kleine Restaurants an den Straßenecken. Wer hier wohnt, hat von Armut und Kriminalität bloß in den Nachrichten gehört. Wer hier wohnt, ahnt nicht, dass es Menschen gibt, die für Geld und eine Unterkunft ihren Körper verkaufen. Menschen wie du und ich. Taubstumme Mädchen und unschuldige hübsche Jungen. Dass wir jetzt hier sind, nachdem wir vor wenigen Stunden gemeinsam einen Mann gefoltert haben, ist an Ironie kaum zu übertreffen. Wir passen nicht hierher. Wir sind Fremde und müssen auf der Hut sein. Ich sehe den beiden an, dass sie skeptisch sind. Aber sie müssen mir jetzt vertrauen. Ich muss mir selbst vertrauen. Es ist unsere einzige Chance.

Die Eingangstür zum Wohnhaus lässt sich öffnen. Sie ist unverschlossen, während man dort, wo ich herkomme, seine Tür mit Ketten verbarrikadiert. Hier vermutet niemand böse Absichten. Im Treppenhaus geht automatisch Licht an. Star sieht sich erstaunt um. So viele Willkommenskränze an den Türen. Fahrräder, die niemand klaut. Ich ziehe ihn weiter, wir müssen in den vierten Stock. Wir nehmen den Lift. Moonlight hat nach Stars Hand gegriffen. Sie fürchten sich, fürchten sich vor dieser Idylle, dem Licht, weil sie ihr Leben lang im Dunkeln gehaust haben.

Es ist die Tür mit der Nummer 26. Ich bitte die beiden, kein Geräusch zu machen. Was irgendwie lächerlich ist, da sie in diesem Moment nicht einmal zu atmen wagen.

Ich klopfe.

Nichts passiert. Kein Wunder, es ist mitten in der Nacht. Ich klopfe lauter. Im Inneren wird ein Schloss entriegelt. Zumindest einer, der vorsichtig ist. Aber das muss er auch, schließlich ist er Polizist.

Die Tür öffnet sich einen Spalt.

Und wird dann abrupt aufgerissen.

»Was zur Hölle machst du denn hier?«, will er wissen.

»Können wir reinkommen? Wir brauchen deine Hilfe.«

31

Schon seltsam, wie schnell die Dinge in anderem Licht erscheinen können. Als ich das letzte Mal hier war, kam mir die große Dachgeschosswohnung mit dem Kamin und der noblen Einbauküche viel zu steril vor, bot mir Unterkunft, aber keine Sicherheit. Jetzt strahlt sie Ruhe aus. Schutz. Etwas Warmes, in das du dich hineinkuscheln möchtest, Zuflucht. Seit meiner Flucht sehne ich mich nach einem furchtlosen Retter, hinter dem ich mich verstecken kann. Der die Bösen niederstreckt und mich nach Hause bringt. Vor einigen Tagen bot er mir seine Hilfe an, und ich habe ihm nicht geglaubt. Weil sie überall sind, die Hörner, die Hufe, die gespaltenen Zungen, die nur Lügen verbreiten. Ich konnte ihm nicht trauen. Auch jetzt kann ich ihm nicht trauen. Aber mir bleibt keine Wahl.

Er hat uns hereingelassen. Er hat Moonlight einen Kakao gemacht. Sie und Star sitzen auf der Wohnzimmercouch und sehen sich neugierig um. Der riesige Flachbildfernseher, die teuren, sauberen Möbel, die Badezimmertür, die offen steht und einen Blick auf die gigantische Badewanne ermöglicht. Ich kann ihre Gedanken hören: *So leben sie also – die Menschen, die uns wie Dreck behandeln. Die Menschen, die Geld für uns bezahlen. Und uns hinterher links liegen lassen.*

Vor allem Star macht mir Sorgen. Ich habe seinen Blick gesehen, als die Tür aufgegangen ist. Die beiden kennen sich bereits. Sie kannten sich schon vor dem Verhör auf dem Polizeipräsidium. Woher und wie intensiv, kann ich mir denken.

Zwei Gläser landen auf dem Küchentisch, an dem ich

sitze. Der Polizist hat eine Flasche Whiskey aus dem Schrank unter dem Fernseher hervorgeholt und schenkt sich großzügig ein. Nach ein paar gierigen Schlucken füllt er auch mein Glas.

»Und ich wollte mit dem Scheiß gerade aufhören«, brummt er.

Ich gebe ihm die Zeit, die er braucht. Während er sein Glas schon wieder auffüllt, überlege ich, wie und wo ich beginnen soll, bei Beck, beim Funkhaus oder doch ganz am Anfang. Er nimmt einen weiteren Schluck, dann knallt er das Glas auf den Tisch, und sein ungnädiger Ermittlerblick trifft mich mit voller Wucht.

»Sag mir einfach nur, ob ich richtiglag«, sagt er. »Hast du das Funkhaus abgefackelt? Und die beiden dort haben für dich gelogen?«

Ich antworte nicht, und das genügt ihm schon.

Das dritte Mal wird nachgefüllt.

»Scheiße«, murmelt er vor sich hin. Er lächelt, mit einem Hauch von Frust. »Also schön. Erzähl mir, warum du hier bist.«

Das tue ich. Ich erzähle meine Geschichte. Sie beginnt mit Liebe und endet mit Blut. Bei der Schilderung des Schlachthauses versuche ich möglichst detailliert zu bleiben. Ich beschreibe meine Zelle, den Geruch darin, das Geräusch des Regens, wenn ein Unwetter tobte. Er hat sein Handy auf den Tisch gelegt und nimmt alles auf, was ich sage. Viele, viele Worte sind das. Viele Namen, die es gar nicht gibt. Aber die Menschen, die diese Namen tragen, gibt es. Sie sind real. Birdy, Fairy, Bee, Summer, Daisy, Mouse, Flower, Nightingale. Mr. Shadow. Ich fasse zusammen, was ich über den Direktor des Schlachthauses weiß: großer, schlanker Mann, ein Hüne, vom Lungenkrebs halb zerfressen. Hat eine Vorliebe für böse Spritzen und Zahnuntersuchungen. Lässt sich selten blicken, schickt meistens eine Vertretung.

Aber wenn er da ist, nimmt er sich Zeit. Er nennt uns seine Kinder. Er sorgt dafür, dass wir gesund bleiben.

Ich berichte außerdem, was wir in den letzten Tagen herausgefunden haben, und zwar ohne die Mittel zu erwähnen, die wir dafür angewandt haben. Dass die Teufel mir auf den Fersen sind. Dass sie nicht aufgeben werden, ehe sie mich gefunden haben. Und was am wichtigsten ist, dass wir Mr. Shadows Telefonnummer haben. Woher? Von Sharks Vater. Die Sache mit Beck muss er nicht wissen. Wo Sharks Vater jetzt ist? In der Hölle.

Dann werde ich still. Ich wüsste nicht, was ich sonst noch sagen könnte. Jetzt liegt es an ihm. Er hat die ganze Zeit sehr konzentriert zugehört. Fast wirkt es, als hätten meine Schilderungen ihn kaum berührt. Und doch spüre ich, dass da etwas in ihm brodelt, eine Wut, eine Ungeduld, die für einen Mann, der mit alldem nichts zu tun hat, beinahe unglaubwürdig wirkt.

Mit einem Klick stoppt er die Aufnahmefunktion auf dem Handy.

»Ich wusste es«, sagt er. »Dass das alles kein Zufall sein kann. Dass alles mit dem Funkhaus zu tun hat. Die verkaufen Menschen und kommen einfach damit durch. Verhökern sie an Leute, die sie als Sklaven halten ... Wieso hast du mir das nicht schon früher erzählt? Wieso kommst du erst jetzt?«

»Ich ... ich wusste nicht, ob man dir trauen kann.«

»Ob man mir trauen kann? Menschen werden in diesem Moment gefoltert und vergewaltigt, und du ...« Er bricht ab, als er merkt, dass er überreagiert. »Tut mir leid«, sagt er ruhig. »Spielt auch keine Rolle mehr. Jetzt bist du hier. Das ist das Wichtigste. Es war richtig, zu mir zu kommen. Seit Jahren suche ich Beweise, wühle im Dreck, wo es nur geht, aber keiner redet mit mir! Alle haben Angst, so wie du.«

»Bist du deswegen manchmal im Funkhaus unterwegs gewesen? Um zu *ermitteln*?«

Mein höhnischer Tonfall lässt ihn kalt. »Dort ist das Nest. Ich wusste es, die ganze Zeit habe ich es gewusst. Dieser Shark! Dieser verlogene, feige Drecksack. Ich war so nah dran. Aber ich hatte keine Beweise! Und den anderen, denen ist das doch vollkommen egal. Das halbe Polizeipräsidium ist korrupt.«

»Davon habe ich gehört.«

»Dreimal wollte ich eine Hausdurchsuchung im Funkhaus durchbringen, kein einziges Mal wurde es mir bewilligt. Und weißt du, warum? Weil die alle Stammkunden von Shark sind. Frag die beiden Kids. Die halbe Stadtregierung ist dort ein und aus gegangen. Glaubst du, nur einer von denen hätte zugelassen, dass ihr Lieblingspuff wegen illegalem Menschenhandel hochgenommen wird?«

Er steht auf und schüttet den restlichen Whiskey aus seinem Glas ins Spülbecken. Kurz verharrt er so, die Hände am Küchentresen abgestützt, als wollte er das ganze Ding herausreißen.

Ich betrachte seinen Rücken, sehe die Anspannung, die seinen Körper durchläuft, und frage: »Warum berührt dich das so?«

»Was?«

»Es könnte dir egal sein. Wie allen anderen auch. Mir selbst wäre es egal. So läuft das nun mal in dieser Stadt. Verbrechen geschehen an jeder Straßenecke, und das Klügste, was du machen kannst, ist wegzuschauen. Aber du nicht. Du kämpfst für die Wahrheit. Und ich will wissen, wieso.«

Es scheint, als wären das die ersten Worte, die ihn wirklich erschrecken konnten. Er schüttelt den Kopf, greift wieder nach dem Whiskey und trinkt direkt aus der Flasche.

»Wer ist es?«, frage ich. »Wer wartet im Schlachthaus darauf, dass du ihn rettest?«

Er schluckt. »Meine Schwester. Sie ist seit zwei Monaten verschwunden.«

»Und du glaubst, sie ist dort? Dass die sie haben?«

»Ich weiß es nicht. Ich weiß gar nichts mehr.«

Auf einmal macht er einen ungeheuer müden Eindruck. Wie er in seiner Küche steht und schweigt. In diesem großen Raum, in dem bis vor Kurzem noch alles hell und sauber war. Jetzt ist alles verschmutzt, befleckt von meiner blutigen Vergangenheit.

Fast bereue ich es, mich ihm anvertraut zu haben, dabei ist es sein Job, seine Aufgabe, er soll Menschen beschützen, um jeden Preis. Ich denke, es ist diese Hoffnungslosigkeit, die ich jedes Mal spüre, wenn ich aufwache, immer noch. Sie ist ansteckend. Eine Seuche, und ich habe sie mitgebracht. Bald schon wird die ganze Stadt infiziert sein.

»Ich stell mir manchmal vor«, spricht er weiter, »dass sie einfach bloß weggelaufen ist. Sie hat so oft davon geredet, die Stadt zu verlassen. Sie wollte die Welt sehen.«

»Vielleicht ist es auch so. Vielleicht geht es ihr ja gut.«

»Nein. Ich täusche mich nicht. Sie ist dort, an demselben Ort, wo auch du so lange warst.«

»Was macht dich da so sicher?«

»Kurz vor ihrem Verschwinden hat sie angefangen, im Funkhaus als Kellnerin zu arbeiten. Ich hab's per Zufall herausgefunden. Bin ihr dort eines Nachts einfach über den Weg gelaufen. Wir haben uns eine Stunde lang gestritten. Sie ... sie meinte, sie wolle es nur vorübergehend machen. Um Geld zu sparen. Ich war so wütend auf sie. Weil sie nicht zu mir gekommen ist, als sie Geld brauchte. Weil sie stattdessen diesen miesen Job angenommen hat und ... Jedenfalls bin ich abgerauscht und hab sie dort allein gelassen. Seitdem habe ich nichts mehr von ihr gehört. Sie ist wie vom Erdboden verschluckt. Dieses Arschloch von Shark hat behauptet, sie sei einfach nicht mehr zum Dienst erschienen. Keiner hat irgendwas gewusst. Aber ich schwöre dir, die wissen alle Bescheid. Die haben meine kleine Schwester verkauft wie Vieh. Deswegen hab ich dich gebeten, nach ihr zu fragen, erinnerst du dich? Ich dachte, vielleicht hast du bessere Karten als ich.« Er hält inne, schluckt erneut. »Jeden Tag denke ich an ihr Gesicht und … stelle mir vor, was diese Kerle mit ihr machen. Was sie ihr alles antun, genau jetzt. Und ich möchte die ganze Welt umbringen.«

Er lächelt bitter in den Hals der Flasche hinein.

»Ich weiß nicht, ob ich euch helfen kann. Ich fürchte, ich bin kein guter Polizist.«

»Doch, du kannst uns helfen. Du musst. Was ist mit dem, was ich dir erzählt habe? Reicht das deinen Vorgesetzten nicht? Was brauchen sie noch, um tätig zu werden?«

»Das kann ich dir sagen, Schätzchen: einen Grund. Ich bin hier der Einzige, der einen Grund hat. Den anderen seid ihr egal. Ihr seid Dreck in deren Augen, verstehst du? Eine Hure mehr oder weniger, wen kümmert das schon?«

»Mich kümmert es. Und Moonlight und Star. Wir sind kein Dreck. Wir wollen leben! Deine Schwester will leben.«

Er sagt nichts. Sein Blick ist tief in der Flasche vergraben.

»Wenn es ganz einfach wäre«, sage ich. »Wenn du deinen Job machen könntest, wie es sich gehört – wie würden wir dann vorgehen?«

»Du würdest eine offizielle Zeugenaussage machen. Mit deiner Hilfe würden wir das Schlachthaus ausfindig machen und den gesamten Laden hochnehmen. Du weißt doch noch, wie man dorthin kommt, oder?«

»Ich ... ich kann mich an den Bahnhof erinnern, von dem aus ich hierher aufgebrochen bin. Ich weiß noch, wie er heißt. Und an den Wald. Ich bin tagelang durch den Wald geirrt. Hilft dir das etwas?«

Er seufzt frustriert. »Das muss genauer sein. Könntest du uns hinführen, wenn du wieder dort bist? Kannst du dich an den Weg erinnern?«

Ich schließe die Augen, spüre die Kälte tief in mir drin. Höre den Wind, der rauscht und an mir zerrt, mir alle Kräfte raubt und mich dennoch unwiderruflich vorantreibt. Äste knacksen unter meinen Schritten, Schneeflocken schmelzen auf meinem Gesicht. Es ist so dunkel überall. Ich kann nichts sehen. Nur diese weiße Einöde, die einfach kein Ende nimmt. In meinem Kopf brüllen die Gedanken, die Gedanken an Geist, den ich im Feuer zurückgelassen habe. Es tut mir so leid. Der Schmerz ist übermächtig, gewaltsam dränge ich ihn zurück. Ich sehe mich um. Das Schlachthaus ist in der Ferne verschwunden. Verschluckt von den Bäumen und dem Schnee, als wäre dieser Wald ein Teil des Bösen, ein Teil der Hölle, die mich einfach nicht gehen lassen will.

Ich mache die Augen wieder auf.

»Nein«, antworte ich. »Ich kenne den Weg nicht. Ich ... ich bin einfach nur gelaufen. Dem Licht entgegen. An mehr kann ich mich nicht erinnern.«

»Ist schon gut«, sagt er. »Wir haben die Nummer. Wenn wir Glück haben, können wir die Saubande damit ausfindig machen. Und in eine Falle locken.«

»Du sprichst von einem Köder?«

»Ich würde das halbe Militär zu diesem Schlachthaus schicken. Die Luftwaffe, einfach alles. Die Schweine würden wir drankriegen.«

»Und in Wirklichkeit? Was können wir tun? Hast du überhaupt keine Verbündeten dort?«

»Doch. Ein paar gibt es. Aber wenn es nun nicht stimmt, was du sagst.« Plötzlich schaut er mich wieder an, ganz der Polizist, der sich nicht täuschen lässt. »Wer sagt mir, dass das alles nicht gelogen ist? Dass du nichts weiter als eine kleine, fiese Brandstifterin bist, die mit dieser Geschichte ihre Haut retten will?«

»Ich lüge dich nicht an.«

»Wer garantiert mir das? Wieso sollte ich meinen Job aufs Spiel setzen, wenn alles, was ich habe, die Worte einer obdachlosen Hure sind?«

»Weil du genau weißt, dass ich die Wahrheit sage.«

»Einen Scheiß weiß ich.«

»Flora.«

Er erstarrt.

»So heißt sie doch, oder? Deine Schwester. Ihr voller Name ist Flora.«

Das Zittern in seinen Augen – noch glaubt er es nicht, will es nicht glauben, die Wahrheit, vor der er sich die ganze Zeit gefürchtet hat. Er stellt die Flasche weg und kommt zu mir an den Tisch. Langsam jetzt, seltsam schwankend, als drohe er das Gleichgewicht zu verlieren. Er setzt sich hin. Da ist überall Schmerz in seinem Gesicht. Ein Schmerz, der keine Worte kennt.

Ich weiß jetzt, dass ich ihm trauen kann. Dass er alles tun wird, um seine Schwester zu befreien. Die arme kleine Fairy. Die die Hoffnung einfach nicht aufgeben wollte. Ich wünschte, ich hätte jemanden gehabt, der in der sicheren Ferne auf mich wartet. Der krank vor Sorge wird, meinetwegen, und der nicht aufgibt, der nicht aufhören wird zu suchen, bis er mich gefunden hat. Tot oder lebendig.

Doch ich hatte niemanden. Ich war allein. Über Leichen musste ich gehen, um jemanden zu finden,

den mein Schicksal und das der anderen interessiert. Gemeinsam werden wir die Schweine aufspüren. Wir werden sie herlocken. Umzingeln. Und dann werden wir zuschlagen.

32

Moonlight ist auf der Couch eingeschlafen. In der Hand hält sie den leeren Kakaobecher. Der Polizist nimmt den Becher an sich und möchte eine Decke über sie breiten. Star geht wütend dazwischen und stößt ihn weg.

»Schon gut, Kleiner. Hab verstanden. Ich komm ihr schon nicht zu nahe. Aber leg sie wenigstens ins Bett, okay? Ich penne meinetwegen auf der Couch.«

Behutsam hebt Star seine Schwester hoch und trägt sie ins angrenzende Schlafzimmer.

Ich möchte ihm schon folgen, drehe mich aber noch einmal um. »Kanntest du die beiden schon vorher? Aus dem Funkhaus? Oder gibt es einen anderen Grund, warum Star dich nicht ausstehen kann?«

»Es gab mal eine Art Tombola. Zum Jahreswechsel. Moonlight war der Hauptgewinn. Eine echte Jungfrau. Ich hab gewonnen. Hab sie aber nicht angerührt. Sie war mir zu jung. Abgesehen davon«, fügt er mit einem schiefen Lächeln hinzu, »hat es ewig gedauert, bis sie ihren Bruder ruhiggestellt hatten. Der war nicht von ihrer Seite zu kriegen. Bis heute denkt er wahrscheinlich, ihre Entjungferung geht auf mein Konto.« Er schüttelt den Kopf. »Hat mir fast den Hals umgedreht. Ich meine das wörtlich. Tapferer Kerl. Saublöd, aber tapfer.«

Ein verrücktes Bild taucht vor meinem inneren Auge auf: Star, der aus einem Schrank springt und Moonlights Freier mit einem Messer attackiert. Sie passen aufeinander auf. Damit niemand dem anderen wehtun kann.

»Sie lebt noch«, sage ich. »Deine Schwester. Ich bin mir sicher, dass sie noch lebt.«

»Ja.« Er steht am Fenster und schaut nach draußen. Bald wird es morgen sein. Und morgen legen wir los.

Als ich ins Schlafzimmer komme, hat Star das Mädchen soeben aufs Bett gelegt. Er wartet, bis ich die Tür hinter mir geschlossen habe.

Sag mal, spinnst du? Dieser Kerl? Dem kann man nicht trauen, der ist nicht besser als die anderen Schweine, der steckt doch mit denen unter einer Decke, wie konntest du nur, ich will hier weg, lass uns gehen, bitte!

All das mit nur einem einzigen durchdringenden Blick.

»Er ist in Ordnung«, beruhige ich ihn.

Er hebt eine Braue.

»Er wird uns helfen. Glaub mir, er hat gute Gründe dafür.«

Ein abfälliges Schnauben. Er begibt sich auf die Suche nach seinem Block. Dass er ihn im Auto gelassen hat, behalte ich für mich. So ist er wenigstens beschäftigt, und ich kann mich für eine Weile ins Badezimmer zurückziehen.

Vor gar nicht allzu langer Zeit stand ich schon einmal hier, unter dieser Dusche, auf diesem Teppich, vor diesem Spiegel. Ich dachte, ich sei frei. Ich dachte, die Alpträume hätten ein Ende oder würden zumindest verblassen, wenn nur ein bisschen Zeit vergangen ist. In Wahrheit war mein Traum von damals ein Vorbote des Schicksals: Ich soll gekocht werden, die Suppe blubbert bereits. Fehlt nur noch Salz. Morgen. Morgen werde ich mich meinen Jägern stellen.

Nach einer heißen Dusche gehe ich in Unterwäsche ins Schlafzimmer zurück. Star hat sich aufs Bett gelegt und schaut sich etwas an. Ein kleines, zerknittertes Ding, das ich auf den ersten Blick gar nicht erkenne. Ich komme näher und reiße es ihm urplötzlich aus der Hand.

»Woher hast du das?«, fahre ich ihn an. »Das gehört mir. Das ist mein Foto. Woher du es hast, hab ich gefragt!«

Dass ich auf einmal so aufgebracht bin, überrascht uns beide. Er hat sich aufgesetzt, will es mir in Gebärdensprache erklären und lässt hilflos die Hände sinken, als er sich daran erinnert, dass ich ihn nicht verstehe.

»Ist schon gut«, sage ich. »Ich wollte dich nicht anbrüllen. Dieses Foto ... Es bedeutet mir einfach sehr viel. Wo hast du es gefunden?«

Er deutet auf meine Hose über der Sessellehne, die ich ausgezogen habe, bevor ich ins Bad verschwunden bin.

»Okay. Ist schon gut. Es ist okay, es ist okay.«

Er beobachtet mich, als ich mich neben dem Bett auf den Boden setze und den Kopf an die Wand lehne. Mit den Fingerspitzen streiche ich über die eingerissenen Ränder. Über das Haus. Über die blassen, freudlosen Gesichter.

»Das ist meine Mutter«, höre ich mich murmeln. »Da war sie ungefähr in meinem Alter. Es ist das einzige Bild, das ich von ihr habe. Meine einzige Erinnerung an mein Zuhause. Es ist alles, was ich noch besitze.«

Die Worte laufen hilflos aus mir heraus, entkommen mir, als wären sie schon viel zu lange da drin. Ich betrachte das Foto, das an einer Seite ganz ausgefranst ist, als hätte man ein Stück davon abgerissen. Aber für mich fehlt nichts an diesem Bild, für mich ist es vollkommen. Mutter und Tochter Hand in Hand.

Star ist an die Bettkante gerückt und schaut mich an. Ein Gefühl sagt mir, dass er näher kommen möchte. Noch näher. Ich weiß nicht, ob er das sollte. Und er offenbar auch nicht.

»Hast du noch Erinnerungen an früher?«, frage ich

ihn. »Ich spreche von der Zeit vor dem Funkhaus. An deine Kindheit. Weißt du noch, wie es damals war?«

Nein, sagt er stumm. Aber seine Augen verraten die Wahrheit. Er kann sich erinnern, er möchte es bloß nicht. Weil alles, was früher war, schmerzt. Weil man es wiederhaben zu wollen droht, wenn man zu lange daran zurückdenkt. Wenn man plötzlich wieder weiß, wie glücklich man einst war.

»Weißt du, ich hab früher in einem richtig schönen, großen Haus gelebt. Man sieht es im Hintergrund. Erkennst du es? Wir hatten Angestellte und ... ich glaube, Unmengen an Autos. Der Parkplatz war immer voll. Und ständig hatten wir Besuch. Meine Eltern hatten so viele Freunde. Es war niemals leer im Haus. Und ich ... ich glaube, ich hatte auch einen Bruder. Ich kann mich nur nicht ... ich kann mich nicht mehr an sein Gesicht erinnern. Da ist nur so ein Gefühl, dass da noch jemand war. Ein verschwommenes Gesicht, aber kein Name dazu. Verstehst du, was ich meine?«

Er nickt. Ganz vorsichtig streckt er die Hand aus und greift nach dem Foto.

Hübsch, formt er mit den Lippen, und ich weiß nicht, ob er mich oder meine Mutter meint.

»Sie ist gestorben«, rede ich weiter. »Schon vor einer Weile. Aus dem Grund bin ich überhaupt erst hier gelandet. Ganz plötzlich war ich allein. Und Shark hat mich aufgenommen.«

Vater?, fragt er stirnrunzelnd.

»Keine Ahnung. Ich weiß fast nichts mehr von ihm. Ich glaube, wir ... Ich glaube, sie wollte ihn verlassen. Ich erinnere mich, dass sie mir sagte, wir machen einen Ausflug. Und ich hab mich gewundert, warum sie es so eilig hatte. Und so viele Sachen eingepackt hat, auch die Fotos. Sie wollte Erinnerungen mitnehmen. Dann kamen die Wölfe. Und das war's.«

Wölfe?

Ich nicke. »Sie haben sie zerrissen. Vor meinen Augen. Und ich bin nur noch gerannt.«

Er macht ein angewidertes Gesicht, ob wegen der schrecklichen Geschichte oder meines abgeklärten Tonfalls, kann ich nicht sagen. Er gibt mir das Foto zurück, und ich stecke es in meine Hosentasche.

Es ist jetzt angenehm ruhig. Unsere erste Nacht allein miteinander, seit wir uns im Funkhaus über den Weg gelaufen sind. Nun ja, nicht völlig allein. Moonlight scheint auf der anderen Bettseite das Schnarchen in eine olympische Disziplin verwandeln zu wollen. Aber sie wird nicht urplötzlich aufstehen und mit einem Messer auf mich losgehen. Sie scheint begriffen zu haben, dass ich für ihren Bruder keine Gefahr bin. Ungewollt muss ich lächeln.

»Sie hat mir gedroht. Neulich im Funkhaus. Sie hat gesagt, sie bringt mich um, wenn ich nicht abhaue. Weil sie dich beschützen wollte. Mutige kleine Kriegerin.« Und noch mehr Worte, immer mehr. Ich kann sie nicht aufhalten. »Ich beneide euch so. Ihr habt einander. Ihr werdet niemals allein sein.«

Die blauen Augen schauen tief in mich hinein. Ich warte darauf, dass er mich jetzt endlich berührt. Und wenn es nur ganz kurz ist. Stattdessen rückt er ein Stück zurück und hebt die Bettdecke an.

Das ist zu viel. Viel zu viel.

»Nein«, sage ich. Ich stehe auf und suche mir meine Kleidung zusammen. »Ich werde draußen schlafen.«

Schritte tappen über den Boden. Er hält mich auf, der Blick so fragend. Wie damals in seinem Zimmer. *Ich will mit dir schlafen.* Eine nichts ahnende Ehrlichkeit, die ich schamlos ausgenutzt habe. Damit er keinen Verdacht schöpft. Damit er einschläft und mich in Ruhe seinen Arbeitsplatz abfackeln lässt, sein Zuhause. Aber die Dinge haben sich verändert. Es gibt nichts mehr, das ich von ihm brauche. Ich würde es tun, weil da mehr ist, als ich zugebe, und das macht mir Angst.

»Nein«, wiederhole ich.

Ich ziehe den Arm weg, und er lässt mich los. Mit dieser Enttäuschung in den Augen, diesem stummen *Warum?*; das ich eigentlich nur von mir selbst kenne, aus den Nächten, die kein Ende nahmen, die Nächte in meiner Zelle. Ich wende mich ab und baue mir eine Schlafstatt aus meiner Kleidung am Boden. Im Wohnzimmer kann ich nicht schlafen. Dort ist niemand, dem ich zur Gänze vertraue.

Star geht zurück zum Bett. Langsam, mit hängendem Kopf.

Wenn das alles erst vorbei ist, werden wir uns wahrscheinlich nie wiedersehen. Besser, er begreift das früher als später.

33

Als ich aufwache, liege ich im Bett. Behutsam zugedeckt und entspannt. Aus dem Wohnzimmer dringt das Geräusch eines Fernsehers. Im Badezimmer läuft die Dusche. Sonnenstrahlen fallen durch einen Schlitz zwischen den Vorhängen. Wie lange habe ich keine Sonne mehr gesehen?

Ich stehe auf und ziehe die Vorhänge zurück. Es hat geschneit. Alles ist weiß und hell und strahlend. Ich muss träumen. Ich liege in meiner Zelle und träume von einem besseren Morgen.

Meine Kleidung liegt zusammengefaltet auf dem Sessel. Das Foto ist sicher in der Hosentasche versteckt. Rasch ziehe ich mich an und gehe nach nebenan.

Moonlight sitzt auf der Couch und sieht fern. Schon wieder hält sie einen Kakaobecher in der Hand. Der Polizist sitzt neben ihr. Mit ernstem Gesicht, sichtlich erschöpft. Wahrscheinlich hat er die ganze Nacht kein Auge zugetan. Hat sich gequält mit der Frage, was in diesem Moment mit seiner Schwester passiert. Ich komme zu den beiden an die Couch, sie beachtet mich nicht, er steht auf und winkt mich in die Küche.

»Wie sicher bist du dir, dass die Nummer uns zu diesem Mr. Shadow führt?«, will er wissen.

»Zu hundert Prozent.«

»Das ist kein Spielchen. Bist du dir wirklich absolut sicher? Wir haben nämlich nur einen Versuch. Wenn der scheitert –«

»Ich bin mir sicher«, unterbreche ich ihn. »Ich würde seine Stimme unter Tausenden erkennen. Und wenn es nicht seine Nummer war, dann die eines

Handlangers. Glaub mir. Es ist die einzige Spur, die wir haben.«

»Gut. Dann werde ich jetzt mal ein paar Leute informieren. Sag den Kids, dass sie sich fertig machen sollen.« Er nimmt sein Handy und geht zum Telefonieren ins Vorzimmer.

Moonlight hat inzwischen den Kakao ausgetrunken. Sie wirkt so normal in diesem Augenblick. Bloß ein Mädchen, das auf der Couch herumlungert und fernsieht. Sie hat die Untertitel aktiviert und lacht lautlos über irgendeine Sitcom. Vielleicht bräuchte sie nur ein paar Tage. Ein paar wenige Tage in dieser Umgebung, um die Bruchstücke in ihrem Inneren wieder zusammenzufügen. Und plötzlich wäre sie geheilt. Kein Dreck mehr, sondern ein richtiger Mensch. Mit Rechten, Träumen und einer Zukunft.

Im Bad wird die Dusche abgedreht. Wenig später kommt Star angezogen und mit feuchten Haaren heraus. Er greift sofort nach dem Blatt Papier, das er sich zuvor auf dem Bücherregal zurechtgelegt haben muss. Auf dem Blatt steht bereits etwas.

Es tut mir leid.

Was tut ihm leid? Dass er mich ins Bett gelegt hat, kaum dass ich eingeschlafen war? Dass er, seit wir uns kennen, nicht von meiner Seite weicht, obwohl ich ihm alles genommen habe, was er hatte? Dass er mich ansieht, anstatt wegzuschauen, dass da dieses Leuchten in ihm ist, immerzu in meiner Nähe, immerzu dieses Leuchten, von dem er gar nicht weiß, dass ich es sehen kann?

»Du musst dich für nichts entschuldigen«, antworte ich. »Ich bin so froh, dass du da bist.«

Und doch werde ich ihn gehen lassen müssen, sie beide muss ich gehen lassen, schon bald, wenn dieser Alptraum endlich vorüber ist. Ihnen darf nichts passieren.

Er schreibt etwas Neues aufs Papier.

Ist das wirklich alles wahr? Was du dem Polizisten gestern erzählt hast? Über das Schlachthaus und was dort passiert?

»Du hast zugehört?«

Er nickt vorsichtig.

Ich seufze. Manchmal vergesse ich, dass er zwar nicht sprechen, aber dafür sehr gut hören kann. »Ja«, antworte ich. »Das ist alles wahr.«

Kurz habe ich Angst, dass er sich vor mir ekelt. Vor dem besudelten Opfer aus dem Kerker. Vor dem Mädchen ohne Eingeweide, das stundenlang daliegt und schreit. Das selbst jetzt noch schreit und bloß gelernt hat, dabei den Mund zu halten.

Aber er ekelt sich nicht vor mir. Er zückt den Stift und schreibt weiter.

Ich würde gern mal diese Lichtung sehen. Den Ort von dem Foto.

»Ja«, sage ich lächelnd. »Ich auch.«

Der Polizist kommt zurück ins Wohnzimmer. »Wir müssen los.«

»Wohin?«

»Es gibt da ein paar Leute, die sich gerne deine Geschichte anhören würden. Die Kids sollen in die Gänge kommen.«

Star sagt etwas in Gebärdensprache, das mir nicht unbedingt nach Zustimmung aussieht. Ich drücke seine aufgebrachten Hände nach unten. »Bitte vertrau ihm. Er ist einer von den Guten.«

Augenrollend nimmt er wieder Papier und Stift zur Hand.

Er soll nicht dauernd »Kids« zu uns sagen!

Ich schmunzle in meine Handfläche. »Ich werde es ihm ausrichten.«

Der Raum kommt mir bekannt vor. Das ist schließlich nicht mein erster Besuch im Polizeipräsidium. Beim letzten Mal wollte man mich der Brandstiftung überführen, jetzt sitzen wir alle in einem Boot. Es sind vier Männer mit um den Oberkörper geschnallten Kanonenhalftern, die sich dazu bereit erklärt haben, der verrückten Straßennutte und der Theorie ihres verbissenen Kollegen Gehör zu schenken. Während Star und Moonlight draußen bleiben mussten, nehmen die vier neuen Gesichter mich in die Mangel.

Polizist 1: »Warum sind Sie nicht schon früher gekommen?«

Polizist 2: »Ist Ihnen klar, dass Ihre Geschichte einige Lücken aufweist?«

Polizist 3: »Wie sind Sie an die Nummer des angeblichen Drahtziehers gekommen?«

Polizist 4: »Wie kommt es, dass die all die Jahre damit durchkommen konnten, ohne dass es jemand gemerkt hat?«

Auf jede Frage habe ich eine Antwort.

Erstens: »Ich konnte niemandem trauen.«

Zweitens: »Welche Lücken? Alles, was ich weiß, habe ich Ihnen gesagt.«

Drittens: »Über den Vater meines Ex-Freundes.«

Kleiner Zusatz: »Er ist tot.«

Viertens: »Fragen Sie doch Ihre ach so gewissenhaften Kollegen.«

Sie besprechen sich, mein Polizist hält sich raus.

Polizist 1: »Wieso ist der alte Mann tot? Haben Sie dafür Beweise?«

»Er hat Selbstmord verübt, um diesen Leuten nicht in die Hände zu fallen. Gehen Sie doch nachschauen.«

Polizist 2: »Uns wurde nichts dergleichen gemeldet. Was sagen Sie dazu?«

»Dass Sie schlampig arbeiten.«

Polizist 1 greift zu seinem Handy.

Polizist 2: »Wir werden das überprüfen.«

»Tun Sie das.«

Polizist 3: »Der Geschäftsführer des Venushügels ist seit zwei Tagen verschwunden. Haben Sie etwas damit zu tun?«

»Nein.«

Polizist 2: »Eine Mitarbeiterin des Lokals hat von einer Frau gesprochen, deren Beschreibung zu Ihnen passt. Sie waren also dort.«

»War ich nicht.«

Polizist 3: »Am selben Abend wurde einem Mann dort der Penis abgeschnitten. Wieder von einer Frau, die Ihnen zum Verwechseln ähnlich sieht.«

»Davon wissen Sie, aber von dem toten alten Mann nicht?«

Polizist 4: »Antworten Sie auf die Frage.«

»Ist doch komisch. Ein unschuldiger Mann schneidet sich die Kehle durch, und niemanden interessiert es. Einem Haufen Dreck wird der Schwanz abgesägt, und alle brüllen auf.«

Polizist 2: »Sind Sie für beides verantwortlich?«

»Für keins von beidem.«

Polizist 4: »Der ehemalige Geschäftsführer des abgebrannten Funkhauses ist ebenfalls verschwunden. Ihr Ex-Freund.«

»Kommt da noch eine Frage?«

Polizist 4: »Ist Ihr Ex-Freund in die Sache verwickelt? Und sein ehemaliger Geschäftspartner, dieser Beck?«

»Ich sagte doch, die stecken da alle mit drin. Und jetzt verschanzen sie sich, wo es brenzlig wird.«

Polizist 1 legt das Handy weg. »Eine Streife ist auf dem Weg zum Haus des alten Mannes. In einer halben Stunde wissen wir mehr.«

Er und seine Kollegen beraten sich. Vor ein paar Minuten klingelte das Telefon. *Es stimmt, was die Kleine sagt. Der alte Mann ist mausetot. Die gesamte Hütte ist verwüstet. Da ist kein Stein auf dem anderen geblieben.*
»Sehen Sie? Das waren die!«
Polizist 1: »Könnte ein ganz normaler Raubüberfall gewesen sein.«
»Als ob. Das waren die! Weil er sie doch angerufen hat, sie waren dort, um mich abzuholen! Und als sie mich nicht finden konnten, haben sie zu wüten begonnen.«
In den Gesichtern der Männer wird es finster. Sie fangen an, die Schatten zu sehen. Die Hörner, die man bloß erkennt, wenn man daran glaubt.
Polizist 1: »Wenn das alles stimmt, dann ist das eine wirklich üble Sache, die da am Laufen ist.«
Polizist 2: »Wie gehen wir vor? Wir werden viel mehr Leute brauchen.«
Polizist 3: »Ich kann es drehen, dass wir ein Sondereinsatzkommando bekommen. Der Einsatzleiter schuldet mir noch einen Gefallen.«
Polizist 4: »Und was sagen wir dem Chief?«
Mein Polizist: »Razzia. Dafür gibt er immer sein Okay.«
Alle fünf grinsen.
Er wendet sich an mich. »Wir müssen davon ausgehen, dass die Nummer sich nicht tracken lassen wird. Wir werden es natürlich trotzdem versuchen, aber es ist sicherer, nach einem anderen Plan vorzugehen. Du rufst an und machst mit den Kerlen ein Treffen aus. Wir warten den richtigen Zeitpunkt ab und nehmen die Bande dann fest. Dir wird nichts passieren.«
»Kannst du mir das versprechen?«
»Ja.«

»Ich habe Angst.«
»Ich weiß.«
Ich atme tief durch. »Wann?«
Ein Handy wandert über den Tisch.
»Jetzt«, antwortet er.

34

Wir sind in einem Raum mit vielen Computern. Ein Datenanalyst bedient das Gerät, mit dem sich die Nummer zurückverfolgen lässt. Das Handy liegt in meiner Hand. Fünf Polizisten überwachen jedes Wort, das gleich gesprochen werden wird. Es ist alles bereit. Nur ich bin es nicht.

»Keine Angst«, sagt mein Polizist zum wiederholten Mal. »Mach einfach, was wir besprochen haben. Versuch ihn so lange wie möglich in ein Gespräch zu verwickeln. Es kann nichts passieren. Wir kriegen das Schwein jetzt.«

Ich wähle die Nummer.

Plötzlich wünsche ich mir, dass es nicht klappen wird. Dass die Nummer ein Blindgänger ist und ich niemals wieder die röchelnde Stimme hören muss. Dass der Direktor was merkt und sofort wieder auflegt. Alles, alles ist mir recht, solange ich nur nicht dieses Telefonat führen muss.

Es piept. Die Stimme meldet sich, und mein Herz beginnt zu pochen.

»Shadow hier.«

Wie sicher er sich fühlen muss. Für wie absurd er offenbar die Möglichkeit hält, jemand anderer als seine getreuen Geschäftspartner hätte Zugang zu seiner Nummer.

Der Analyst beginnt zu arbeiten. Die Polizisten nicken. »Hier spricht Madonna«, sage ich.

Die Stille ist wie ein eisiger Hauch. Sie streicht mir über die Glieder, dringt ins Fleisch, direkt in meine Gedärme. Alles in mir scheint sich zu winden in diesem

Moment. Ich höre den röchelnden Atem. Und dann ein Wort, er sagt: »Endlich.«

Die Polizisten fordern mich auf, weiterzumachen.

»Ich … ich rufe an, um …«

»Hast du also doch noch eingesehen, dass es sinnlos ist, sich zu verstecken?«

»Ja. Es tut mir leid. Dass ich weggelaufen bin. Es tut mir so leid …«

»Du hast uns allen eine Menge Ärger bereitet. Und Kummer. Dir ist klar, dass das nicht unbestraft bleiben kann?«

»Ja, das ist mir klar. Aber es ist mir egal. Ich möchte bloß wieder nach Hause. Darf ich wieder nach Hause kommen?«

Ein leises Lachen. Panisch schaue ich meinem Polizisten ins Gesicht. Er bedeutet mir, ruhig zu bleiben, weiterzureden, nur noch ein paar Sekunden.

»Was für ein dummes Mädchen du bist. Was für ein dummes, dummes Mädchen.«

»Bitte, Herr Direktor. Ich – ich weiß nicht, was ich sonst tun soll! Bitte holen Sie mich ab. Ich will nicht mehr weglaufen. Ich will einfach nur nach Hause kommen.«

»Und das wirst du auch. Du wirst bald wieder zu Hause sein. Ich verspreche es.«

Ich schließe die Augen. Vor mir liegt die Lichtung. Alles ist kahl und verdorrt. Mutter und Tochter sind verschwunden, stattdessen stehen zwei neue Gestalten vor dem Haus, Hand in Hand. Onkel Doktor und seine kleine Lieblingspatientin, in Ketten gelegt und auf den Knien, während sich im Hintergrund das Tor zur Hölle immer weiter öffnet.

»Kennst du das alte Kraftwerk im Süden der Stadt?«

»Ja.«

»In drei Stunden bist du dort.«

Ich nicke hastig, bis mir klar wird, dass er mich nicht sehen kann. »Habe verstanden«, krächze ich.

»Und Madonna ...«

»Ja?«

»Sei ein braves Mädchen. Sei brav, oder du wirst es bereuen. Auch das verspreche ich dir.«

Er legt auf.

Im Hintergrund geht das Gedrängel los, Stühle werden zurückgeschoben, Befehle durch die Luft gebrüllt. Es gab Probleme bei der Ortung, so viel höre ich heraus. Offenbar hat Onkel Doktor Sicherheitsvorkehrungen getroffen. Der Rest verhallt in meinem Kopf, ich nehme bloß noch dieses Röcheln wahr, mein eigenes Keuchen, das Piepen der toten Leitung. Eine Hand allein reicht nicht aus, um mich zurück ins Hier und Jetzt zu holen. Er muss mit beiden Händen mein Gesicht packen.

»Das war großartig«, sagt er. »Den Mistkerl kriegen wir.«

Seltsam, wie rasch es manchmal geht. Vor einem Tag noch musste ich ihn überzeugen. Ich war entschlossen und gewillt, die Sache zu Ende zu bringen. Jetzt habe ich Angst. Ich habe solche Angst. Vor dem Kraftwerk und vor den drei Stunden, die mich von meiner Erlösung trennen oder von meinem Tod.

»Madonna«, sagt mein Polizist. »Ist das dein Name? Klingt schön.«

»Ja. Das ist mein Name.«

Und der Engel muss jetzt heimkehren. Zurück in die Grube, in die er einst gefallen ist.

35

Sie instruieren mich. Bereiten mich vor. Die ganzen Sicherheitsvorkehrungen nützen nichts gegen den schweren Bleiklumpen in meinem Bauch. Ich wünschte, Star wäre hier. Sie haben ihm nicht erlaubt, uns zu begleiten. Für Zivilisten ist es zu gefährlich. Aber er ist doch gar kein Zivilist, er ist Soldat. Der beste Soldat von allen.

Sie glauben, dass alles einem bestimmten Ablauf folgen wird. Weil sie so etwas schon zigmal gemacht haben. Sie haben Erfahrung mit solchen Situationen. Wenn alles nach Plan läuft, gehe ich in dieses Gebäude, und nach fünf Minuten ist die Sache vorbei. Sie sagen mir, dass sie Profis sind. Dass sie jeden meiner Schritte überwachen. Ich sage ihnen, dass diese Leute auch Profis sind. Und dass sie gut sind in dem, was sie tun: Menschen fangen.

Zum hundertsten Mal legt der Polizist mir die Hand auf die Schulter. »Dir kann nichts passieren. Solange du tust, was wir besprochen haben, wird alles laufen wie geplant.«

Das stillgelegte Kohlekraftwerk ist der Schandfleck dieser Stadt. Über ein weitläufiges Gebiet erstrecken sich Äcker aus Transformatoren unter einem grauen, gekrümmten Himmel. Verrostet, braun, wie Gekreuzigte. Dorthin hat Mr. Shadow mich zitiert. Hier möchte er mich abholen. Am Rande des Industriegebiets, so weit von der Zivilisation entfernt, dass selbst die Obdachlosen diesem Ort fernbleiben. Was hier geschieht, bleibt unbemerkt.

Wo einst solche Betriebsamkeit herrschte, gibt es

heute nur mehr Stille. Lediglich ein Quietschen hier und da, wenn der Wind einen der alten Kräne trifft, die als letzte Überbleibsel zwischen den Gebäuden hochragen. Man hat sie einfach hiergelassen. Als wäre von einer Sekunde auf die andere eine Katastrophe über das Kraftwerk hereingebrochen. Und alle mussten um ihr Leben rennen.

Es ist das erste Mal, dass ich hier bin. Das Gelände wird von einem hohen Maschendrahtzaun umspannt, um wilde Tiere und Gesindel fernzuhalten. Das Tor ist locker und fällt beim Öffnen halb auseinander.

»Madonna, hörst du mich?« Eine Stimme dringt durch das winzig kleine Mikro in meinem Ohr. »Wir können dich perfekt sehen. Bleib ganz ruhig. Geh einfach weiter.«

Normalerweise sollte mich die Anwesenheit von zehn einsatzbereiten Scharfschützen im unmittelbaren Umfeld beruhigen. Ich lasse das marode Tor hinter mir und gehe langsam über den mit Schotter ausgelegten Platz. Container stapeln sich an den Seiten. Das große Hauptgebäude liegt unmittelbar vor mir. Verrottet und krank sieht es aus, als wäre es von einer Seuche befallen, die Stein und Metall angreift. Von den hohen Türmen steht nur noch ein einziger. Der Rest ragt wie verfaulte Zähne aus der Erde. Kantige, instabile Formen, richtig bedrohlich wirken sie in der Abenddämmerung.

Ich friere in meiner dünnen Jacke. Ungewollt werde ich schneller. Über den Schotter, der sich wie zermahlene Knochen anfühlt, die Knochen meiner Freunde, Fairy, die blinde alte Frau, alle wurden sie abgeschlachtet auf der Suche nach mir. Alle sind sie ihrem Zorn zum Opfer gefallen. Die ruhige Stimme in meinem Ohr erinnert mich daran, dass ich nicht allein bin. Er redet mit mir, sagt mir unaufhörlich, dass ich weitergehen soll. Ich erreiche den Eingang des Gebäudes, ein breites, grün lackiertes Metalltor, das sperrangelweit offen steht. Dahinter wartet ungewisse, kalte Dunkelheit.

»Noch ist nichts zu sehen. Kann irgendjemand etwas sehen?«

Andere Stimmen mischen sich dazu.

»Negativ, alles ruhig.«

»Hier drüben auch. Nichts zu sehen von den Kerlen.«

»Ich soll reingehen ...«, sage ich flüsternd.

Die Stimme in meinem Ohr wird lauter. »Nein, das ist zu riskant. Wir haben dann keinen Sichtkontakt mehr.«

Die Dunkelheit da drin. Sie zerrt an mir, der Höllenschlund hat sich geöffnet. Sie sind da drin. Sie warten auf mich.

»Ich muss da jetzt reingehen«, sage ich.

»Madonna, nein! Warte noch! Bleib, wo du bist.«

»Mir bleibt keine Wahl. Sie können nicht aus der Dunkelheit heraus. Ich muss zu ihnen gehen.«

»Madonna, halt! Bleib da stehen! Verdammte Scheiße.«

Frischluft wird zu Metallgeruch. Das letzte bisschen Tageslicht verschwindet, als das Tor wie von Geisterhand zufällt. Im Nu bin ich von Finsternis umgeben. Ich bleibe stehen, kann plötzlich nicht mehr atmen. Die Finsternis ist lebendig. Sie hat den weiten Weg vom Schlachthaus in Kauf genommen, ist gekrochen und gekrochen, über Berg, Fluss und Tal, dieser träge schwarze Wurm, ein Parasit, das getreue Haustier der Teufel, das sie überallhin mitnehmen. Zu meinen Füßen hat es sich ausgebreitet, schlängelt sich die Wände hoch, zu den zersprungenen Fenstern bis an die Decke. Ein halbes Leben war ich im Bauch dieser Bestie gefangen und wurde Tag für Tag ein Stückchen verdaut. Der

Schmerz von damals kommt mit einem Schlag zurück, und ich hole tief und verzweifelt Luft.

»Madonna«, sagt die Stimme übers Mikro. »Ich bin bei dir. Ganz ruhig. Du bist nicht allein.«

In diesem Moment leuchten Scheinwerfer in der Dunkelheit auf.

Ich halte mir den Arm vors Gesicht, um nicht geblendet zu werden. Aus den Tiefen des Gebäudes dringen Schritte. Langsam, gelassen, die Teufel haben es nicht eilig. Jetzt nicht mehr. Angestrengt versuche ich sie zu erkennen, aber da sind nur diese Scheinwerfer, genau auf mich gerichtet.

»Madonna?« Eine tiefe Stimme, ich kenne sie nicht. Das ist nicht der Direktor.

»Ja. Ich bin Madonna.«

Ich kann immer noch nichts sehen. Diese verdammten Scheinwerfer. Das Geräusch einer Autotür, die auf- und wieder zugemacht wird.

Aus dem Lichtkegel separiert sich eine Gestalt. In einen schwarzen Mantel gehüllt, mit hochgestelltem Kragen, bewegt der Teufel sich auf mich zu, ein Phantom ohne Gesicht. Er ist lautlos dabei. Als würde er schweben.

»Bist du allein?«, fragt dieselbe Stimme wie zuvor. Sie kommt aus der Ferne, die Stimme des Puppenspielers, der aus sicherer Distanz seine schwarze Marionette steuert.

»Ja. Ich bin allein. Wie der Herr Direktor es wollte.«

Stille. Die manteltragende Marionette gafft mich an. Wo bleiben die Polizisten?

»Warte noch«, höre ich ihn via Mikro sagen. »Versuch sie rauszulocken.«

»Was wird nun mit mir passieren?«, frage ich schriller als gewollt. »Ist der Herr Direktor sehr böse?« Keine Antwort. Die Marionette steht da und glotzt. »Ich –

ich habe einen Fehler gemacht. Das weiß ich jetzt. Es wird mir doch nichts geschehen, oder? Wieso sagt ihr nichts?«

»Der Direktor«, ertönt die Stimme aus der Dunkelheit, »hat uns aufgetragen, dich zurück nach Hause zu bringen. Aber dass er dich verschonen wird, kann ich dir nicht garantieren. Nicht nach dem, was du getan hast.«

»Ich schwöre, ich wollte das nicht! Es war nicht meine Schuld. Ich wäre niemals weggelaufen, nie! Ich wurde entführt.«

»Sehr gut, weiter so!« Die Stimme im Mikro. »Wir sind gleich bei dir.«

Mein Herz rattert in meiner Brust, ich spucke die Worte aus, sage, was mir einfällt. »Ich habe zuvor nie einen Fehler gemacht. Das wisst ihr doch! Ich habe immer die Regeln befolgt. War immer artig. Das ist alles ein Missverständnis.«

»Ein Missverständnis?«, wiederholt die Stimme aus der Dunkelheit höhnisch.

»Richtig. Ich wurde entführt. Ich wollte gar nicht weg.«

Ein Lachen. Es lässt mir das Blut in den Adern gefrieren, dieses Lachen, es kommt zunächst aus der Ferne und ist plötzlich ganz nahe. Die Marionette ist auf mich zugetreten und flüstert mir mit kaltem Atem ins Ohr.

»Du hast den Sohn des Direktors getötet, du Schlampe. Dafür wirst du bluten.«

»Okay, Zugriff!«

Das Tor fliegt auf, und im Gebäude bricht die Hölle los.

36

Licht. Überall. Es verdrängt die hungrige schwarze Bestie, frisst sie auf, und wo eben noch die Scheinwerfer waren, steht jetzt ein großer dunkler Lieferwagen.

Es müssen an die zwanzig sein. Zwanzig bis an die Zähne bewaffnete Männer, mit Helmen und Schutzbrillen und kugelsicheren Westen. Sie nehmen dieses Gebäude ein, als wäre es ganz leicht. Als gäbe es nichts, das ihnen in ihrer kampferprobten Montur gefährlich werden kann. Von zwei Einsatzkräften werde ich zur Seite geschoben, drei weitere stürzen sich auf die Marionette und werfen sie zu Boden.

Absurderweise warte ich darauf, den hohlen Strohkopf rollen zu sehen. Ich warte darauf, dass die Polizisten sich in den Fäden verheddern. Dass sie erschrocken zurückweichen, als sie begreifen, dass sie auf eine leblose Hülle hereingefallen sind, während der Puppenspieler längst über alle Berge ist.

Doch die Marionette lebt. Sie atmet, keucht, hinter dem Mantelkragen erkenne ich ein Gesicht, das mit dem Stiefel in den Dreck gedrückt wird. Einer der Polizisten zieht seine Waffe und donnert dem Teufel beide Hörner weg. Ein Schrei, der die Fenster bersten lässt – ich bin es, die da schreit. Ich bin es, die sich Augen und Ohren zuhält, weil ich nicht glauben kann, dass es so einfach geht, bloß zwei Schüsse, und die Teufel sind entwaffnet.

Kommandos jagen kreuz und quer durch die Luft. »Hinlegen!« und »Unten bleiben!« und »Keine Bewegung, du Stück Scheiße!«. Aus der Dunkelheit zerren sie den Puppenspieler hervor. Zu zweit haben sie ihn gepackt. Puppenspieler und Marionette müssen sich jetzt auf den Boden knien. Sie müssen die Arme heben und sich Handschellen anlegen lassen. Wie ganz normale Verbrecher. Ich beobachte das alles mit Grauen. Das geht zu leicht. Es müssen mehr von ihnen hier sein, sie lauern irgendwo im Gebäude, und gleich werden sie zuschlagen, sie werden uns alle töten, alle töten.

Ein vertrautes Gesicht taucht vor mir auf. »Es ist alles gut, Madonna. Wir haben sie. Das hast du prima gemacht.«

»Ist sonst niemand hier?«, frage ich schnell. »Hat das schon jemand überprüft? Sind es wirklich nur zwei?«

»He, he, ganz ruhig. Wir haben alles unter Kontrolle. Du brauchst keine Angst zu haben.«

»Aber es müssen mehr sein! Bitte geh noch mal nachschauen, es müssen sich noch irgendwo welche verstecken! Sie kommen niemals nur zu zweit.«

Er sieht mich sehr ernst und besorgt an. Mit einem Handzeichen beordert er ein paar Einsatzkräfte in den hinteren Bereich, wo es nach wie vor dunkel ist.

Wenig später kommen die Männer zurück. »Alles sauber«, sagt einer.

Ich versuche mich zu beruhigen. Es sind Polizisten. Sie stehen auf meiner Seite. Sie haben die Monster festgenommen. Umzingelt haben sie das Pack, auf das nun haufenweise einsatzbereite Gewehre gerichtet sind. Zwischen den Beinen der Polizisten erkenne ich ihre Gesichter. Puppenspieler und Marionette. In Ketten gelegt, unschädlich gemacht, ihrer Kräfte und Hörner beraubt, kastriert. Die glühenden Augen sind starr auf mich gerichtet. Die Lippen verziehen sich zu einem blutrünstigen Zähnefletschen.

»Ich will hier weg«, sage ich. Eine warme Hand streicht über meine Wange. Ich ergreife sie und klammere mich daran fest. »Bring mich weg! Bitte bring mich weg von hier!«

»Okay. Ich bring dich zurück aufs Präsidium. Alles ist gut.«

Wir verlassen das Gebäude. Endlich frische Luft. Einsatzfahrzeuge in allen Größenordnungen blockieren das Gelände. In eines davon soll ich mich setzen. Zitternd sinke ich auf den Rücksitz und halte mir die Hände vors Gesicht.

In meinem Kopf höre ich die eiskalte Stimme, die nicht aufhört, mit mir zu sprechen. *Du hast den Sohn des Direktors getötet.*

Wieso, Geist? Wieso hast du mir das niemals gesagt?

»Hier. Trink was.« Mein Polizist drückt mir eine Wasserflasche in die Hand. »Du warst großartig. Alles ist nach Plan gelaufen.«

»Nein ...«, murmle ich kopfschüttelnd. »Er war nicht da. Der Direktor war nicht da.«

»Das spielt keine Rolle. Wir haben die beiden. Nach einem saftigen Verhör sieht alles gleich ganz anders aus.«

Er drückt mir euphorisch einen Kuss auf die Stirn.

Kurz darauf werden die Gefangenen zum Wagen gleich gegenüber transportiert. Ein Polizist erklärt ihnen monoton ihre Rechte, während zwei andere ihre Köpfe ins Innere des Wagens drücken. Die Türen schließen sich. Der Wagen fährt davon. Die Teufel sind eingesperrt, und dennoch hört dieses Zittern nicht auf.

»Wow.« Er hat sich zu mir gesetzt, fährt sich über Gesicht und Nacken. »Ich warte schon so lange auf diesen Moment. Endlich einen von denen in die Finger zu kriegen. Das bringt uns einen großen Schritt weiter.«

»Glaubst du, dass sie reden werden?«

»Sie müssen.«

»Was, wenn nicht? Wenn sie lieber sterben, als etwas zu verraten?«

»Sie werden reden, Madonna. Glaub mir. Sie werden reden. Ich bringe sie dazu, zu reden.«

Der Einsatzleiter des Sonderkommandos ruft nach ihm.

»Ich muss da rüber. Kann ich dich kurz allein lassen?«

Ich nicke.

Mein Polizist lächelt voller Stolz. »Du warst wirklich großartig da drin. Ohne dich hätten wir das nicht geschafft.«

Er geht rüber zu seinen Kollegen. Ich beobachte ihn, diese Freude, die Erleichterung in seinem Gesicht. Es ist geschafft. Das Gute hat gesiegt. Sie werden alles, was sie brauchen, aus den Gefangenen herausquetschen. Sie werden losziehen und das Schlachthaus finden. Sie werden Fairy retten und alle, die noch dort sind. Ich sollte ebenfalls Erleichterung spüren, aber alles, was in mir ist, ist diese Angst.

Geist. Du warst gar kein Geist, nicht wahr? Du warst etwas Besonderes. Du warst sein Schatz, und ich habe dich ihm weggenommen. Er wird nicht ruhen, bis er mich gefunden hat. Bis er sich gerächt hat. An der Mörderin seines Sohnes. Shark wusste es. Er wusste, er ist ein toter Mann, wenn er mir Zuflucht gewährt. Er ist geflohen und hat mich einmal mehr meinem Schicksal überlassen.

Mein Polizist ist wieder da. Er schließt meine Tür und nimmt auf dem Vordersitz Platz. Der Wagen setzt sich in Bewegung. Wir verlassen das Gelände und folgen der Einsatzkolonne zurück Richtung Stadt.

»Was jetzt?«, möchte ich wissen.

»Jetzt«, antwortet er, »fahren wir nach Hause.«

37

Ich versuche mir sein Gesicht vorzustellen. Sein Lächeln, wie es war, als wir uns noch nicht lange kannten. Alles, was ich tat oder sagte, war ihm ein Lächeln wert. Es verging kein Tag, an dem ich mich nicht von ihm geliebt fühlte. Ich versuche dieses Lächeln jetzt vor mir zu sehen, aber ich habe vergessen, wie es aussieht. Ich habe alles vergessen. Seine Augenfarbe, den Klang seiner Stimme. Nur die Gefühle sind noch da. Wie Ertrinkende krallen sie sich an mir fest und machen seinen Namen zu dem letzten Splitter, der die Erinnerung an ihn lebendig hält. Shark. Wie das Foto in meiner Hosentasche, ein Relikt aus der Vergangenheit. Ich muss ihn finden, bevor ich auch ihn völlig vergessen haben werde. Bevor mein Zuhause mit der Erinnerung an ihn verschwindet.

Jemand sagt meinen Namen. Träge öffne ich die Augen. Ich habe den Kopf an eine Schulter gelehnt. Eine Hand streicht mir zärtlich über die Wange. Ich fühle mich wohl so, wie es gerade ist, nur ich und diese Schulter, ich und die warme, zärtliche Berührung, nicht fordernd, nur vertraut. Aber ich weiß natürlich, dass es nicht so bleiben kann.

»Wie spät ist es?«, frage ich gähnend.

Die Hand zieht sich zurück, und ich höre Papier rascheln. Ein Notizblatt taucht vor mir auf. *Kurz vor Mitternacht.*

Star. Er ist bei mir, er hat auf mich aufgepasst. Erneut höre ich ihn meinen Namen sagen. Es sind nur Blicke, aber ich verstehe sie selbst im lautesten Durcheinander. Wie er ganz leise mit mir redet. Während im Polizeipräsidium die Hölle ausgebrochen ist. Während Menschen von einem Raum zum anderen hetzen. Alle sind aufgeregt, denn es gibt etwas zu tun. Selbst während ich von Shark träume, kann ich diese Blicke noch spüren. Ich rücke so nahe, wie es geht, er legt beide Arme um mich, und gemeinsam sitzen wir auf diesem Sofa und lassen die Zeit vergehen.

Irgendwann spüre ich ein Tippen auf meiner Schulter. Auf dem Notizblatt steht ein neuer Satz.

Willst du gehen?

»Wohin denn?«

Mir egal. Mit dir gehe ich überallhin.

Aber das ist nicht, was er aufschreibt. Vielleicht denkt er es bloß. Auf dem Papier steht: *Vielleicht zahlt der Cop uns ein Hotel. Jetzt, wo du Kronzeugin bist.*

»Das wäre angebracht«, antworte ich lächelnd.

Apropos. Ich hebe den Kopf und sehe mich nach meinem Polizisten um. Auf der Rückfahrt meinte er, dass mir eine Gegenüberstellung nicht erspart bleiben würde. Ich entdecke ihn ein paar Schreibtische weiter, wo er gerade den Hörer auflegt und zielsicher meinen Blick auffängt.

»Wo ist Moonlight?«, frage ich Star.

Er deutet auf das kleine Eckbüro auf der anderen Seite. Der Raum ist abgedunkelt, aber ich erkenne sie. Sie liegt zusammengerollt auf einer Couch und hält einen Becher umklammert.

Star schreibt etwas.

Sie steht total auf deinen neuen Freund.

»Auf den Polizisten?«

Er macht ein angefressenes Gesicht. *Schon immer. Seit er sie damals bei der Tombola gewonnen hat und nicht anrühren wollte. Sie hat es mir erzählt. Er war korrekt.* Den letzten Satz schmiert er mehr so dahin, damit ich ihn vielleicht nicht lesen kann.

»Lass sie doch«, antworte ich müde. »Sie hat solche Gefühle verdient. Freu dich für sie.«

Er setzt den Stift ans Papier, aber der Rest des Blattes bleibt leer.

Mein Polizist ist vor uns aufgetaucht. Mit ernster Miene und ausgestreckter Hand.

»Es ist so weit«, sagt er.

Sie stehen da. Einfach dort vorn an der Wand. Zwei Männer Mitte dreißig. Unscheinbar. Ohne Wiedererkennungswert. Das Einzige, was mir auffällt, sind die Veilchen. Da hat sich wohl jemand unkooperativ verhalten. Ich schaue die Männer an. Nichts, das mir bekannt vorkommt. Das müssen die Falschen sein. Der Puppenspieler ist getürmt und hat seine Marionetten dagelassen.

»Lass dir Zeit«, sagt er. »Schau sie dir in Ruhe an.«

Das muss ich nicht. Selbst ein Blinder würde erkennen, dass das nicht die Teufel aus dem Schlachthaus sind. Das sind einfach bloß zwei Männer. Gewöhnliche Menschen.

»Was sagen sie denn?«, möchte ich wissen.

»Bis jetzt nicht viel. Ohne triftigen Grund werden wir sie auch nicht mehr lange festhalten können. Es sei denn, du identifizierst sie als die Männer, die dich entführt, festgehalten und vergewaltigt haben.«

Das kann ich nicht, und das weiß er auch. Die Teufel hatten viele Gesichter. Sie verstanden es, sich zu verstellen. Bei Tag waren sie ganz normale Menschen. Väter, Brüder, Söhne. *Geist ...* Erst bei Nacht zeigten sie ihre wahre Gestalt. Theoretisch könnten diese Männer auch bloß zwei Handlanger sein. Bedeutungslose Knechte, die vorausgeschickt wurden, um die Lage zu überprüfen. Wenn sie nicht bald Meldung erstatten, werden die im Schlachthaus garantiert Verdacht schöpfen. Und dann war alles umsonst. Alles war umsonst.

»Du hast doch gesagt, du bringst sie zum Reden«, sage ich. »Wieso reden sie dann nicht? Wieso seid ihr nicht schon längst unterwegs?«

»Glaub mir, keiner will dieses Höllenloch so sehr finden wie ich. Aber dafür ist mehr als ein Gefallen nötig. Das muss dann offiziell genehmigt werden. Und das geht nur, wenn du jetzt aussagst.«

»Aber … es sind ja nur zwei von ihnen. Wenn ich rede, wird das dem Direktor nicht gefallen. Und dann schickt er seine ganze Bande und tötet uns alle.«

»Du bist hier sicher. Wir beschützen dich vor diesen Leuten.«

»Du verstehst nicht … Das sind keine Menschen. Sie kennen keine Angst, kein Erbarmen! Die werden mich ausweiden, wenn sie mich finden.«

»Dann sollten wir sie zuerst finden. Meinst du nicht auch?«

Dass es so schwer sein muss. Dass es sich anfühlt wie der größte Fehler meines Lebens. Aber er hat recht. Ich muss ihm jetzt vertrauen. Muss darauf vertrauen, dass die Menschen am Ende stärker sind als die Teufel. Dass das Gute siegen wird.

»Ja«, sage ich. »Das sind die Männer, die mich entführt, festgehalten und vergewaltigt haben.«

Als ich zurück in den geschäftigen Büroraum komme, ist das Sofa an der Wand leer. »Wo ist der Junge?«, frage ich eine Frau, die gerade vorbeikommt.

»Wir haben ihn zu seiner Schwester geschickt. Er wollte auf Sie warten, aber niemand wusste, wie lange Sie noch brauchen.«

Ich bedanke mich und gehe zu Star und Moonlight in das kleine Eckbüro. Mit dem Schließen der Tür sperre ich den Lärm und den Trubel einfach aus. Hier drin gibt es das alles nicht. Hier drin herrscht Frieden.

Moonlight liegt noch in derselben Position wie zuvor. Bloß der Becher steht jetzt auf dem Boden vor der Couch. Um sie nicht zu wecken, hat Star sich ganz an den Rand gezwängt. Für mich ist kein Platz mehr.

»Ich glaube, das wird für die da draußen eine lange Nacht«, flüstere ich, als ich mich neben ihn auf den Boden hocke. Er zögert nicht lange und kommt zu mir.

»Sie werden jetzt versuchen, die beiden zum Reden zu bringen«, fahre ich fort. »Sie scheinen alle recht zuversichtlich zu sein. Warten wir es ab.«

Er nickt.

Ich schaue auf den Block, den er stets griffbereit hat. Aber die frischen Seiten bleiben leer. Auch damit sagt er mir etwas. Ich glaube, er fürchtet sich. Vor der einen Frage, die er mir bald wird stellen müssen: *Lässt du uns jetzt zurück?*

Mir bleibt keine Wahl. Hier endet unsere gemeinsame Reise. Den restlichen Weg muss ich allein bewältigen. Hier sind sie sicher. Hier gehören sie hin. Ich möchte auch irgendwo hingehören. Darum muss ich das jetzt tun, ich muss an den Ort gelangen, wo ich aufgewachsen bin, um herauszufinden, wo mein Platz ist. Ich muss fort. In den Norden, wo meine Vergangenheit und meine Zukunft auf mich warten. Zu Sharks geheimem Versteck.

Der Stift wandert nun doch über den Block. *Bist du gar nicht müde?*

»Doch. Ich bin todmüde.«

Du kannst dich wieder an mich lehnen, wenn du willst. Ich halte dich.

Ich weiß.

38

Ich stehe davor. Es brennt. Das Schlachthaus steht in Flammen. Ich kann hören, wie sie schreien. Sie sind alle da drin. Sie können nicht hinaus.

Ich stehe hier, bis selbst der letzte Balken zu Asche verkohlt ist. Dann drehe ich mich um und weiß plötzlich, dass es nur ein Traum ist. Alles nur ein Traum.

Ich werde das Schlachthaus niemals wiedersehen.

Sie haben uns eine Wohnung zur Verfügung gestellt. Nichts Besonderes, aber es reicht. Was rede ich da? Es ist perfekt. Es ist das Schönste, das ich seit Langem besessen habe.

Ich bin rastlos. Während der letzten Tage habe ich kaum geschlafen. Sie sagen, dass so etwas Zeit braucht. Sie sagen, dass sie nun mal nichts unternehmen können, solange die Schweine nicht reden. Sie haben es mit Taktik versucht. Mit Drohen. Und schlussendlich auch mit Gewalt. Gewalt ist eine Sprache, die jeder versteht. Die in jedem Menschen den Wunsch weckt, zu singen. Die beiden schweigen. Denn sie sind keine Menschen.

Gestern ist ein mediengeiler Anwalt aufgetaucht. Er möchte die beiden verteidigen. Mein Polizist sagt, dass von jetzt an alles schwieriger werden wird. Sobald die Presse davon Wind bekommt, ist sowieso vorerst Sense. Das alles nimmt Zeit weg. Und währenddessen können sich die Teufel neu formieren. Wahrscheinlich sind sie längst über alle Berge. Haben ihre Zelte abgebrochen und das blutige Treiben woandershin verlegt.

Das Foto wird zu meinem einzigen Fixpunkt. In

diesem sinnlosen Chaos ist es alles, was mir Halt und Hoffnung gibt.

Ich kann nicht mehr. Ich kann einfach nicht mehr warten. Auch wenn sie alle dasselbe sagen. *Bei uns bist du sicher. Wir beschützen dich. Ab jetzt wird alles gut.* Wie stellen sie sich das vor? Soll ich mich ewig in dieser kleinen Zwei-Zimmer-Wohnung verstecken? Soll das mein Leben sein? Eingesperrt, erneut?

Zu sehen, wie schnell sich Star und Moonlight an die neuen Verhältnisse gewöhnen, ist wie ein Schnitt ins Herz. Sie sind angekommen. Ihr Leben beginnt wieder von vorn. Bei Moonlight spüre ich es besonders stark. Die sonst so angriffslustigen Augen strahlen plötzlich. Alle paar Tage schaut mein Polizist auf einen Sprung bei uns vorbei, erkundigt sich nach unserem Wohlbefinden und bringt uns in Sachen Ermittlungen auf den neuesten Stand. Und jedes Mal ist sie die Erste, die an der Tür ist, die ihn bittet zu bleiben, obwohl er nicht viel Zeit hat. Aber er nimmt sich die Zeit. Jedes Mal. Sie hat ihm ein bisschen Gebärdensprache beigebracht. Manchmal sitzen sie zu zweit auf der Couch und unterhalten sich. Der Polizist und das taubstumme Mädchen. Dass er sie damals zurückgewiesen hat, war ihr Glück. Ein simpler Akt der Gnade hat zwei Herzen zusammengeführt. Es bringt mich um, dabei zuzusehen, während mein eigenes Herz ganz langsam vor Sehnsucht verkümmert.

Ich kann nicht mehr.

Ich kann nicht mehr länger bei ihnen bleiben.

Es ist ein Tag wie jeder andere. Bloß dass schon am frühen Morgen das Telefon klingelt.

Ich gehe ran. »Hallo?«

»Wir haben sie.«

Ich setze mich hin. »Das ist unmöglich.«

»Doch, Madonna. Die Dreckschweine haben endlich

geredet. Sie haben uns alles erzählt. Wir haben uns schon mit den dortigen Behörden in Verbindung gesetzt. In diesem Moment ist jeder verfügbare Polizist dorthin unterwegs. Wir haben das Schlachthaus gefunden.«

Ich höre mich selbst atmen. Spüre mein Herz, das wie wild in meiner Brust schlägt. Noch ist es nicht verkümmert. Noch kann es rasen, rasen vor Glück und dieser abartigen Angst.

»Möchtest du …« Er unterbricht sich, sucht nach Worten. »Möchtest du mitkommen? Möchtest du es sehen?«

»Nein.«

»Ich würde dich erst nachher hinbringen. Wenn alles gesichert ist.«

»Ich sagte Nein.«

Eine kurze Pause. »In Ordnung. Wie fühlst du dich?«

»Seltsam. Schwindlig.«

»Ich überlege gerade … Willst du nicht aufs Präsidium kommen? Schnapp doch die Kids und komm vorbei.«

»Ich weiß nicht …«

»Sie haben mich nicht mitkommen lassen«, sagt er plötzlich. »Wegen Flo. Sie haben gemeint, dass es nicht klug wäre, wenn ich beim Einsatz dabei bin. Und sie haben natürlich recht. Allein die Vorstellung, dass sie vielleicht nicht mehr lebt … Kannst du nicht vorbeikommen? Ich könnte gerade wirklich eine Runde Ablenkung vertragen.«

»Ist gut. Ich nehme die Kids mit. Moonlight freut sich bestimmt, dich wiederzusehen.«

Er sagt nichts mehr.

Ich lege auf und trommle die beiden zusammen.

39

Er macht Moonlight einen Kakao. Er redet viel zu viel. Kann kaum stillstehen. Sie beruhigt ihn ein wenig, indem sie ihn in ein Gespräch in Gebärdensprache verwickelt. Das bringt ihn auf andere Gedanken. Sie sind süß, die beiden. Vielleicht erinnert sie ihn an seine Schwester. Fairy und Moonlight. Von ganzem Herzen hoffe ich, dass seine Schwester noch lebt.

Ich stehe von meinem Platz auf und schultere meinen Rucksack. Es ist so weit. Bevor wir ins Präsidium aufgebrochen sind, habe ich den Rucksack mit den nötigsten Dingen gepackt. Kleidung, Bargeld, Kosmetika, Proviant, Autoschlüssel. Star hat mir dabei zugesehen. Bisher blieb ihm immer noch die Hoffnung. Der irrwitzige Glauben, dass es eine Lösung für diese traurige Situation gibt. Aber die Wahrheit ist, er kann uns nicht beide begleiten. Für eine von uns muss er sich entscheiden. Moonlight hat sich bereits entschieden. Sie wird es gut haben. Sie wurde gerettet. Fast möchte ich weinen. Der Abschied fällt mir schwer. Star ist zu mir gekommen, in seinen Augen spiegeln sich seine Gefühle. Unglauben. Enttäuschung. Wut. *Das war es also?*, scheint er zu fragen. *Du gehst einfach? Ohne ein Wort? Gibst uns bei ihm ab wie zwei Hunde?*

Mein Polizist und Moonlight haben ihr wortloses Gespräch unterbrochen. Jetzt ist er ihr Polizist. Ihr Retter, ihr Beschützer. Für einen Moment stelle ich mir vor, dass auch ich einen Retter habe. Einen treuen Gefährten, der mir überallhin folgt. Selbst in den Tod. Der Gedanke ist absurd. Er wird bei seiner Schwester bleiben. Ich sehe es in dem Augenblick, als er sich nach ihr umdreht und die Wut in seinem Gesicht verschwindet. Er hat sich entschieden.

»Ist schon gut«, sage ich. »Ist schon gut.« Und dann: »Passt gut aufeinander auf.«

Moonlight schaut mich an. Zum ersten Mal sehe ich Dankbarkeit in ihren Augen, und ja, vielleicht auch Traurigkeit. Sie winkt mir zum Abschied, und ich winke zurück. Dann gehe ich. Star ruft meinen Namen. Mit seinen Augen, er brüllt nach mir, aber ich drehe mich nicht mehr um. Ich muss weiter. Ohne ihn, ohne Beschützer, ich muss meinen Weg allein gehen. In den Fahrstuhl, ins Erdgeschoss, hinaus auf den Parkplatz. Auf dem Dach des Pick-ups liegt frisch gefallener Schnee. Ich werfe den Rucksack auf die Rückbank und setze mich hinters Steuer. In meinen Augen sammeln sich Tränen. Ich bin allein. Ich will nicht allein sein, ich war es mein ganzes Leben. Aber es geht nicht anders. Es geht nicht.

Ich starte den Motor, als plötzlich die Tür aufgeht.

Mir fehlen die Worte. Und dann kommen sie alle auf einmal: »Bist du verrückt? Geh wieder zurück. Du kannst nicht mitkommen, das ist zu gefährlich! Du musst bei deiner Schwester bleiben, sie braucht dich!«

Ein Zettel landet vor meinem Gesicht, die Worte sind bereits geschrieben. *Du brauchst mich mehr.* Als hätte er gewusst, was ich sagen würde – wie ich versuchen würde, es ihm auszureden. Ich kann im Moment nicht klar denken, alles rotiert.

Er muss zurückgehen. Hier ist er in Sicherheit. Wo ich hinfahre, herrscht Krieg.

Ich geh nicht wieder zurück. Sture Worte, er schreibt sie auf. Er unterstreicht sie, die riesengroßen Buchstaben, wie in unserer ersten Nacht.

»Das ist doch Wahnsinn«, sage ich. »Geh zurück! Du musst hierbleiben.«

Ich habe lange darüber nachgedacht. Entweder nimmst du mich mit, oder ich lasse dich nicht von hier weg. Notfalls werfe ich mich vors Auto, das schwöre ich dir!

Er wird es sich nicht ausreden lassen. Für ihn ist alles andere unvorstellbar. Er ist treu. Der Soldat und seine Königin.

»Und wenn es ewig dauert?«, frage ich. »Wenn die Suche niemals endet?«

Das ist mir egal.

»Wieso? Was hält dich bei mir? Überall, wo ich hingehe, ist Leid. Ich will das nicht, verstehst du? Ich will nicht, dass dir etwas passiert.«

Wieso?, fragt auch er.

Zwei Fragen. Dieselbe Antwort. Keiner von uns spricht sie aus.

Ich wünschte, wir hätten uns niemals getroffen. Ich wünschte, ich säße noch in diesem Kerker, blutend, zerstört, ich wünschte, ich wäre bei Geist geblieben, damit ich niemals diese Angst fühlen müsste. Die Angst, wie es wäre, wenn er nicht mehr da ist. Wenn diese wunderschönen Augen auf einmal schweigen.

Aber sie schweigen nicht. Sie sind sogar äußerst redselig in diesem Moment, denn sie sagen mir, ich solle Gas geben. Das tue ich schließlich auch. Ich gebe Gas. Mit ihm an meiner Seite.

ERLÖSUNG

40

Wir sind auf der Autobahn. Eine lange Gerade mitten im Nichts. Weiße Flächen wechseln mit Dunkelheit, wenn wir einen Tunnel durchfahren oder an einem Wald vorbeikommen. Ich bin seltsam zufrieden. Es ist der Schnee, sage ich mir. Das zarte Weiß erinnert mich an früher.

Wenn ich mit Shark einen Ausflug gemacht habe, fuhren wir immer diese Strecke. Er liebte die Wälder und die frische, klare Luft. Oft sprach er davon, irgendwann von der Stadt aufs Land zu ziehen wie seine Eltern. Schon als wir uns kennenlernten, merkte ich, dass er im Grunde ein Familienmensch ist. Deswegen wollte er auch so vieles wissen. Über meine Heimat, meine Mutter, das Haus auf der Lichtung. Weil damals die Erinnerungen noch frisch waren, sprudelten die Worte regelrecht aus mir heraus. Er sagte oft, dass er eines Tages mit mir dorthin zurückfahren wolle. Jedes Mal habe ich abgelehnt. Ich wollte nicht zurück. Ich war mir sicher, mein Zuhause längst gefunden zu haben.

Ein Rascheln reißt mich aus meinen Gedanken. Star ist mit dem uralten, halb zerfledderten Autoatlas beschäftigt, der uns kaum weiterhelfen wird. Ich habe versucht, ihm zu erklären, wohin die Reise geht, aber ganz weiß ich es selbst nicht. Die Jagdhütte hoch im Norden befindet sich seit Generationen im Besitz von Sharks Familie. Ich war nur einmal dort. Das war im Sommer, als alles grün und lebendig war. Vielleicht erinnere ich mich an den Ort, wenn ich ihn sehe. Bis dahin können wir nur weiterfahren. Geradeaus in das tief verschneite Niemandsland.

»Ob sie das Schlachthaus mittlerweile erreicht haben?«, rede ich vor mich hin. Immerhin ist es mehrere Stunden her. Seit sie aufgebrochen sind, die tapferen Recken, die lärmende Infanterie, um den Feind niederzumetzeln.

Star schweigt. Ich spüre, dass seine Gedanken woanders sind. Vielleicht denkt er an seine Schwester. Vielleicht fragt er sich, was er tun würde, wenn sie in einem Kerker auf ihn warten würde und er plötzlich die Möglichkeit hätte, ihre Entführer zu stellen. Ich greife nach seiner Hand. *Er wird gut auf sie achtgeben*, soll das heißen. Sein Daumen streift über meinen Handrücken, ganz sanft, während er mich ansieht und lächelt.

»Hier in der Nähe liegt das Haus von Sharks Vater«, sage ich und ziehe meine Hand zurück.

Sein Gesicht wird ernst, er sieht aus dem Fenster.

Was ist dort passiert?, schreibt er auf seinen Block.

»Das weiß man nicht. Sie haben einen Einsatzwagen hingeschickt und nichts als Chaos vorgefunden. Armer alter Mann.«

Er hat dich verraten.

»Und er hat dafür bezahlt.«

Er will noch mehr schreiben, aber ich unterbreche ihn. »Lass das jetzt. Ich muss mich aufs Fahren konzentrieren.«

Block und Stift wandern ins Handschuhfach.

Ich nehme die nächste Ausfahrt. Star runzelt verwundert die Stirn. Wir biegen auf die Landstraße ein und folgen ihr etwa fünf Kilometer, ehe am Waldrand ein kleines Haus im Schnee auftaucht.

Vereiste Reifenspuren führen über die Einfahrt bis zur Garage. Hier hat der Polizeiwagen vor zwei Wochen geparkt. Seitdem niemand mehr. Auch ich halte hier an.

»Ich will nur kurz reingehen«, erkläre ich. »Ich will wissen, was sie übrig gelassen haben.«

Star nickt. Er versteht, warum ich das tun muss. Warum es so wichtig ist, diesen Ort noch einmal zu sehen. Gemeinsam verlassen wir den Wagen und stapfen zur Tür. Lediglich ein Absperrband erinnert an das Grauen, das im Inneren stattgefunden hat. Wir ducken uns hindurch und betreten das Haus.

Es riecht nach Blut. Wie im Inneren meiner Zelle. Mir wird übel. Aber ich zwinge mich, weiterzugehen.

In der Küche wurde behelfsmäßig sauber gemacht. Und nicht nur das. Der Kühlschrank wurde ausgeräumt. Das alte Porzellan aus dem Schrank entwendet. Jemand wollte, dass es so aussieht, als hätten Einbrecher den alten Mann ermordet. Aber wozu der Aufwand, wenn es doch Selbstmord war? Ich gehe ins Wohnzimmer. Wo ich vor Kurzem noch mit ihm gesessen habe, ist nun alles durcheinander. Die Couch ist zerfetzt. Schränke und Regale wurden umgestoßen und heruntergerissen. Bücher liegen auf dem Boden verteilt und flattern im Zug der offenen Tür.

»Wer macht so etwas?«, murmle ich. »Hat es ihnen nicht gereicht, dass er sich die Kehle durchgeschnitten hat? Mussten sie auch noch auf allem, was er hatte, herumtrampeln?«

Star schüttelt frustriert den Kopf. In Ruhe lässt er mich das Zimmer durchsuchen. Ich weiß keine Erklärung, warum das hier geschehen musste. Natürlich werden sie wütend gewesen sein, weil ich nicht mehr da war. Sie werden versucht haben, den Dreck zu beseitigen, bevor jemand etwas merkt. Aber da ist noch mehr. Ich fühle es, ein kalter Hauch, der mir von hinten über den Nacken streicht.

Es kommt von oben.

Knarrend biegen sich die Stufen unter mir, ich renne. Star folgt mir. Die Schlafzimmertür steht offen. Ich stürme hinein, weiß selbst nicht, was ich erwarte, vielleicht einen blutigen Kopf, aufgespießt auf einem Pfahl. Aber ich finde bloß die gleiche unerklärliche Verwüstung wie im Erdgeschoss vor. Laden und Schränke aufgerissen. Das Bett zerwühlt, Teppiche verschoben. Es wirkt fast übertrieben. Nein, hier hat niemand versucht, Spuren zu verwischen oder einen Tatort nachzustellen. Hier wurde tatsächlich nach etwas gesucht.

»Hilf mir mal!«

Zu zweit schieben wir das Bett zur Seite, verrücken den Schrank, nichts. Star wischt sich die staubigen Hände an der Hose ab. Mein Kopf schmerzt wie die Hölle. Was hast du versteckt, alter Mann? Was wollten die Teufel von dir haben?

Ich setze mich aufs Bett, lausche dem Wind, der durch das zertrümmerte Fenster saust. Star steht vor mir, er wirkt ratlos. Da entdeckt er plötzlich etwas. Er geht ans Fenster und kniet sich hin. Die Scherben schiebt er weg. Mit den Fingern kratzt und fummelt er am Boden herum. Eine der Holzdielen löst sich.

Ein Geheimversteck. Genau wie ich es im Funkhaus hatte. Auf einmal fällt es mir wieder ein. Ich hatte das Versteck dort angelegt, weil ich es hier in diesem Haus gesehen hatte. Ich hielt es für eine tolle Idee.

Sieh mal, ich zeig dir was. Hier drin lagere ich meinen geheimen Keksvorrat. Aber erzähl meiner Frau nichts davon. Sie will ja dauernd, dass ich abspecke.

Braver alter Mann. Star holt einen Zettel aus dem Versteck. Darauf geschrieben steht eine Adresse.

Und der Nebel lichtet sich ein wenig.

41

Ich mache Ordnung. Ich weiß, wie sinnlos das wirken muss. Aber Star hält mich nicht davon ab. Er hilft mir sogar dabei.

Wir stellen die umgestoßenen Möbel wieder auf, kehren die Scherben zusammen und räumen die Bücher zurück ins Regal. Es beruhigt mich, wieder alles heil und sauber zu sehen. Dass die Fenster zerbrochen sind und auf dem Küchenboden eine Blutlache getrocknet ist, kann ich nicht mehr ändern. Solange die Polizei mit dem Schlachthaus beschäftigt ist, hat dieser Fall offenbar keine Priorität. Das verstehe ich. Ich hoffe nur, dass sie wenigstens den Putzdienst vorbeischicken und das alte Häuschen wieder auf Vordermann bringen. Damit vielleicht eine neue Familie einziehen kann. Irgendwann, in einer helleren Zukunft.

Als wir fertig sind, ducken wir uns noch einmal unter dem Absperrband durch und flüchten uns in die Wärme unseres Pick-ups. Wobei es auch hier drin inzwischen kalt geworden ist. Star schaltet die Heizung ein, während ich das kleine Papierstück in meiner Hand betrachte.

Eine Adresse im Norden. Keine Garantie, aber ein Hinweis. War es das, wonach die Teufel gesucht haben? Warum sind sie so besessen davon, Shark in die Finger zu kriegen? Warum musste er fliehen, an einen so entlegenen Ort?

Star hat Block und Stift aus dem Handschuhfach geholt.

Glaubst du, dass uns diese Adresse zu ihm führt?

»Ich weiß es nicht. Wir müssen es herausfinden.«

Er wirft einen Blick auf den Zettel.
Ist das weit weg? Der Ortsname sagt mir nichts.
»Wir müssen weiter Richtung Norden.«
Und dann?
Ich starte den Motor. »Dann brauchen wir ein bisschen Glück.«

Die Landschaft verändert sich wieder. Aus den Äckern werden Hügel. Aus den Hügeln werden Berge. Es erinnert mich an die Zugfahrt, die mittlerweile Wochen zurückliegt. Mit jedem neuen Stein, den ich von meinem Fenster aus sah, schöpfte ich neue Hoffnung. Ich ließ das fremde Land, das so lange mein Gefängnis gewesen ist, hinter mir und war mir sicher, nun endlich auf dem Weg nach Hause zu sein. Wie wenig weit ich doch gekommen bin. All die Stationen, die ich auf meiner Suche abklappern musste, brachten mich in Wahrheit nur näher an meine Verfolger heran. Aber sie brachten mich auch zu Star.

Bei einer Raststation legen wir eine Pause ein. Eisiges Schneegestöber hat das Gebiet seit Stunden im Griff. Wir bestellen uns etwas zu essen und gönnen uns einen Augenblick Ruhe.

Hätten wir ein Navi, würde mein Kopf vermutlich nicht so sehr wehtun. Oder zumindest ein funktionierendes Handy. Moonlights Talent als Taschendiebin könnten wir jetzt gut gebrauchen. Zum Glück bleibt uns der Zettel.

Als die Kellnerin unsere Getränke bringt, zeige ich ihr die Adresse.

»Wissen Sie, wo das liegt?«

»Da müssen Sie noch ein gutes Stück weiter Richtung Norden. Sicher so dreihundert Kilometer.«

Star schlürft erschöpft seine Cola.

»Okay, vielen Dank.« Als sie weg ist, hebe ich sein

Kinn an. »Wenn du willst, können wir auch hier übernachten. Die haben sicher Zimmer frei.«
Er schüttelt den Kopf.

Nach dem Essen geht die Fahrt weiter. Autobahn, Landstraße, Autobahn, Landstraße. Je nördlicher wir kommen, desto dünner wird der Verkehr. Es ist dunkel geworden. Star ist auf dem Beifahrersitz eingeschlafen. In mir brennt eine Unruhe, die mich wahnsinnig macht. Seit sie das Schlachthaus gefunden haben, ist sie da. Was machen Wespen, wenn man ihr Nest ausräuchert? Sie schwärmen aus. Gehen zum Angriff über. Ich werfe einen Blick in den Himmel. Noch sehe ich keine Schwadron geflügelter Dämonen, die die Sterne verdeckt. Ich steige trotzdem ein bisschen aufs Gas.

Irgendwann muss ich jedoch anhalten. Um zu tanken und für Star einen Schlafplatz zu finden. Er meint zwar, dass es ihm nichts ausmacht, im Auto zu schlafen, aber ein Bett tut uns beiden gut. Ich lenke den Wagen von der Autobahn und fahre in eine verschneite Ortschaft ein.

Eine Unterkunft ist schnell gefunden. Es gibt hier ein Gasthaus, das auch Zimmer vermietet. Sie verlangen keine Personalien, nur Bargeld. Das sind Leute nach meinem Geschmack. Mit einem erleichterten Lächeln nehme ich von der älteren Frau am Empfang den Zimmerschlüssel entgegen. Star ist bereits voraus in den zweiten Stock gegangen. Vor der verschlossenen Tür wartet er auf mich.

Es ist kein großes Zimmer, aber für eine Nacht wird es reichen. Es gibt ein Bad mit WC und einen Fernseher. Star geht duschen, ich schaue noch einmal nach unten in die Gaststube. Wie immer mit meinem ominösen Zettel im Gepäck. Die ältere Empfangsfrau, die auch die Wirtin zu sein scheint, erklärt mir, dass es um diese

Uhrzeit leider keine warme Küche mehr gebe, aber sie bringt mir gern etwas zu trinken. Ich zeige ihr die Adresse, als sie mit einem Glas Mineralwasser zurückkommt.

»Ah, ich weiß, wo das liegt. Das ist schon ein kleines Stück. In zwei oder drei Stunden sind Sie dort.«

»Wirklich, so weit ist das noch?«

»Na ja, bei dem Schneesturm brauchen Sie wahrscheinlich etwas länger. Und es ist auch gut, dass Sie den Wagen für heute Nacht abgestellt haben, denn soweit ich weiß, wird sich das Wetter verschlimmern.«

»Ich bin noch nie zuvor dort gewesen. Gibt es da irgendwas zu sehen?«

»Nicht viel. Ein paar Häuschen und eine Kirche. Aber ich glaube, die haben dort ein stillgelegtes Bergwerk. Richtig, das ist die Ortschaft, wo doch damals dieses Unglück passiert ist. Ein Schacht ist eingestürzt, während ein paar Kinder darin gespielt haben. Furchtbare Sache. Die sind da einfach reingeklettert, weil sie mutig sein wollten. Und sind nie wieder rausgekommen.«

Ich überlege, ob mir das weiterhilft. Shark hat nie von einem Bergwerk gesprochen. »Vielen Dank für Ihre Auskunft.«

»Möchten Sie und der junge Mann morgen bei uns frühstücken?«

»Nein, wir werden sehr früh aufbrechen.«

»Oh, kein Problem. Ich wünsche Ihnen einen angenehmen Aufenthalt.«

Ich lächle, und sie lässt mich allein.

Am Tisch gegenüber starrt ein Mann in meine Richtung. Er ist mir bereits aufgefallen, als ich den Gastraum betreten habe. Dieses vernarbte, grässliche Gesicht. Mit Augen wie schwarze Knöpfe. Er hat ein Bierglas vor sich stehen, das er, seit er mich gesehen hat, nicht mehr angerührt hat. Ich schaue wieder weg. Meine Finger trommeln nervös auf der Tischplatte. Er starrt mich weiterhin an. Ich lege einen Schein auf den Tisch und verlasse den Raum.

Star hat sich bereits hingelegt. Der Fernseher läuft, aber er hat die Augen geschlossen. Ich bin ganz leise, gehe ebenfalls unter die Dusche und krieche in Unterwäsche zu ihm unter die Bettdecke. Als er mich spürt, macht er die Augen auf.

»Entschuldige«, flüstere ich. »Schlaf ruhig weiter.«

Er dreht sich zu mir und schaut mich fragend an.

»Es ist nichts. Bitte schlaf weiter.«

Noch immer der fragende Ausdruck. Er weiß genau, was er da tut.

»Da war so ein komischer Kerl unten im Gasthaus«, murmle ich. »Er war ... Er kam mir irgendwie bekannt vor. So als ob ...«

Ich breche ab. Seine Augen drängen mich sanft, weiterzusprechen. »Nicht so wichtig«, winke ich ab. »Versuchen wir zu schlafen. Morgen müssen wir früh raus.«

Er betrachtet mich noch kurz, dann fallen ihm die Augen zu, und sein Körper entspannt sich. Nicht lange, und ich höre ihn leise schnarchen.

Ich finde keinen Schlaf in dieser Nacht. Ich lausche in die Stille, starre auf die Tür. Aber die Schritte, die mich so oft in meinen Träumen verfolgen, bleiben aus.

42

Star fährt. Ich bin zu erledigt dafür. Mein Körper ist schwer wie Blei. Immer noch diese Straße. Ich habe das Gefühl, wir folgen ihr seit Stunden. Ich habe den Kopf an die Fensterscheibe gelehnt und versuche ein wenig zu schlafen. Meine hämmernden Gedanken halten mich wach.

Jetzt ist es wahrscheinlich längst vorbei. Die Frage, ob Fairy noch lebt, ist beantwortet. Ob das Gebäude noch steht? Oder haben sie es niedergewalzt? Man kann die Schreie dort drin nicht unter Schutt begraben. Was in diesem Haus passiert ist, wird ewig weiterleben, in den Köpfen der Opfer, in Fairys Kopf, in meinem. Ich wüsste gern, ob die blinde alte Frau noch lebt. Sie war eine von den Guten, hat einst genauso in einer Zelle gewohnt wie wir anderen. Bis das geschah, womit im Schlachthaus niemand gerechnet hat: Sie überlebte die Qualen. Sie wurde älter. Freilassen konnten sie sie nicht, also gaben sie ihr einen Job. Das hätte mein Schicksal sein können: alt und blind die Mädchen zu versorgen, ihre geschundenen Körper zu waschen, ihnen vielleicht keine Hoffnung, aber jeden Morgen etwas Wärme und Zuwendung zu schenken. Möglicherweise hat sie den Polizeieinsatz ja überlebt. Und ist jetzt endlich frei.

Ein unerwarteter Ruck presst mich gegen meinen Gurt. Star hat eine Vollbremsung hingelegt. Nervös frage ich, was los ist. Er setzt ein Stück zurück. Bis zu der halb verschneiten Tafel, die zu einer Ausfahrt gehört.

Wir sind da. Wir haben es tatsächlich gefunden!

»Worauf wartest du, fahr schon!«, dränge ich.

Wir kommen in eine Ortschaft. Klein und niedlich wirken die schneebedeckten Häuser, die sich eng nebeneinander an den Hang eines Berges schmiegen. Im Sturm ist der Nachmittag schwarz wie die Nacht. Star lenkt den Pick-up langsam die kurvige Straße entlang. Außer uns und einem Schneepflug ist kein Auto unterwegs. Ich hole den Zettel heraus und vergleiche die Adresse mit den Straßennamen, die wir passieren.

»Jetzt rechts!«, sage ich.

Star biegt rechts ab in eine schmale Seitengasse, die sich kurvenreich den Hang hinaufschlängelt. Der Pick-up hat hier ohne Ketten keine Chance. Es ist nicht nötig, dass ich irgendetwas sage. Star stellt den Wagen am Straßenrand ab, und wir begeben uns raus in die Kälte.

Weit kommen wir nicht. Dort vorn ist die Straße bereits zu Ende. Wo die letzte Straßenlaterne einen schwachen Schein abgibt, befindet sich die Ruine eines Hauses, beinahe komplett vom Schnee verschluckt. Ratlos sehe ich mich um. Hier sollte es eigentlich sein. Genau hier, diese Ruine. Ich hole erneut den Zettel hervor. Die Buchstaben beginnen vor meinen Augen zu verschwimmen.

»Sind wir falsch?«, frage ich. »Es ist doch alles richtig. Die Gasse und die Hausnummer stimmen. Wieso ist hier nichts?«

Star deutet auf die vermummte Gestalt, die hinter uns die Straße hochkommt. Vermutlich ein Anrainer. Ich möchte nicht zu viel Aufmerksamkeit erregen, deshalb wende ich mich von dem fremden Mann ab. Aber die Schritte hinter uns kommen näher.

»Suchen Sie etwas?«, ruft der Mann uns zu. »Kann ich Ihnen helfen?«

»Nein, nein, alles in Ordnung«, gebe ich über die Schulter zurück.

Die Schritte entfernen sich wieder. Star wirft mir einen drängenden Blick zu. Ich weiß, ich weiß. Wir befinden uns in einer Sackgasse. Uns bleibt keine Wahl.

Ich drehe mich um und rufe dem Mann hinterher.

»Halt, bitte warten Sie! Vielleicht können Sie uns doch helfen.«

Der Mann, der eben sein Gartentor aufschieben wollte, bleibt stehen.

»Können Sie mir sagen, ob wir hier richtig sind? Wir suchen diese Adresse.« Ich zeige ihm den Zettel.

»Das stimmt schon. Das ist dieses Haus dort.« Er deutet auf die Ruine.

»Sind Sie sicher? Hier wohnt doch niemand mehr.«

»Richtig, das Haus ist verlassen. Hat mal einer Familie gehört, aber die sind weg, nachdem einer der Jungen in diesem Stollen verschwunden ist.«

»Sie meinen das Unglück mit dem eingestürzten Bergwerksschacht?«

»Ist schon einige Jahre her. Seitdem lebt dort keiner mehr. Die Eltern sind mit ihrem anderen Sohn weggezogen.«

»Weggezogen …« Ich drehe mich nach dem Wald um, der unmittelbar ans Ende der Straße grenzt. »Und dieses Bergwerk, wo ist das?«

»Da müssen Sie bloß ein Stück bergauf durch den Wald gehen. Aber es ist verboten, dort oben herumzuspazieren. Ist auch kein sicheres Gelände. Warum fragen Sie?«

Ich weiß nicht genau. Vielleicht, weil da plötzlich dieses Ziehen in mir ist, eine lauernde Ahnung, seit er den Stollen und den Jungen erwähnt hat. Gebannt blicke ich in den Wald.

»Nur so«, antworte ich.

Der Mann runzelt die Stirn. »Gehen Sie nicht dort

rauf, ich meine es ernst. Das ist gefährlich. Und teuer. Wer dort oben erwischt wird, bekommt eine saftige Geldstrafe, habe ich mir sagen lassen.«

»Keine Sorge, wir halten uns fern. Danke für Ihre Hilfe.«

Er nickt und flüchtet sich in die Wärme seines Hauses gleich gegenüber. Star steht neben mir. Wieder ist es nicht nötig, etwas zu sagen. Wir haben den gleichen Gedanken.

»Warten wir noch«, sage ich. »Bis es dunkel wird.«

Wir sehen uns ein bisschen um. Die Ortschaft ist nicht groß. In einer halben Stunde hat man alles abgeklappert. Wir überlegen, die Dämmerung im Auto abzuwarten, allerdings sind zwei Fremde, die stundenlang in einem geparkten Pick-up hocken, nicht gerade unauffällig, also setzen wir uns in das einzige Café dieses Kaffs, das bei diesem Wetter brechend voll ist.

Wir bestellen bloß etwas zu trinken. Star ist komplett durchgefroren und schüttet gierig seinen heißen Kakao hinunter.

Verstohlen beobachte ich die Leute. Keines der Gesichter kommt mir bekannt vor. Niemand nimmt von uns Notiz, sie sitzen alle bloß zusammen und unterhalten sich, und doch werde ich diese Anspannung nicht los.

Star sieht stirnrunzelnd von seinem Becher auf.

Er merkt es sofort, wenn mich etwas beschäftigt.

»Es ist nichts«, sage ich. Dabei ist das so unklug. Ich habe ihn gestern schon nicht eingeweiht, habe lieber schlaflos neben ihm im Bett gelegen, obwohl er der Erste sein sollte, dem ich mich anvertraue. Er lässt mir ohnehin keine Wahl, denn sein Blick ist noch auffordernder geworden.

»Ich musste nur eben an den Mann von gestern denken«, gestehe ich. »Der mich so merkwürdig angestarrt hat.«

Er sieht sich rasch um, und ich greife nach seiner Hand.

»Keine Sorge, hier ist niemand, der so aussieht. Es … es war ja auch nichts, er hat mich einfach bloß angesehen. Vielleicht bin ich ja übervorsichtig.«

Er kramt seinen Block hervor und beginnt hastig zu schreiben. *Was auch immer geschieht, ich beschütze dich! Uns wird nichts passieren.*

Ich lächle. »Das weiß ich doch.«

Glaubst du, dass dieser Bergwerksunfall damals etwas mit Shark zu tun hat?

»Schwer zu sagen. Erzählt hat er nie davon.«

Wenn uns tatsächlich jemand verfolgt, dann müssen wir auf der richtigen Spur sein.

Das sehe ich auch so. »Uns verfolgt aber niemand«, antworte ich. »Kein Grund zur Sorge.«

Wann gehen wir los?

Ich blicke mich ein weiteres Mal sorgsam im Raum um. Jeder einzelne Einwohner scheint sich innerhalb der letzten Stunde hier eingefunden zu haben. Die Straßen draußen sind wie ausgestorben. Einen besseren Zeitpunkt wird es nicht geben.

»Jetzt«, sage ich.

Aus dem Loch dringt ein Heulen. Als lauere darin eine Tiefe, die weiter geht, als ein Mensch sich vorstellen kann. Als wäre dies der Eingang zu einer anderen Welt. Einer brutalen, finsteren Welt, in der es nichts gibt außer dem Bösen.

Ich stelle mir vor, wie die Jungen damals vor diesem Eingang gestanden haben. Wie sie ebenfalls in diese Schwärze gestarrt haben, in das verlockende Dunkel, das dich anzieht, obwohl du um jeden Preis davor flüchten willst. Ich stelle mir vor, wie sie da hineingehen. Wie einer nach dem anderen von der Dunkelheit verschlungen wird. Wie es nur mehr die Schreie gibt. Und dann plötzlich gar nichts mehr.

»Jetzt wäre eine Taschenlampe nicht schlecht«, sage ich.

Ein schneller Griff, und die Finsternis wird von einem Lichtstrahl zerrissen. Kluger Junge. Denkt immer mit. Er geht voraus und leuchtet uns den Weg.

Der Eingang ist lediglich mit drei morschen Brettern vernagelt. Zu zweit ist es leicht, sie herunterzureißen. Der Schneesturm fällt hinter uns zurück. Es wird leiser. Nach wenigen Schritten stolpere ich über die Gleise, die hier drin verlaufen. Star nimmt mich bei der Hand. Gründlich leuchtet er die Wände ab, die mit einem Gerüst aus Holzbalken gestützt sind. Aus der Decke lösen sich Erde und Staub. Es ist, als würde der Berg auf uns reagieren, würde beim Klang unserer Schritte aus seinem jahrhundertelangen Schlaf erwachen.

Nach etwa zwanzig Metern gabelt sich der Weg.

»Wo jetzt lang?«

Der Taschenlampenstrahl kriecht über den Boden. Star schüttelt den Kopf. Er hält es nicht für klug, weiterzugehen. Ich auch nicht. Aber hier muss etwas sein. Es ist das perfekte Versteck, verboten, gefährlich, abgelegen. Wenn Shark uns einen weiteren Hinweis hinterlassen hat, dann hier.

Vorsichtig gehen wir weiter. Wir nehmen den linken Schacht. Ein kalter Luftzug bläst aus der Dunkelheit wie der Atemhauch eines Untoten. Ich nehme Star die Taschenlampe weg und stochere mit dem Strahl in den Schatten. Ich will es aufscheuchen, das Böse, wenn es hier irgendwo ist.

»Hallo?«, flüstere ich.

Sie könnten mir antworten, wenn sie noch da drin wären. Diese armen, armen Jungen. Gespenstische Stille. Erschrocken merke ich, dass Star nicht mehr länger bei mir ist. Ich wirble herum, rufe nach ihm, folge den Schienen zurück zu der Weggabelung.

»Star, wo bist du? Komm zurück, hast du verstanden? Star!«

Schritte auf den Gleisen. Aus der Dunkelheit kommt er auf mich zugerannt. Er kann nicht nach mir rufen, also winkt er aufgeregt.

»Was ist los?«, frage ich.

Er winkt energischer. Er ist in den rechten Schacht gelaufen. Der Boden ist hier rutschiger. Es riecht nach feuchter Erde. Die Wände sind mit Brettern verstärkt, an einer Stelle lösen sie sich halb aus dem Stein. Star nimmt die Taschenlampe an sich und leuchtet damit in das Loch hinter den morschen Brettern. Ein schmaler Einstieg, gerade einmal breit genug für ein Kind. Star zieht sich die Jacke aus und geht runter auf die Knie.

»Was machst du da? Glaubst du, du passt da rein?«

Und ob er da reinpasst. Zuerst verschwindet sein Kopf, dann der Rest von ihm. Unruhig bleibe ich im Stollen zurück. Aus dem Inneren des Lochs klingen Geräusche. Sie werden leiser, entfernen sich.

»Star?«

Die Geräusche hören auf.

»Verflucht noch mal, zwing mich nicht, die Feuerwehr zu rufen!«

Auf den Knien hocke ich im Dreck und stiere in das Loch. Ich erkenne nichts. Doch auf einmal sind die Geräusche wieder da. Er kommt zurück. Diesmal mit den Füßen voran. Ich packe seine Beine und ziehe so fest ich nur kann. Sein Kopf taucht als Letztes aus dem Loch auf, verdreckt bis zu den Haarspitzen. Er hält etwas in Händen. Eine kleine Kiste. Was zum Teufel …

»He! He, Sie da! Was machen Sie hier? Dieser Stollen ist gesperrt.«

Eine fremde Taschenlampe leuchtet mir ins Gesicht. Dahinter zeichnen sich die Umrisse eines Mannes ab. Star ist blitzschnell. Mit nur einem Griff hat er die Kiste geschnappt und unter seinem Pulli versteckt. Danach steht er auf und hebt die Hände.

Weitere Taschenlampen kommen auf uns zu. Es ist eine richtige kleine Truppe. Der Mann ganz vorn schnaubt wütend.

»Ein Anrainer hat uns informiert, dass hier mal wieder ein paar Verrückte herumkriechen.«

»Wir haben uns bloß verirrt«, schieße ich hervor.

»Bloß verirrt, ja? Die Ausrede kenne ich mittlerweile. Euch zwei nehm ich mit auf die Wache. Damit ihr es euch das nächste Mal besser überlegt, wo ihr abends spazieren geht.«

43

Star steht nur so vor Dreck. Das ist dem dicken Dorfpolizisten mit dem Minibüro und dem Karibikkalender an der Wand aber egal. Wie ein aufgeblasener Schuldirektor sitzt er hinter seinem Schreibtisch und tippt im Schneckentempo seinen Bericht in den Computer.

»Ihr müsst mich auch verstehen«, sagt er. »So etwas kommt einfach viel zu häufig vor. Ich habe keine Lust mehr auf euch Halbstarke, habt ihr kapiert? Ihr könnt froh sein, dass das keine Anzeige setzt. Das Bergwerk ist verboten.«

Soll er nur schäumen. Soll er sich wichtig fühlen für einen kurzen Moment in seinem von Banalitäten geprägten Dasein. Wahrscheinlich sind wir sein Highlight des Tages.

»Und du!« Er wendet sich an Star. »Du brauchst mich gar nicht so finster anzuschauen. Ist nicht meine Schuld, dass du jetzt so aussiehst. Wer unerlaubt im Dreck spielt, muss sich seine Dusche erst verdienen.«

Dabei ist es nicht die nasse, verschmutzte Kleidung, die Stars Blick so grimmig macht. Herr Polizeiwachtmeister hat ihm die Kiste weggenommen. Sie steht draußen vor dem Büro auf einem Tisch, neben der Kaffeemaschine. Herr Polizeiwachtmeister ahnt nicht, was er da getan hat. Er ahnt nicht, wie wichtig uns diese Kiste ist, wie weit wir dafür gefahren sind und wie weit wir dafür gehen würden. Er lehnt sich in seinem Sessel zurück und seufzt.

»Ich werde euch zwei laufen lassen. Dieses eine Mal. Aber wehe, ich erwische euch noch mal in der

Nähe des Stollens. Das ist mein Ernst, okay? Wenn ihr noch mal Ärger macht, verbringt ihr eine Nacht in der Zelle.«

Fast möchte ich lachen. Eine Zelle ... für nur eine Nacht.

»Können wir jetzt gehen?«, frage ich.

Er verengt die Augen. »Ich kenne euch beide überhaupt nicht. Ihr seid nicht von hier. Was führt euch hierher?«

»Wir besuchen einen Freund.«

»Wie heißt der?«

»Ist das wichtig?«

»Wieso weichst du meiner Frage aus?«

»Wir sind hier nur auf der Durchreise.«

»Und klettert mal eben in einen abgesperrten Stollen?«

»Der war gar nicht richtig abgesperrt.«

»Die Bretter vor dem Eingang haben euch also nicht zu denken gegeben?«

»Wir waren eben neugierig.«

»Wieso redet der Kleine nicht?«

»Er ist stumm.«

»Das glaub ich nicht.«

»Ist aber so.«

»Wirkt eher, als hätte er Schiss.«

Star zeigt ihm den Mittelfinger.

Das pausbäckige Gesicht nimmt eine glühend rote Farbe an. »Und die Kiste dort, was ist damit?«

»Was soll damit sein?«

»Schluss damit. Ich will wissen, was ihr in dem Stollen zu suchen hattet.«

»Es war eine dumme Idee. Wir wollten nur mutig sein.«

»Dieselbe Einstellung hat drei Jungen aus dem Dorf einmal das Leben gekostet. Ich hoffe, ihr berücksichtigt das, wenn ihr auf eurem Facebook- oder Instagram-Profil eine Story dazu postet!«

Ich sage jetzt lieber nichts mehr. Herr Polizeiwachtmeister hat seine Toleranzgrenze offenbar erreicht.

»Echt, ihr Kids macht mich fertig«, stöhnt er, während er sich die Nasenwurzel massiert. »Los, haut schon ab. Raus aus meinem Büro, bevor ich es mir anders überlege!«

»Komm.« Ich nehme Stars Hand. Als wir an dem Tisch mit der Kiste vorbeikommen, scheinen wir beide erneut denselben Gedanken zu haben.

»Danach müssen wir aber rennen«, flüstere ich.

Star nickt. Ich werfe einen Blick über die Schulter. Herr Polizeiwachtmeister ist von seinem Sessel aufgestanden.

»He, was soll das? Legt das sofort wieder hin! Das ist beschlagnahmt! Wollt ihr wohl stehen bleiben? Bleibt stehen, hab ich gesagt!«

Durch die Tür und hinaus in die Nacht. Die Straße runter, zurück in die schmale Gasse und rein in unseren Pick-up. Schlüssel rein, Vollgas und ab geht die Post. Ich kann nicht glauben, was wir soeben getan haben. Ich lache, bis ich nicht mehr kann. Bis mir Tränen in die Augen schießen. Zum ersten Mal seit einer Ewigkeit lache ich.

44

Die Straße hat uns wieder. Ich fahre durch die Nacht, ohne zu wissen, wohin. Ein Parkplatz. Wir brauchen einen Parkplatz.

Bei einem Waldstück werden wir fündig, gut zwanzig Kilometer von der Ortschaft entfernt. Außer uns ist niemand hier. Ich schalte den Motor aus und helfe Star mit den Taschentüchern. Er hat eine Packung im Handschuhfach gefunden und versucht sich sauber zu machen. Angestrengt rubbelt er sich über Nacken und Gesicht, während ich ein Tuch nach dem anderen aus der Packung zupfe und für ihn bereithalte. Das wird nie was. Wir müssen uns eine Unterkunft suchen.

Doch zuvor muss ich einen Blick in diese Kiste werfen. Ich muss es einfach. Star versteht das. Er greift auf den Rücksitz und holt sie für mich nach vorn. Sie ist nicht verschlossen. Ich halte sie für einen Moment fest. Was, wenn da drin nichts ist außer Luft und Staub? Ist meine Vergangenheit, meine Zukunft dann auch bloß Luft und Staub? Star beugt sich neugierig zu mir herüber. Also schön. Ich hebe den Deckel.

Es sind Fotos. Viele Fotos in einer kleinen, eingemauerten Kiste. Versteckt im Nirgendwo. An einem Ort, wo sich niemand hintraut, wo Kinder gestorben sind. Jahrealt, zerknittert. Es sind Fotos von Frauen. Gefängnisinsassinnen womöglich. Sie sitzen an Tischen, sie liegen auf Tragen, manche schauen in die Kamera, und alle wirken sie gleich. Gleich traurig, gleich leblos. Die Bilder auf den Tragen könnten in einem Krankenhaus entstanden sein. Stars Atem kitzelt mich am Hals, so nahe hat er sich zu mir gebeugt. Er nimmt sich einen Teil der Fotos und geht sie der Reihe nach durch.

Währenddessen durchsuche ich den Rest der Kiste. Leer. Ich weiß nicht, was ich davon halten soll. Hat tatsächlich Shark die Kiste in dem Stollen deponiert? Wieso sollte er das tun, wer sind diese Frauen? Star holt seinen Block hervor. Ich verstehe nicht, warum er mich plötzlich so ansieht. Warum seine Schrift so undeutlich ist. Zögerlich hält er den Block hoch.

Bist du auf einem der Bilder drauf?

»Was? Nein, wieso sollte ich …«

Ich verschlucke die Worte, ersticke fast daran. Star hält die Fotos fest umklammert. Versteckt sie vor mir, die Details, die Wände, den Boden, die Männer im Hintergrund, Männer mit Mundschutz, Männer mit Spritzen. Wer nicht aufpasst, übersieht es vielleicht, weil die Frauen im Vordergrund so dominant sind. Aber er hat es gesehen. Obwohl er nie dort war, hat er es sofort wiedererkannt. Die Wände. Den Boden. Die Männer mit Mundschutz. Mit Spritzen.

Ich sehe es jetzt. Bei Gott, ich kann es sehen.

Die Fotos sind im Schlachthaus gemacht worden.

Fotos aus Sharks Besitz.

Versteckt, geheim gehalten, im Dunkel des Stollens. Ein Geheimnis, das nie ans Tageslicht kommen darf.

Er war einmal einer von denen.

Er hat mitgemacht beim Schneiden, Bohren, Wühlen und Stülpen. Hat es fotografiert.

Bevor wir uns kannten. Bevor er mich dorthin verkauft hat.

Er war einer von ihnen.

Aber ich glaube, ich wusste das schon. Ich habe es immer irgendwie gewusst.

45

Ein Städtchen funkelt am Horizont. Eingebettet in Nacht und Kälte, taucht es unerwartet hinter der Kurve auf und scheint nur auf uns gewartet zu haben.

Wir folgen den Lichtern, bis wir ein Hotel gefunden haben. Die Frau an der Rezeption mustert Star mit misstrauischem Blick. Er ist immer noch schmutzig, das Haar ist zerzaust, und er sieht erschöpft aus. Und doch beklagt er sich nicht. Steht still und artig neben mir, während die Frau die nötigen Formulare ausfüllt. Nur im Aufzug lehnt er sich kurz an die Wand und schließt die Augen. Wir beziehen unser Zimmer. Wieder ein Doppelbett. Ich möchte schreien vor Kummer. Ich möchte die Fotos nehmen und sie verbrennen. So wie ich alles verbrenne, das mir im Weg steht. Geist, das Funkhaus, Kilometer für Kilometer für Kilometer.

Shark war dort. Dieser verdammte Lügner. Er war einer der Knechte. Ein seelenloser Helfer, der dem Grauen nicht einfach bloß zugesehen, sondern es dokumentiert hat. So viele Frauen. Es muss etwas passiert sein. Etwas, das ihn gezwungen hat, sein sicheres Nest zu verlassen und in die Ferne aufzubrechen. Er ist geflohen. Wie ein Feigling ist er geflohen. Dann haben sie ihn gefunden. Nach Jahren haben sie ihn aufgestöbert, in seinem neuen Leben, mit einem hübschen Mädchen an seiner Seite. Sie stellten ihn vor die Wahl: das Mädchen oder du.

Er hat sich für das Mädchen entschieden.

Ich möchte ihn finden. Ich möchte ihn finden, um ihm das Herz rauszureißen. Das schwarze Herz eines Verräters.

Im Badezimmer geht die Dusche an. Für eine halbe Stunde ist Star damit beschäftigt, den Dreck von seinem Körper zu waschen. Plötzlich fühlt sich die geringe Distanz zwischen uns unerträglich an. Dass er in einem anderen Raum ist, mit geschlossener Tür, dass er es womöglich nicht hören würde, wenn ich um Hilfe schreie … wenn jemand das Zimmer betritt und mich mitnimmt. Gut verschnürt in einem Sack aus Menschenhaut.

Als das Wasser endlich abgestellt wird, klopfe ich an die Tür. »Kann ich reinkommen?«

Das Quietschen eines Handtuchhalters. Er braucht noch einen Augenblick, dann lässt er mich rein. Frisch geduscht und immer noch verdreckt. Zumindest an den Armen. Im Handtuch stellt er sich vor den Spiegel und bearbeitet mit der Seife den hartnäckigen Fleck auf seinem rechten Unterarm.

»Entschuldige«, sage ich, als ich mich zu ihm stelle. »Ich wollte einfach nicht … Im Zimmer ist es gespenstisch ohne dich.«

Er hebt lächelnd eine Braue. Dann rückt er etwas zur Seite, damit ich Platz am Waschbecken habe. Immer nimmt er Rücksicht. Dieser dumme Junge, der mir nichts schuldet und mir alles gibt. Ich rühre mich nicht, schaue ihm einfach zu. Wie er schrubbt und schrubbt. Wie das Wasser seinen Arm hinunterläuft und zwischen uns auf den Boden tropft. Ich schaue ihm zu, und dann schaue ich ihn an. Alles von ihm. Seine Hände. Die Schultern. Seine schöne helle Haut. Die Augen. Er legt den Schwamm weg und dreht sich zu mir. Mit diesem Blick, der einfach nicht lügen kann. Der jetzt ganz fokussiert ist, nur auf mich, auf mich und die flirrende, feuchte Luft zwischen uns.

Ich wünschte, ich würde ihn küssen, weil ich einsam bin. Weil ich nach all dem Chaos Nähe brauche und er

der Einzige ist, der sie mir geben kann. Ich wünschte, ich könnte aufhören, weil ich begreife, dass das Wahnsinn ist. Ich wünschte, es wäre nur ein Moment. Ein paar flüchtige Sekunden in einem Raum, der einfach zu klein für uns beide ist.
Aber es ist mehr als das. Viel mehr.

Ich sehe sein Gesicht vor mir. Ich kann es berühren, es ist ganz nahe, wir beide nackt in unserem Bett. Kein Traum, keine Erinnerung. Das hier ist echt. Was echt ist, kann dich verletzen. Was echt ist, kann man dir wegnehmen.
Ich schiebe den Gedanken ganz weit von mir fort. Zurück zu den Fotos, zurück in die Vergangenheit. Das hier ist echt. Ich will es festhalten. Irgendwie.
»Wie ist dein richtiger Name?«, frage ich.
Er zuckt mit den Schultern.
»Weißt du es nicht mehr?«
Ein vages Nicken.
»Ich habe meinen Namen auch vergessen. Es gab einfach niemanden mehr, der ihn gesagt hat. Und irgendwann war er weg. Einfach verschwunden. Wie fast alles in meinem Kopf.«
Er streicht mir sanft übers Gesicht, so als wolle er sagen: *Das ist nicht wichtig. Wir brauchen keine Namen. Alles, was wir brauchen, ist hier, in diesem Zimmer.* Zum ersten Mal wünsche ich mir, er könnte sprechen. Er könnte mir all das sagen, was in diesen Augen steht. Alles, was ich nicht nur spüren, sondern ganz laut hören möchte. Hundertmal hintereinander.
»Wenn ich erst zu Hause bin«, rede ich weiter, »werde ich mindestens zehn Runden ums Haus laufen. Ich werde mir den Schlitten aus dem Schuppen holen und den Hügel hinter dem Haus hinabrodeln. Ich werde auf meinem alten Bett springen. Und die

Süßigkeiten essen, die noch immer in meinem Schrank versteckt sind. Und wenn mir davon schlecht wird. Ich werde so glücklich sein. Glaubst du mir das? Glaubst du, dass ich all das schaffen werde?«

Er sagt etwas in Gebärdensprache.

»Ich versteh dich nicht«, entgegne ich. »Wo ist dein Block?«

Er winkt müde ab.

»Ich will es aber wissen. Was hast du gerade gesagt? Schreib es auf, bitte.«

Er legt mir die Hand auf den Rücken, und ich spüre die Bewegung seiner Finger. Er schreibt die Worte, ritzt sie in meine Haut, obwohl er ganz sanft ist.

In diesem Moment habe ich einen Gedanken. *Und wenn wir einfach hierbleiben? Wenn wir einfach nur zusammen sind, für immer?* Denn das bedeuten die Worte auf meinem Rücken doch. Genau das bedeuten sie. Er lächelt mich an. Drei Wörter auf meiner Haut gegen Tausende in meinem Kopf. Und auf einmal ist es still in mir. So still, dass ich nur zu flüstern brauche.

»Ich liebe dich auch.«

46

Es geht ihr nicht mehr gut. Sie hat ein Haus, einen Mann und zwei Kinder. Die Tage sind ruhig, und die Nächte sind es auch. Sie sieht oft aus dem Fenster. Sieht zu, wie der Wind sich in den Bäumen fängt. Wie Sonnenstrahlen über die Eisfelder tanzen. Wie alles einfach nur hässlich ist. Ein hässliches Fleckchen Paradies, eingezäunt hinter Flammen.

Die Geräusche bringen sie innerlich zum Schreien. Das Knistern des Kamins. Diese kalte Leblosigkeit. Am meisten hasst sie es, wenn der Junge mit dem Ball durch die Gänge tollt. Er hat dunkles Haar und dunkle Augen, er kommt nach seinem Vater. Er trägt nichts von ihr in sich. Er stellt keine Fragen. Er nimmt es einfach hin. Die Geschichten, die Lügen, die Tür. Immer ist die Tür verschlossen.

Sie hat vergessen, wie es ist, froh zu sein. Hat vergessen, wie es ist, glücklich zu sein. Hat vergessen, wie es ist, sich zu Hause zu fühlen, geborgen. Mit einem Mann, der ihr die Welt zu Füßen legt, immer. Der so selten bei ihr ist und dennoch nie aus ihrem Kopf verschwindet. Mit ihm und diesen wunderschönen Kindern an ihrer Seite.

Er will ein Foto von ihnen machen. Von seiner Familie. Sie dürfen dafür aus dem Haus. Auf der Lichtung ist es kalt. Alles ist verdorrt und kahl. »Lächeln«, sagt er und hebt die Kamera.

Sie spürt nur die Hand ihrer Tochter. Die Hand ihres Sohnes hat sie losgelassen.

Sie hat ihn verloren, er ist ihr entglitten, irgendwann in dieser langen Zeit. Sie wird ihn nicht mitnehmen können. Zum Meer, zu den Sternen. Er gehört zu seinem Vater.

»Mama, was machst du da?«, fragt das Mädchen einige Tage später verwirrt. »Wieso packst du die ganzen Sachen ein?«

»Schlüpf in den Rucksack, mein Engel. Wir machen einen Ausflug.«

47

Eine Raststation irgendwo auf der Autobahn. Bäume und Sträucher sind mit Eis überzogen. Es ist windstill, aber klirrend kalt. Ich habe mich an die Motorhaube gelehnt und trinke aus meiner Wasserflasche. Die Luft riecht hier so frisch. Fast wie in meiner Erinnerung. Etwas Kaltes trifft mich hart im Nacken, und ich wirble erschrocken herum.

»Lass das, du Clown!«, rufe ich, als Star schon den nächsten Schneeball formen will. »Was ist mit dem Reifen, hast du den schon gewechselt?«

Ein unschuldiges Blinzeln.

»Solange wir einen Platten haben, können wir nicht weiter, und solange wir nicht weiterkönnen, gibt es keine Dusche und kein Bett. Ich hoffe, du weißt, worauf ich hinauswill.«

Er drückt mir einen Kuss ganz fest auf die Wange. Ich zucke zusammen, weil seine Nasenspitze so kalt ist, er grinst und gibt mir gleich noch einen. Danach holt er den Reservereifen von der Ladefläche und macht sich an die Arbeit.

Ich gehe ein paar Schritte die verschneite Fahrbahn entlang. Hinter einer Kurve entdecke ich die Motorhaube eines schwarzen Lieferwagens. Er parkt nicht weit von uns entfernt. Ein schwarzer Lieferwagen mit runden Scheinwerfern. Die Scheiben sind verdunkelt. In meiner Brust zieht sich alles zusammen. Wie lange steht er schon dort?

Die Tür geht auf, und eine Mutter mit ihrem Sohn eilt geduckt durch den Schnee in Richtung Parkplatztoilette. Der Druck um meine Brust lässt nach. Nur eine

Familie, die eine Pause einlegt. Kurz darauf steigt ein weiteres Kind aus dem Lieferwagen. Ein kleines Mädchen in einer roten, dicken Jacke. Sie stapft ein wenig durch den Schnee und beginnt dann, einen Schneemann zu bauen.

Es ist beruhigend, ihr dabei zuzusehen. Kugel für Kugel wird gerollt. Ein langsamer, aber stetiger Prozess. Als ihr Bruder von der Toilette zurückkommt, zertrampelt er den halb fertigen Schneemann mit den Füßen. Das Mädchen plärrt, und es entsteht ein kleines Gerangel.

»Schluss damit!«, brüllt der Vater aus dem Wagen. Die beiden hören auf zu streiten und bauen den Schneemann gemeinsam noch mal. Diesmal wird er fertig.

Star berührt mich an der Schulter. Offenbar ist die Arbeit erledigt. »Schau mal, die beiden«, sage ich, und er lächelt.

»Vermisst du Moonlight?«, frage ich, als wir wieder auf der Straße sind.

Er ist damit beschäftigt, seine schmutzigen Hände mit einem Feuchttuch abzuwischen. Er hält inne und zuckt die Achseln.

»Wir können sie ja holen«, sage ich. »Wenn wir die Lichtung gefunden haben. Wir können sie zu uns holen. Dort ist genug Platz. Das Haus ist riesig. Da könnten locker zwei Familien drin wohnen.«

Er macht ein angeekeltes Gesicht. Ich muss lachen.

»Wer weiß? Sie und der Polizist? Auf einmal bist du Onkel, wenn wir zurückkommen.«

Es durchzuckt ihn von Kopf bis Fuß, und er kramt hastig nach seinem Block.

»Schon gut«, beruhige ich ihn, »das war nur ein Scherz. Reg dich nicht auf.«

Schnaubend klappt er das Handschuhfach zu und säubert weiter seine Hände.

»Aber es ist doch eine schöne Vorstellung, oder nicht? Dass die beiden eine Familie werden. So schicksalsvoll.«

Er antwortet nicht. Ich rede weiter. Habe plötzlich ganz viele Gedanken, die herausmöchten.

»Ich hab nie über so was nachgedacht. Im Schlachthaus hat man natürlich immer für Verhütung gesorgt. Kein einziges Mal ist eine schwanger geworden. Da waren sie wirklich sehr genau. Darauf haben sie geachtet. Ich glaube, sie haben mir irgendwas rausgenommen. Manchmal kommt es mir vor, als hätten sie mir alles rausgenommen. Nur das Herz nicht. Das haben sie dringelassen. Damit es wehtun kann. Damit es ja nie aufhört wehzutun. Das war ihnen wichtig.«

Ich räuspere mich, weil meine Stimme plötzlich so zittert.

»Denk nicht darüber nach«, sage ich ihm. »Ich weiß nicht, warum ich das erzählt habe. Es ist nicht mehr wichtig.«

Flüchtig streiche ich über seine Hand, damit er aufhört, mich so anzusehen. Nicht mitleidig, nicht entsetzt oder angewidert. Sondern einfach nur entschlossen. Davon überzeugt, dass er für mich sterben würde. Jetzt mehr denn je. Nichts, was ich sagen oder tun könnte, wird diese Überzeugung je zerstören. Keine Narben, keine Erinnerungen, keine blutigen Geschichten. In diesen blauen, unerschütterlichen Augen bin ich makellos.

Ich lasse seine Hand nicht mehr los, bis wir den Wagen wieder verlassen haben.

Morgendämmerung erhellt das Zimmer. Es ist das kleinste Zimmer bis jetzt. Im Bett ist kaum genug Platz, um sich umzudrehen. Star hält mich fest umschlungen. Mein Körper ist schweißverklebt. Seit Minuten bin ich wach und achte auf den Schmerz in meinem Bauch. Seit meiner Zeit im Schlachthaus war mir nicht mehr übel. Das wellenartige Ziehen verlagert sich zunehmend nach oben. Ganz plötzlich merke ich, dass ich mich übergeben muss.

Ich schiebe Star ein Stück beiseite, sodass er aufwacht, und renne nackt ins Badezimmer. Gerade habe ich mich über die Kloschüssel gebeugt, da taucht er schon hinter mir auf.

»Geh weg«, bringe ich keuchend hervor. »Lass mich, es geht schon!«

Ich bäume mich auf und werfe ihm die Tür vor der Nase zu.

Zum Glück dauert es nicht lange. Nach ein paar Minuten ist es vorbei. Auch der Schmerz hat nachgelassen. Ich wasche mir das Gesicht und putze mir die Zähne. Danach stehe ich vor dem Spiegel, mit gerötetem Gesicht. Wie merkwürdig. Man fühlt sich doch immer so leer, nachdem man sich übergeben hat. Als wäre nichts mehr in dir drin. Als hättest du deine ganze Seele ausgekotzt. Jetzt fühlt es sich an, als wären plötzlich all meine Organe nachgewachsen.

Ich trinke ein paar Schluck Wasser und kehre zurück zum Bett.

»Es geht schon wieder«, sage ich, bevor sein besorgter Blick mich noch durchbohrt. »Hab wohl was Schlechtes gegessen. Mir geht's gut.«

Und doch ist gar nichts gut in diesem Moment. Ich habe ihn angelogen. Im Auto, auf dem Weg hierher, als ich von Kindern geredet habe. Es war alles gelogen. Denn ich habe schon oft darüber nachgedacht. Jedes Mal, wenn sie mir die monatliche Spritze gegeben haben. Wenn ich zum Onkel Doktor musste und der alles in mir inspiziert hat. Wenn mir erneut klar wurde, dass es niemals sein wird, dass ich allein bleiben werde, vergessen von der Welt, und ich dennoch den Wunsch verspürte, es wäre anders.

Sie haben mir vielleicht nichts rausgenommen, aber sie haben das, was da ist, für immer kaputt gemacht. Ich weiß das. Dabei will mein Körper doch leben, wollte schon immer leben und Leben schenken. Was grausam ist, wenn man bedenkt, wie oft Seele und Verstand das nicht mehr wollten.

Ich lege mich hin. Meine Glieder fühlen sich schwer an. Star ist dicht an mich herangerückt und streichelt mit den Fingerknöcheln über meine Wange.

»Ich hätte so gern ein Kind«, sage ich. Weil er sonst nicht damit aufgehört hätte. Nicht aufgehört zu streicheln. Nicht aufgehört, mich anzuschauen. Er weiß, wie man Menschen zum Reden bringt. Es ist nicht fair.

»Am liebsten hätte ich ein Mädchen. Eines mit langem Haar und ganz großen, neugierigen Augen. Einen kleinen Teil von mir, der … der heil ist. Der alles noch vor sich hat und nie vor etwas weglaufen muss. Der frei ist. Ich wünsche mir das so sehr. Ist das nicht traurig?«

Denn ich werde es niemals haben. Diesen letzten heilen Teil von mir, diesen Splitter. Ich glaube, ich habe ihm diesen Splitter geschenkt. Einem stummen, selbstlosen Jungen, der nicht weiß, wie er mir helfen kann. Dabei muss er nur bei mir bleiben. Das ist alles. Solange wir zusammen sind, ist der Splitter in meiner Nähe. Und in Sicherheit.

Star runzelt die Stirn.

Ich muss schlucken. »Über so etwas zerbrichst du dir wahrscheinlich gar nicht den Kopf. Wieso auch? Du bist noch so jung.«

Ich weiß nicht, was er in diesem Moment denkt. Seine Augen sagen es mir nicht.

»Willst du deinen Block?«, frage ich.

Er schüttelt den Kopf.

Irgendwann mal vielleicht, sagt er schließlich.

Mit dem Kuss, den er mir gibt. Mit dem Lächeln auf seinem Gesicht.

Und ganz plötzlich kann auch ich sie spüren, die Hoffnung. Die ihm all diesen Mut gibt, die ihn stark bleiben lässt trotz aller Widerstände. Er hat recht. Irgendwann mal vielleicht. Wenn wir zu Hause sind, in Freiheit und in Frieden. Wenn das alles erst vorbei ist.

48

Wir fahren weiter nach Norden. Es fühlt sich an, als hätte ich nie etwas anderes gemacht. Als säße ich in diesem Wagen, solange ich auf der Welt bin. Sharks Kiste lagert geschützt unter meinem Sitz. Star hat mich gefragt, warum ich ihn immer noch finden will. Jetzt, nachdem ich die Blutflecke gesehen habe, die auf seinen Händen getrocknet sind. »Das Haus auf der Lichtung«, habe ich geantwortet, und er hat verstanden. Es geht schon lange nicht mehr um Shark. Vielleicht ist es nie um ihn gegangen.

Mein Ziel ist Sharks versteckte Jagdhütte. Obwohl ich weder weiß, wo genau sie ist, noch, ob er dort sein wird. Ich muss Vertrauen haben. Vertrauen in mein Bauchgefühl und Vertrauen in seine Berechenbarkeit.

Ortschaft für Ortschaft klappern wir ab. Sprechen mit Einwohnern, fragen uns durch. Auch wenn es riskant ist, Aufmerksamkeit erregt, uns bleibt keine Wahl. So geht es dahin. Manchmal fürchte ich, dass es Star zu viel wird. Wenn er so dasteht und die Augen für einen Moment geschlossen hält, als lausche er einer inneren Stimme. Ich weiß, ich verlange das Unmögliche. Er begleitet mich auf einer Suche, die für ihn keinen Sinn ergibt. Er soll daran glauben, bloß weil ich daran glaube. Ich hasse ihn dafür, dass er mich nicht allein lässt. Dass er mich einfach nicht aufgeben will. Und ich hasse mich selbst, weil ich ihn bei mir bleiben lasse, obwohl mir klar ist, wie gefährlich das für ihn ist.

Erneut fahren wir in eine Siedlung ein. Ein weiterer Halt im Nirgendwo, aber auch eine weitere Chance.

Ein Nadelwäldchen grenzt an die schneebedeckten Häuser. Star hat Hunger, also setzen wir uns in ein Gasthaus. Es riecht herrlich nach gebratenem Fleisch, und die Portionen sind riesig. Zufrieden schaue ich Star beim Essen zu. Ich bin für ihn verantwortlich. Auch wenn er in Wahrheit mich beschützt, muss ich alles tun, damit es ihm gut geht.

Wir mieten uns ein Zimmer und schleppen unsere wenigen Habseligkeiten vom Auto in den ersten Stock. Rucksack, Kleidung, Proviant. Es wird Zeit, Wäsche zu waschen. Im Gasthaus gibt es eine Waschküche, die ich gegen etwas Kleingeld benutzen darf. Während die Waschmaschine arbeitet, unternehme ich einen Spaziergang durch die Ortschaft. Star hat sich hingelegt. Es tut gut, mal für eine Weile allein zu sein. Ständig sind meine Gedanken bei ihm. Ich stelle mir vor, wie wir gemeinsam auf der Lichtung stehen, und fühle dabei nicht nur Glück, sondern auch Furcht. Es ist so viel, was ich mir vorgenommen habe. So ein langer, steiniger Weg. In stillen Momenten habe ich Angst, dass ich es nicht schaffe. Dass wir Shark niemals finden und stattdessen auf ewig auf der Suche sein werden, auf ewig Pilger ohne Hab und Gut. Das hat er nicht verdient. Er hat es verdient, anzukommen, so wie seine Schwester angekommen ist. Ich schaue mich um. Es ist schön hier. Wir könnten bleiben. Einfach neu anfangen. Zu zweit.

Ich denke an den Tag, als ich Shark begegnet bin. Ich war so hungrig. Ein hungriges, abgemagertes Ding, das seine Seele verkauft hätte für einen Schlafplatz und eine warme Mahlzeit im Bauch. Seit Tagen, wenn nicht Wochen irrte ich durch die Stadt. Ich war mit dem Zug angekommen. Ein gütiger Schaffner hatte beide Augen zugedrückt, als er mich ohne Ticket in einem Abteil erwischt hatte. Die Stadt bedeutete Leben für mich.

Nachdem ich alles verloren hatte. Nachdem mein Vater nicht gekommen war, um mich zu retten. Nachdem ich Tage und Nächte umhergeirrt war auf der Suche nach Hilfe. Da war die Stadt mein sicherer Hafen. Ich wusste, wenn ich hier keine Hilfe finde, dann finde ich sie nirgendwo.

Das Funkhaus war ein Magnet. Dieses helle, große Gebäude mit den vielen bunt angezogenen Menschen vor dem Eingang. Ich war klein und schmal und schlich mich ungesehen am Sicherheitspersonal vorbei. Drinnen musste ich erst einmal tief Luft holen. Diese Wärme. Dieser Lärm. Der Lärm war das Schönste. Endlich hörte ich sie nicht mehr schreien. Endlich waren die Gedanken an meine Mutter, an mein Zuhause wie betäubt.

Shark war damals noch sehr jung. Ein aufstrebender Geschäftsmann, der vor Kurzem den Deal seines Lebens gemacht hatte. Er versteckte sich noch nicht in seinem Bunker, er mischte sich unters Volk, schüttelte Hände, erhob die Gläschen und stolperte plötzlich über dieses dürre Mädchen mit den bittend ausgestreckten Händen.

»Könnte ich etwas zu essen haben?«, fragte ich ihn.

Es war mein Glück. Dass er es war. Dass er noch so jung war und sich um die Menschen auf der Straße kümmerte.

Ich bekam meine Mahlzeit, und ich bekam meinen Schlafplatz. In jener Nacht schlief ich wie ein Stein. Und als ich am nächsten Morgen aufwachte, war das warme Gefühl immer noch da. Ich war angekommen. Mitten auf der Suche nach Zuflucht hatte sich eine Nebentür geöffnet, mit der ich nicht gerechnet hatte. Wieso sollte das nicht noch einmal passieren? Dieser kleine, verschneite Ort am Rande der Welt – wieso kann das nicht meine Nebentür sein? Ich könnte hier glücklich werden. Ich könnte vergessen, was mich hergetrieben hat, und einfach neu anfangen. So wie ich alles vergessen habe, was vor meiner Zeit im Funkhaus gewesen ist.

Ganz plötzlich möchte ich nichts sehnlicher als das: vergessen, ankommen, bleiben. Ich möchte zurück in unser Zimmer laufen und ihm sagen, dass ich es mir überlegt habe. Ich brauche die Lichtung nicht. Und auch keine Rache oder Antworten. Solange wir uns eine Zukunft aufbauen können, zusammen, ist Star alles, was ich brauche.

Er würde Ja sagen. Denn er tut alles, was ich von ihm verlange. Auf gewisse Weise gehört er mir, so wie ich einst Shark gehört habe.

Ich kehre zum Gasthaus zurück. Es hat aufgeklart, auf dem Gehsteig spielen Kinder im Schnee. Als ich das Gasthaus betreten will, glaube ich, im Augenwinkel eine bekannte Gestalt zu erkennen, zerfurchtes Gesicht und Augen wie Knöpfe. Doch als ich mich nach ihr umdrehe, ist nichts zu sehen. Wie lächerlich. Ich komme ins Warme und möchte eben die Treppe hoch. Der Mann, dem das Gasthaus gehört, passt mich auf dem Flur ab.

»Fräulein, warten Sie kurz. Wollten Sie nicht wissen, ob hier jemand einen gewissen Shark kennt?«

Ich umklammere das Treppengeländer, als wäre es mein eigenes Herz. Das immer schwerer und schwerer wird. Nein, nicht jetzt. Bitte nicht. Ich wollte doch eben ankommen. Ich wollte bleiben.

»Richtig«, antworte ich heiser.

»Dann kommen Sie mal mit. Es gibt da jemanden, der Ihnen vielleicht helfen kann.«

Wie er daliegt. So friedlich, so still. Das Öffnen der Tür konnte ihn nicht wecken. Jetzt regt er sich ein bisschen, als ich mich vorsichtig zu ihm ans Bett setze. Er lächelt, noch bevor er die Augen richtig geöffnet hat.

Er lächelt nicht lange.

»Es ist etwas passiert«, sage ich.

49

Star hört mir aufmerksam zu. Mit ernstem Gesicht lässt er mich reden. Ich erzähle ihm von dem Mann, den ich im Gastraum des Wirtshauses getroffen habe. Der mir erzählt hat, dass er Shark kennt. Er habe ihm vor Kurzem einen Wasserboiler geliefert. In der Jagdhütte gibt es einen Wasserboiler. Der Mann hat mir eine Telefonnummer gegeben. Ich habe die Nummer gewählt. Mit dem Standtelefon an der Rezeption. Ich durfte es benutzen. Shark klang genauso wie früher. Dieselbe Stimme, jetzt kühl und distanziert. Ich wollte auflegen, einfach auflegen. Aber ich konnte es nicht und habe stattdessen angefangen zu reden. Einfach nur zu reden. Über meine Flucht und meine verzweifelte Suche nach ihm. Shark hat mir zugehört. Still und ruhig, genau wie Star gerade jetzt. Schließlich hat er zugestimmt, sich mit mir zu treffen.

Sonst erzähle ich nichts. Dass ich bis vor wenigen Augenblicken die Suche noch aufgeben wollte. Seinetwegen. Dass ich wünschte, das hier könnte mir genügen. Er, unser Zimmer, diese Suche ohne Ende. Dass ich genau sehe, wie heftig ihn die Nachricht trifft. Er hat gehofft, wir finden ihn nicht. Er hat gehofft, unsere Reise endet nie. Damit wir zusammenbleiben. Nur wir beide, die Straße und die gemeinsame Zeit. Ich sehe es. Wie er den Schrei zurückhält, den er ohnehin nicht loslassen könnte. Wie er stattdessen nach meiner Hand greift und wie seine Augen mir sagen, dass er sich freut. Ich dachte immer, diese Augen können nicht lügen. Sie können es doch. In diesem Moment belügt er mich.

Dann lass uns aufbrechen, schreibt er auf seinen Block.

Wir fahren. Die Straße ist schmal und rutschig geworden. Seit wir von der Landstraße abgebogen und in den Wald gekommen sind, spüre ich Kälte in mir. Ganz plötzlich möchte ich umkehren. Möchte zurück in die schützende Ungewissheit, die mich all die Zeit gelähmt hat. Doch ich lenke den Pick-up weiter den holprigen Pfad entlang, vorbei an Holzstößen, Felsen und Schatten, bis hinter den Tannenwipfeln schließlich die Jagdhütte auftaucht.

Bei Dunkelheit und Schneetreiben ist sie fast nicht zu erkennen. Hier endet die Straße, und ein Gefühl sagt mir, hier endet auch mein Weg. Dieser lange, steinige Weg endet bei einer Hütte im Nirgendwo. Wie absurd. Nach all den Strapazen hätte ich mehr erwartet. Mehr Regung in meinem Inneren. Mehr Freude. Stattdessen fühlt es sich falsch an. Aber nun sind wir hier.

Auf dem freien Platz vor der Hütte halte ich an. In den Fenstern ist es dunkel. Mit dem Abstellen des Motors gehen die Scheinwerfer aus. Die Hütte verschwindet in der Nacht, nur das Schneetreiben und die Umrisse bleiben zurück. Shark sagte Mitternacht. Er wollte sichergehen, dass unser Treffen unbemerkt bleibt. Kühl klang seine Stimme am Telefon. Die Stimme eines Fremden. Shark ist ein Fremder geworden. Ein Schattenbild in meinem Verstand, das ich einfach nicht loslassen kann.

Star drückt meine Hand. Ich wollte nicht, dass er mitkommt. Er hat darauf bestanden. Jetzt bin ich froh, dass er bei mir ist. So unendlich froh.

»Also los«, sage ich.

Wir steigen aus. Der Wind bläst von allen Seiten. Die Kälte verbeißt sich in mir. Ich sehe mich nach Gestalten um, nach anderen Autos, aber der Wald ist leer. So leer wie diese Hütte, wie mein Kopf. Die Tür ist nicht versperrt. Die Scharniere quietschen. Die Dunkelheit geht hier drin weiter. Schemenhaft erkenne ich Wände, ein paar Möbel und die kleinen viereckigen Fenster.

Star schließt die Tür hinter sich. Es wird leise. Dann ein Knarren auf dem Boden. Star geht sich umschauen. Man braucht nicht viele Schritte, um diese Hütte zu durchqueren. Er hat den Wasserboiler erreicht. Gleich daneben befindet sich der Gasherd. Alles alt, beschädigt, abgenutzt. Bis auf den Boiler, der ist bekanntlich neu.

Stars Silhouette zeichnet sich von der Dunkelheit ab. Er zuckt mit den Schultern.

»Vielleicht kommt er noch«, sage ich.

Kurz darauf höre ich das Brummen eines Motors aus dem Wald.

Ich hechte ans Fenster, Star folgt mir. Scheinwerfer, die näher kommen. Große, runde Scheinwerfer.

»Ist er das?«, flüstere ich. »Ich kann es nicht erkennen.«

Das Auto hält unmittelbar vor dem Eingang. Ich warte darauf, dass die Scheinwerfer ausgehen. Sie bleiben an. Das Knallen einer Autotür. Schritte, die sich nähern.

»Keine Angst«, sage ich. »Er wird uns nichts tun.«

Star hält meine Hand umklammert. Die Tür wird nicht geöffnet. Sie wird aufgestoßen. Wind, Schnee und Licht prallen gegen meinen Körper. Dieses verdammte Licht will nicht ausgehen. Ich kann nichts sehen. Nur die Gestalt dort in der Tür. Groß, dunkel. Leblos. Wie Stein.

Eine Marionette.

Der Schrei in meinem Kopf. Dieser gequälte, gel-

lende Schrei – *lauf weg!* Denn das ist nicht Shark da in der Tür. Shark ist nicht hier.
 Eine Stimme sagt: »Madonna.«
 Und alles wird schwarz.

50

Es ist kalt. Kalt und dunkel. Anfangs ist es das immer. Wenn du zu dir kommst nach den Schlägen. Wenn dein Körper aus der Trance erwacht, in die du dich für die letzten Stunden geflüchtet hast. Erst mit der Zeit beginnen deine Augen wieder zu sehen. Du kriechst über den Boden zur nächsten Lichtquelle, meistens ist es der Türschlitz, den du hinter geschwollenen Lidern gerade noch erkennst. Du kriechst, weil du für alles andere zu schwach bist. Du möchtest raus aus der Zelle, raus aus diesem Körper, der brennt und schmerzt und in Trümmern liegt, er ist dir im Weg, dieser Körper, du willst ihn abstreifen, endlich befreit davon sein, von der gerissenen Haut, den gebrochenen Knochen und dem Schmerz, aber du schaffst es nicht, und so liegst du da. Am Boden, in deiner Kotze, deinem Urin, deinem Blut. Du liegst so, bis der Morgen graut. Dann erst wird es heller.

Diesmal ist es anders. Da ist kein Morgengrauen, das alles wieder heilen lässt. Ich kann auch nicht kriechen. Ich bin gefesselt. An einen Stuhl gefesselt, mitten im Raum.

Es brennt eine Kerze. Nein, zwei. Zwei Kerzen auf dem Fensterbrett. Im flackernden Schein sehe ich Star, der mir gegenübersitzt, auch an einen Stuhl gebunden. Er hat die Augen geöffnet, ich weiß nicht, wie lange schon. Wie lange er dasaß und mich ansah, wie lange er allein war, ehe die Kälte und die Dunkelheit mich aus der Bewusstlosigkeit holten.

Ich reiße an meinen Fesseln. Der Stuhl knarrt, das Seil bleibt fest. Ich konzentriere mich auf Stars Gesicht, will ihm sagen, dass er keine Angst zu haben braucht. Dass alles gut wird. Dass es mir leidtut, so leid. Weil ich ihn nicht beschützen konnte. Weil ich ahnte, dass es so weit kommen wird, die ganze Zeit, und weil ich zu selbstsüchtig war, um ihn fortzuschicken. Ich will es ihm sagen, und doch bleibe ich still.

Star bewegt sich nicht. Da ist nur das Blut, das langsam von seiner Stirn rinnt. Sie haben ihn zusammengeschlagen. Wollten ihn zum Schreien bringen. Und weil er es nicht tat, haben sie weitergemacht. Haben gegraben. Nach dem Schrei, der sonst so bereitwillig kommt.

Der Boden knarrt. Genau hinter Star steht eine Gestalt. Nein, es sind zwei. Zwei Kerzen, zwei Gestalten. Umrisse bloß, schwarze Silhouetten, eins mit der Dunkelheit, die sie umgibt. Ihre Hörner. Riesige, spitz zulaufende Formen über den Köpfen. Ich weiß nicht, wie sie uns finden konnten. Und in Wahrheit weiß ich es doch. Der Mann mit den Knöpfen statt Augen. Der Mann, der uns gefolgt ist. Er hat unsere Fährte aufgenommen, vielleicht schon ganz zu Beginn. Der Spurenleser, der Jäger, sie haben ihn auf uns angesetzt, und er hat uns aufgespürt. Und nun sind sie hier. Die Teufel sind aus der Hölle gekrochen, um ihren gefallenen Engel zurück in den Käfig zu sperren.

»Lasst ihn gehen«, bitte ich. »Er hat euch nichts getan. Bitte lasst ihn gehen.«

Eine Hand im schwarzen Handschuh legt sich von hinten auf Stars Schulter. Langsam, aber fest. Da ist nur diese Hand, als wäre sie Teil der Schatten, Teil der Hütte. Star zuckt auf, und ich wiederhole: »Bitte lasst ihn gehen! Er nützt euch nichts.«

»Das wird sich noch zeigen.«

Ich beginne zu zittern. Auf meiner Stirn klebt der Schweiß.

Die behandschuhten Finger beginnen zu tippen, geruhsam über Stars Schulter. Als spielten sie ein Lied, als zählten sie die Sekunden.

»Es war ein sehr langer Weg, Madonna. Da stimmst du uns doch zu. Du hast uns viel Zeit gekostet. Zeit ist wertvoll, fast so wertvoll wie du.«

»Und jetzt habt ihr mich gefunden. Was wollt ihr noch? Lasst den Jungen gehen! Tötet mich, deswegen seid ihr doch hier. Worauf wartet ihr?«

»Wir wollen dich doch nicht töten. Wo denkst du hin?«

»Was wollt ihr dann? Was wollt ihr von mir? Wieso verfolgt ihr mich, wieso bin ich euch so wichtig? Ihr habt doch genug Mädchen wie mich. Die Zellen platzen aus allen Nähten! Und an jeder Straßenecke findet ihr neue.«

»Mag sein. Aber du bist besonders.«

»Warum?«

»Du hast den Sohn des Direktors getötet.«

»Ich wusste es nicht!«

»Du hast ihn getötet«, wiederholt die Stimme kalt. »Du hast den Sohn des Direktors getötet. Den Sohn des Direktors.«

»Ich wusste nicht, dass er der Sohn des Direktors war. Er hat es mir nie gesagt. Er hat mir keine Wahl gelassen! Er war ein Opfer, genau wie ich.«

»Lügnerin. Verbrannt hast du ihn. Und die Ferienhütte des Direktors noch dazu!«

»Hätte euer Direktor seinem Sohn besser beigebracht, dass es gefährlich ist, sich mit den Gefangenen einzulassen!«

»Der Herr Direktor sieht das anders.«

»Soll ich euch was über euren Herrn Direktor erzählen? Während ihr mir hinterhergejagt seid, ist er seinem Schöpfer gegenübergetreten. Oder er sitzt längst hinter Schloss und Riegel! Sie haben das Schlachthaus gefunden. Die Polizei, sie haben alles dem Erdboden gleichgemacht! Von eurem kranken kleinen Vergnügungspark ist nichts mehr übrig!«

Ein Lachen, das direkt unter meine Haut fährt. Keine Münder, keine Gesichter, das alles brauchen sie nicht, sie sind Schatten. Geschöpfe der Nacht.

»Glaubst du tatsächlich«, sagt die Stimme, »wir wären nicht auf so etwas vorbereitet gewesen?«

Star bewegt sich, er scheint mir etwas sagen zu wollen. Der schwarze Handschuh wandert von seiner Schulter zu seinem Hals.

Star erstarrt.

»Nicht«, schluchze ich. »Bitte tut ihm nichts.«

»Böses kleines Mädchen. Hetzt uns einfach die Polizei auf den Hals. Das wird eine saftige Strafe setzen.«

»Ich verstehe nicht … Was habt ihr getan?«

»Ach, Madonna, Madonna, Madonna. Dachtest du, das Schlachthaus wäre unsere einzige Geschäftsstelle? Sie mögen das Haus gefunden haben, aber uns haben sie nicht. Wir sind umgezogen, Madonna. Und die Schwester deines Polizeifreundes haben wir mitgenommen.«

Ein Stich, ein Splitter, direkt in mein Herz. Fairy, wie sie daliegt und zittert. Wie sie die Hand nach mir ausstreckt, wie ihre starren Augen flehen. *Töte mich. Töte mich. Töte mich.*

»Ihr lügt!«, rufe ich. Ein verzweifelter Versuch, die Fesseln zu sprengen. Das Seil hält stand. Ich sammle Luft, um zu schreien, aber was ich sage, ist leise, ein Flüstern. »Ihr lügt doch. Das ist alles, was ihr könnt. Lügen und zerstören. Die Köpfe vergiften, bis man nichts mehr glaubt außer eure Lügen.«

»Sieh es, wie du willst, Engelchen. Am Ende spielt

es keine Rolle mehr. Und da sind wir nun, Madonna. Wir sind am Ende. Dein kleiner Ausflug endet jetzt. Also frage ich dich, und du wirst mir antworten. Wo ist Shark?«

Wo ist Shark ...

Ein Funken in dem eisigen Vorhang aus Tränen. Eine Brücke, wo vorher nur der Abgrund war. Shark. Und wieder läuft es auf ihn hinaus. Shark. Sie wollen ihn, sie suchen ihn, den Verräter mit den Fotos. Der ihnen als Einziger gefährlich werden kann, weil er alles über sie weiß. Ich bin bloß der Köder. Die ganze Zeit war ich der Köder.

»Ich weiß es nicht«, antworte ich.

»Du wolltest dich hier mit ihm treffen. Also wo ist er?«

»Ich weiß es nicht!«

»Willst du wirklich stur bleiben? Überleg es dir gut, Madonna. Überleg es dir gut.«

»Ich weiß nichts!«, brülle ich. »Ich weiß nicht mehr als ihr!«

Der Handschuh zieht sich zurück. Star saugt keuchend die Luft ein.

»Bitte lasst ihn gehen«, flehe ich.

Etwas klickt in der Dunkelheit. Langsam, beinahe geschmeidig kommt der Handschuh zurück ans Licht. Er presst den Kanonenlauf gegen Stars Schläfe, und die Stimme sagt: »Ich werde jetzt bis zehn zählen.«

Mir schießen Tränen in die Augen. Das Bild verschwimmt, da ist überall nur Nebel.

»Bitte«, flüstere ich. »Bitte nicht.«

»Wenn dir an diesem hübschen Burschen etwas liegt, wirst du uns sagen, wo Shark ist. Zehn Sekunden, Madonna. Also. Fangen wir an.«

»Nein«, sage ich. Dann kreische ich es, kreische wie verrückt. »Nein! Hört auf! Lasst ihn in Frieden!«

»Eins.«

»Ich weiß nicht, wo Shark ist! Ich sollte herkommen, mehr hat er nicht gesagt!«

»Zwei.«

»Ich habe seine Telefonnummer. Nehmt sie euch, sie ist auf einem Zettel in meiner Jackentasche.«

»Drei.«

»In meiner Jackentasche! Wieso nehmt ihr sie euch nicht! Sie ist in meiner Tasche, meiner Tasche!«

»Vier.«

»Star, schau mich an. Es wird alles gut. Es wird alles gut, hörst du? Ich bin da!«

»Fünf.«

»Was stimmt mit euch Dreckskerlen nicht? Ich weiß nichts, kapiert? Ich weiß nichts, ich weiß nichts!«

»Sechs.«

Ich schluchze. Die Luft geht mir aus, mein Herz explodiert. Stars Augen sind die ganze Zeit auf mich gerichtet. Er will stark sein, für mich, darum zwingt er seine Augen zu schweigen. Nur das Blau ist in diesem Moment zu sehen. Keine Angst. Keine Tränen. *Es wird alles gut.*

»Sieben.«

»Bitte ... bitte hört auf mich! Das ist doch verrückt. Nehmt die Waffe weg. Sein Tod bringt euch gar nichts! Ich weiß nicht, wo Shark ist! Ich weiß es nicht, ich weiß gar nichts ...«

»Acht.«

»Star ... Tu doch was. Tu irgendwas, bitte!«

»Neun. Glaubst du, wir machen hier einen Witz? Ich hab neun gesagt!«

Ich sehe sein Gesicht, ganz nah. Da ist sonst nichts. Seine Augen schimmern jetzt ganz leicht.

»Bitte«, höre ich mich flüstern.

Die Stimme im Schatten bleibt still.

Keine Zchn.
Keine Zehn.
Eine Ewigkeit mit Star allein in diesem Raum.
Und dann: »Zehn.«

51

Ich liege auf dem Boden. Krieche voran. Kein Lichtstrahl unter dem Türschlitz. Kein Morgengrauen, das alles davonwäscht. Es bleibt dunkel. Und es bleibt kalt.

»Haben wir unsere Glaubwürdigkeit jetzt bewiesen? Reicht dir das?«

Die Tränen auf meiner Wange. Das Blut in seinem Gesicht. Kalt jetzt. Kalt. Seine Augen schimmern nicht länger. Ich schreie. Ich höre nicht auf. Nur noch dieses Schreien.

»Jetzt macht sie den Mund auf«, lacht einer höhnisch. »Jetzt kann sie nicht mehr aufhören.«

Ich bin mit dem Sessel umgekippt. Jemand packt mich bei den Schultern, richtet mich auf.

»Es spielt keine Rolle, ob du uns sagst, wo er ist«, redet der andere weiter. »Wir werden ihn auch ohne dich finden. Und du, mein Engel, du wirst nie wieder das Tageslicht sehen. Hast du gehört, was ich gesagt habe? Wir sperren dich zurück in deine Zelle. Und dort wirst du bleiben. Du wirst in dieser Zelle krepieren. Und wenn es Jahrzehnte dauert. Oh, was ist denn, mein Engel? Willst du etwas sagen? Ach so, du willst zu ihm. Wir werden ihn mitnehmen. Du darfst ihn mit in deine Zelle nehmen. Du darfst zusehen, wie sein Körper zu Staub zerfällt. Wir werden dafür sorgen, dass du es siehst. Dass du jeden Tag dein Essen isst. Und dein Wasser trinkst. Sein verwesendes Gesicht wird das Einzige sein, was du in deinem Leben noch siehst.«

Ich bin wieder aufrecht. Sitze in meinem Sessel. Mit dem Seil in meinem Fleisch. Und dem Schrei hinter meinen Lippen. Die Kerzen flackern im Luftzug. Die

Tür geht auf. Jemand kommt in die Hütte. Mit einer Axt. Ganz langsam.

Sie merken es nicht. In diesem Moment sind sie die Schwachen.

»Ach, Engelchen, mein Engelchen. Hör endlich auf zu weinen. Du darfst ja bei ihm bleiben. Niemand nimmt ihn dir mehr weg. Was hast du denn? Wo siehst du denn hin, mein Engel, hm? Da ist nichts. Nur Blut.«

Und eine dritte Stimme sagt: »Falsch, ihr Schweine.«

52

Die riesige Klinge saust durch die Luft. Spaltet Holz, Seile, Schädel. Schreie wie Kettensägen. Es geht alles so schnell. Der schwarz vermummte Mann schlägt sich mit Axt und Gebrüll den Weg zu mir frei. Ein dunkler Rächer, ein Sensenmann, gekommen, um zu richten. Sie kreischen und brüllen, bäumen sich auf wie wütende Bären. Plötzlich ein Knall. Ohrenbetäubend, die Waffe. Jemand hat sie abgefeuert. Ich versuche aus dem Gedränge zu entkommen, mein Stuhl kippt nach hinten, und ich krache mit dem Rücken auf den Boden.

Jemand schneidet mir die Fesseln durch. »Lauf!«, brüllt der Sensenmann.

Keine Gedanken. Nur dieser Schmerz. Ein Schmerz, der wütend macht. Der alles in mir in Brand steckt, der mich lodern lässt, heißer als die Hölle. Er hat mich befreit, er hat den Sturm befreit, und der Sturm wird nun wüten.

Zwei Seile von zwei Stühlen. Es wird reichen. Genug, um die Flügel zu bändigen, die Hufe zu fesseln. Eng wird das Paket geschnürt, das Dämonenpaket auf dem Boden, sie bluten, die Axt hat sie zerteilt, aber noch atmen sie, noch brüllen sie, nicht mehr lange. Mit der Kerze zum Gasherd, es reicht schon ein Griff. Ein paarmal nach links gedreht, und die Flamme beginnt zu züngeln.

Jetzt das Benzin. Die Kanister hinter dem Schrank. Braver Shark. Immer gibt es Benzin. Immer hinterlässt er mir Werkzeuge. Waffen. Ich schütte die stinkende Flüssigkeit über ihnen aus. Alle drei Kanister. Die zweite Kerze wartet schon. Die Teufel brennen.

Ihre Gesichter zerreißen, und ich beobachte, wie die Haut ganz langsam zerknittert, wie alles rot wird, dann schwarz, schwarz wie Asche, und dieses Geschrei. Dieses furchtbare Geschrei. Die Teufel brennen.

Balken brechen. Fenster bersten. Die Hütte zerfällt. Immer noch schreien sie. Zurück zu den Stühlen, zurück zu Star. Er ist schwer. Ich kann ihn nicht tragen, aber ich kann ihn ziehen. Über den Boden, durch die Tür, hinaus in den Schnee. Der Sensenmann und die Axt sind verschwunden. Nur noch wir zwei sind übrig. Ich falle auf die Knie, krieche durch die Kälte, schaffe ihn fort, weg von dem Feuer, weg von den Schreien. Das Geschrei hört nicht auf. Ich bin es, die schreit. In dem Knall, der alle Geräusche auslöscht. In dem Feuer, das sie vernichtet. Ich schreie, weil es sonst niemand mehr tut. Weil ich allein bin. Allein mit Star im Schnee. Allein mit den Augen, die mich anstarren und schweigen.

53

Wie er daliegt. So friedlich, so still. Mein Schrei konnte ihn nicht wecken. Meine Tränen konnten ihn nicht wecken. Er liegt bloß da in meinem Arm. Ich halte ihn fest. Ich lasse ihn nicht mehr los.

Es wird leiser um uns. Was jetzt noch knistert und brennt, verglüht allmählich in der eisigen Luft. Lautlos segeln Schneeflocken vom pechschwarzen Himmel. Ich habe mich neben ihn gelegt. Ich möchte schlafen. Für immer hier liegen und schlafen. Der Schnee soll uns begraben. Ihn und mich. Soldat und Königin. Nebeneinander, ein letztes Mal.
    Die Schritte höre ich kommen. Die Schritte aus dem Wald, aus der Vergangenheit. Es ist der Tod, der da kommt. Der schwarz vermummte Sensenmann mit seiner blutigen Axt über der Schulter. Er ist gekommen, um auch mich zu holen. Soll er zuschlagen. Mit der Axt in mein Herz. Ich will es so. Ich warte.
    »Komm«, sagt er.
    Ich sehe ihn nicht an. Ich bleibe mit geschlossenen Augen so liegen.
    »Bitte steh auf. Wir müssen hier weg. Bevor jemand das Feuer bemerkt.«
    Eine Hand berührt meine Schulter.
    »Lass ihn los«, sagt er leise. »Bitte, Anja. Du musst ihn jetzt loslassen.«

54

Ich kenne sein Gesicht. Ich kann ihn vor mir sehen, die vertrauten Augen, die schon immer diese Schuld in sich trugen. In diese Augen habe ich mich verliebt. Augen, die mich immer nur belogen und betrogen haben.

Er hat mich weit von der brennenden Hütte fortgebracht. Mit dem Pick-up seines Vaters sind wir durch die Nacht gerast. Beim Morgengrauen schlage ich die Augen auf. Ich liege auf der Ladefläche, ausgestreckt und mit einer Filzdecke über dem Körper. Der Himmel ist so weit. Eine endlose graue Fläche. Ich strecke die Hand danach aus und weiß plötzlich, dass es mir nicht helfen wird. Die ganze Welt könnte nicht ausreichen, um dieses Herz wieder zum Schlagen zu bringen. Und doch atme ich. Fühle den Schmerz. Da ist nichts als Schmerz.

»Da bist du ja endlich. Ich dachte schon, du wachst gar nicht mehr auf.«

Er steht vor der Ladefläche. Er, den ich die ganze Zeit gesucht habe. Für den ich Hunderte von Kilometern gefahren bin. Dem ich vertraut habe und der mich gerettet hat. Am Ende hat er mich gerettet.

Alt ist er geworden. Zerfurchtes Gesicht. Augen wie damals, nur ohne Licht. Augen, die mir ausweichen.

Einer von denen. Wie blind ich doch war, all die Zeit.

»Wo sind wir?«, frage ich.

»Nirgendwo. Im Wald. In Sicherheit.«

»Wo … wo ist er?«

»Nicht mehr da.«

»Wo ist er, Shark? Hast du ihn mitgenommen? Oder

hast du ihn dort gelassen? Wir müssen zurück! Wir müssen ihn holen, bevor –«

Eine Hand umfasst meinen Knöchel. »Nicht, Anja. Er ist fort. Bitte weine nicht mehr.«

Fort. Star ist fort. Ich möchte dahin, wo Star jetzt ist. Möchte davonfliegen und nie wieder zurückkommen. Weit weg ins graue Vergessen.

»Anja, ich –«

»Nenn mich nicht so.«

»Aber so heißt du. Das ist dein Name. Erinnere dich. Du bist Anja.«

Anja war schwach. Anja hat sich in den Falschen verliebt. Anja wurde zerbrochen. In hundert Teile hat man sie geschnitten, bis nichts mehr von ihr übrig war. Ich bin jemand anderes. Ich bin Madonna. Endlich weiß ich, wer ich bin. Wer ich all die Zeit war.

»Erzähl es mir«, sage ich.

»Was soll ich erzählen?«

»Alles. Wer du bist. Warum du es getan hast. Warum du zurückgekommen bist. Erzähl es mir oder verschwinde.«

Shark beginnt zu reden. Die Worte sind wie die Schneeflocken in der Luft, lautlos segeln sie dahin, machen mich ganz schläfrig. Sie haben jede Bedeutung für mich verloren. Und doch sind sie da. Ich kann ihnen nicht entkommen.

»Ich war jung. Verdammt, Anja, ich war doch noch so jung. Und ich war wütend. Hab ich dir je von meinem Bruder erzählt? Er war nur um ein paar Jahre älter als ich. Wir haben immer bei diesem Bergwerk gespielt, das seit Jahren stillgelegt war. Eines Tages hielten wir uns für besonders mutig. Du weißt bestimmt, was passiert ist. Nachdem du die Fotos dort gefunden hast. Sie haben über eine Woche nach ihm gesucht. Zwei Freunde von ihm wurden ebenfalls verschüttet. Nur ich hatte es von dort rausgeschafft. Weil ich so klein war. Ich passte durch diese Öffnung. Ich bin gerannt, aber es war zu spät. Meine Eltern haben danach nie wieder ein freundliches Wort miteinander gewechselt. Es war einfach aus. Alles war plötzlich aus. Als wären wir alle dort drin gestorben. Also bin ich abgehauen. Kaum dass ich alt genug war, um mir ein Moped zu klauen, war ich weg. Ich habe es nicht mehr ausgehalten, dieses Schweigen. Ich streifte eine Weile umher, beklaute Leute oder verdiente mir hier und da als Aushilfe etwas dazu. Es war nicht leicht. Ich wollte im Grunde nur ein Zuhause finden. Einen Ort, an dem ich mir eine Zukunft aufbauen kann. Tja, und dann … dann bin ich schließlich dort gelandet.«

Dort. Im Höllenloch, in Teufels Küche, im Haus, wo geschlachtet wird. *Dort.*

»Sie machen es klug, weißt du. Sie ködern dich mit Geld. Und mit Mädchen. Du bekommst Boni, wenn du für sie arbeitest. Darfst dir immer mal wieder ein Mädchen ausborgen. So als Firmeninterner. Sag einem Halbwüchsigen, er darf gratis jede Nacht eine andere ficken, was, glaubst du, wird er tun? Ich hielt das für einen Traumjob. Ich verstand ja nicht mal richtig, was dort vor sich ging. Irgendwie hielt ich es immer für eine Art Show. Dass die Frauen nur Schauspielerinnen waren, wie in einem echt kranken Porno. Es wirkte alles so übertrieben auf mich. Ich dachte, dass so etwas unmöglich passieren konnte, ohne dass jemand etwas dagegen tut. Und es war gutes Geld. Man hatte ein tolles Leben. Alles, was sie verlangt haben, waren fähige Hände und Verschwiegenheit. Ich zog es durch. Über Jahre zog ich es durch. Schrubbte Zellen, verabreichte Schlafmittel, half eben mit, wo Not am Mann war. Bis ich irgendwann die Augen geöffnet habe. Bis ich begriffen habe, dass das nicht legal sein konnte. Es passierte von einem Tag auf den anderen. Ich weiß, das klingt verrückt. Aber so war es. Von einem Tag auf den anderen wusste ich plötzlich, dass ich in Schwierigkeiten steckte. Ich fing an, die Fotos zu machen. Ich war ... fast schon fasziniert. Von den Vorgängen, von der ganzen Organisation. Sie haben den Leuten etwas gegeben, das es sonst nirgends gab. Totale Kontrolle. Für eine Nacht mal König zu sein. Herrscher über Leben und Tod. Und es war echt. Deswegen waren sie so erfolgreich damit. Weil alles echt war. Ich bekam Panik. Ich konnte dort nicht mehr bleiben. Ich bin abgehauen, Anja. Bei Nacht und Nebel habe ich meine Sachen gepackt und bin gerannt wie der Teufel. Obwohl ich wusste, dass sie mich killen würden, sobald sie mich finden. Ich bin trotzdem gerannt. So lange und so weit, wie ich nur konnte. Ich habe niemandem davon erzählt. Nicht mal meinem Vater. Ich änderte meinen Namen, meine Identität, einfach alles. Ich hab alles dafür getan, um meine Spuren zu verwischen. Offenbar war ich erfolgreich, denn niemand tauchte bei mir auf. Es schien, als hätte ich sie abgehängt. Ich nahm einen Kredit auf und eröffnete das Funkhaus, und im Nu war ich Shark, der Goldjunge. Aber bei mir gab es keine Gefangenen. Das weißt du. Bei mir ging es allen gut. Sie hatten Essen, ein Dach über dem Kopf, und sie waren geschützt. Und sie wurden angemessen bezahlt. Keine Exzesse, keine Gewalt. So lautete die Regel. Du weißt es doch, Anja. Bei mir ging es dir gut.«

Ich nicke und zucke bei der Erinnerung innerlich zusammen. Er hat für uns gesorgt. Er hat uns beschützt. Der Goldjunge mit den lukrativen Rotlichtetablissements. Nie hätte ich es für möglich gehalten, dass es die Teufel waren, die ihn auf die Idee gebracht haben.

»Und dann?«, frage ich.

Ich höre das Lächeln in seiner Stimme. »Dann warst

du auf einmal da. Dieses junge Mädchen mit den aufgehaltenen Händen. Alles war so perfekt. Du warst so perfekt. Wir hätten glücklich werden können. Du weißt, dass ich das wollte. Aber dann haben sie mich gefunden. Eines Tages standen sie plötzlich vor meiner Tür. So als ... als hätten sie all die Jahre hinter einer Ecke gelauert. Als hätten sie nur den richtigen Zeitpunkt abgewartet. Sie waren zu fünft. Und ich dachte, das war's jetzt. Mein letztes Stündlein hat geschlagen. Sie töten mich gleich oder bringen mich zurück ins Schlachthaus und stecken mich auch in eine Zelle. Aber sie töteten mich nicht. Stattdessen sprachen sie von dir. Sie waren wie besessen von dir. Ich war ihnen völlig egal. Deshalb hatten sie mich all die Jahre in Ruhe gelassen, verstehst du? Ich war gar nicht wichtig für sie. Aber du, du warst wichtig. Du warst alles, was sie wollten. Sie sagten, sie seien schon ewig auf der Suche nach dir. Sie schlugen mir einen Deal vor, quasi als Belohnung dafür, dass ich den Mund gehalten hatte: Entweder überlasse ich dich ihnen oder ...«

Er bricht ab. Sein Atem klingt laut im sanften Schneefall. All diese Worte. Es sind nur Schatten der Wahrheit. Ausflüchte, Erklärungen. Es spielt keine Rolle mehr, was er sagt. Warum er es getan hat, warum er dachte, keine Wahl zu haben. Er hat seine Entscheidung getroffen. Sein Leben war ihm wichtiger als das Leben seiner Liebsten.

»Als sie vor einigen Wochen kamen und mir sagten, du wärst geflohen ...«, fährt er fort, »... da war ich mit einem Schlag wieder dieser Junge, der einfach nur Angst hat. Ich wusste, du würdest zu mir kommen. Um mich umzubringen oder um bei mir Schutz zu suchen. Und dann hätten sie uns beide erwischt. Auf einen Schlag. Ich musste verschwinden, verstehst du, ich hatte keine Wahl! Nicht nur, um mich zu schützen, sondern auch dich! Denn als sie auch noch sagten, du hättest seinen Sohn getötet ... da war mir klar, dass sie dich jagen würden. Bis du aufgibst oder stirbst.«

»Die Hütte«, murmle ich. »Warum warst du nicht dort? Warum hast du zugelassen, dass sie ...«

»Ich wollte ja kommen, Anja. Ich war schon unterwegs. Und dann hab ich doch gezögert. Ich war nicht sicher, was du vorhast. Oder ob das nur eine Falle von denen war. Dass sie dich vielleicht dazu gezwungen haben, um an mich ranzukommen. Es gibt ja immer noch die Fotos. Ich kenne deren Schmutzwäsche, Anja. Ich weiß alles über sie! Die wollen mich endgültig tot sehen. Aber ich ... ich bin am Schluss doch gekommen. Das ist alles, was zählt. Ich bin gekommen, Anja. Gerade rechtzeitig.«

»Nein. Du warst zu spät, Shark. Du hast mich im Stich gelassen. Erneut hast du mich im Stich gelassen. Und mir alles genommen, was ich hatte.«

Ich schiebe die Decke weg und setze mich auf. Zum ersten Mal sehe ich, dass er eine Waffe in der Hand hält. Die Pistole aus der Hütte. Er legt sie zu mir auf die Ladefläche. Ganz sanft legt er sie nieder, als wäre sie ein Blumenstrauß, eine Opfergabe, ein Geschenk.

»Genug geredet, Anja. Ich habe das Weglaufen satt. Lass uns Frieden schließen. Lass es wieder so werden wie früher. Es ist möglich, wir können glücklich sein, wir beide, Anja. Was möchtest du, dass ich tue? Was soll ich tun, damit du mir vergibst?«

Eine Möglichkeit, weit wie das Universum. Alles darf ich mir wünschen. Alles ist er bereit mir zu geben. Ich will weder seine Liebe noch seine Rechtfertigungen und leeren Versprechen. Es gibt nur eines, das er mir geben kann. Die eine Sache, weswegen ich zu ihm gekommen bin. Ich greife nach der Kanone.

»Bring mich nach Hause. Bring mich dahin, wo ich

aufgewachsen bin. Du weißt, wo das liegt. Bring mich nach Hause, Shark.«

»Anja … da ist noch etwas, das …«

»Bring mich nach Hause«, sage ich. »Oder ich jage dir eine Kugel durch den Kopf.«

55

Es ist noch genau wie damals. Unberührt und rein, ein Fleckchen Märchenwald umgeben von Stille und Natur. Hier, da ist der Ball, mit dem ich früher oft gespielt habe. Er liegt vor der Tür. Rot wie Klatschmohn. Und dort drüben, mein Fahrrad, das an der Hausmauer lehnt. Nicht unweit von hier ist es geschehen. Da sah ich meine Mutter zum letzten Mal. Sie schrie so fürchterlich. Noch heute frage ich mich, warum die Wölfe es nur auf sie abgesehen hatten. Warum mein Vater uns nicht zu Hilfe gekommen ist. Er muss es doch gesehen haben, von seinem Fenster, er muss gesehen haben, was da draußen im Wald geschah.

Über Nacht ist es Frühling geworden. Die Wiese blüht, ich spüre das Gras unter meinen Füßen. Sonnenstrahlen fallen durch die Bäume und tauchen die Lichtung in pure Magie. »Sieh doch«, sage ich zu Star, der neben mir steht. »Ist es nicht wunderschön?«

Du bist wunderschön.
Anja.
Anja.
Wach auf.

Etwas reißt mich fort von der Lichtung, fort von Star und zurück in eine karge Winterlandschaft. Ein alter Motor brummt unter mir. Der Pick-up und die Straße. Endlich wieder vereint. Shark sitzt am Steuer. Seit zwei Tagen sind wir unterwegs. Zuerst nach Süden. Dann Richtung Osten. Wo die Landschaft immer flacher und grauer wird. Seit zwei Tagen habe ich eine geladene Waffe auf dem Schoß. Wenn er versucht, mich reinzulegen, ist er tot. Wenn er spricht, ist er tot. Er hat jetzt bloß noch eine einzige Aufgabe. Und die wird er erfüllen. Ob er will oder nicht.

Städte folgen auf Feldlandschaften. Aus dem Schnee wird Regen. Schließlich klart es auf. Es ist noch hell, als wir die Landstraße verlassen und auf einen verwilderten Pfad einbiegen. Der Wald und die Berge am Horizont kommen mir bekannt vor. Wir sind bereits ganz in der Nähe. Ich fühle es. Shark drosselt die Geschwindigkeit, als der Untergrund zunehmend unwegsamer wird. Die ganze Zeit schon ist sein Gesicht hart wie Stein. Wieso versteht er es nicht? Ich will doch bloß eine letzte Reise, ein letztes Ziel. Damit da endlich Frieden ist.

Zwischen den Bäumen erkenne ich die Fassade eines Hauses. »Halt an«, befehle ich.

Er gehorcht. Ich will, dass er mir den Schlüssel gibt. Als ich die Hand aufhalte, zögert er.

»Anja … du solltest dort nicht hingehen. Weißt du denn nicht … Hat es dir denn niemand gesagt?«

»Was gesagt?«

Er presst die Lippen zusammen und schüttelt den Kopf. Mein Shark, so hilflos, so allein. Sein Funkhaus liegt in Trümmern. Seine Fische sind krepiert. Sein Vater ist tot. Noch weiß er es nicht, aber er hat nichts mehr. Ich werde nicht zulassen, dass es auch mir so ergeht.

Ich nehme den Schlüssel an mich und befehle ihm, mit mir auszusteigen.

Es ist kalt. Die Luft riecht rauchig. In den Nadelbäumen kreischen die Krähen. Mit der Waffe in der Hand gehe ich los. Shark folgt mir. Hinter der Biegung beginnt die Lichtung, die ich so oft in meinen Träumen gesehen habe. Ganz wie auf dem Foto, nur ohne Gesichter im Vordergrund. Ein großer Platz, wie mit Baggern ausgehoben, darauf thront das Haus. Ein weißer, schmuckloser Klotz, mehrstöckig, mit dunklen

Fenstern. Es wirkt gespenstisch. Weil es so still ist. Als wäre hier nie jemand gewesen. Ich bleibe stehen. Weder ist da ein Fahrrad an der Hausmauer, noch liegt ein roter Ball vor der Tür. Dieser Ort ist verlassen. Und doch ... flattert da etwas im Wind. Ein gelbes Absperrband vor der Tür.

»Wo bin ich hier?«, frage ich.

»Wo du hinwolltest. Ich habe dich nach Hause gebracht.«

»Etwas stimmt nicht. Ich kenne diesen Ort, aber ...«

Es ist wie mit einem Bild, das man vor einen Spiegel hält. Alles ist anders, und doch ist alles gleich. Mich zieht es hinein in dieses Haus, in das dunkle, verlassene Nichts, das mir vertraut sein sollte, es aber nicht ist.

»Anja«, ruft Shark mir nach. »Bitte geh da nicht rein.«

»Wieso? Was ist da drin?«

»Ein Alptraum, Anja. Bitte geh nicht rein. Lass es gut sein.«

Er ist bloß ein Trugbild irgendwo im Schnee. Ein Hirngespinst, nicht echt. Ich darf nicht auf ihn hören. Ich reiße das Absperrband herunter und betrete das Haus.

Ein breiter Eingangsbereich. Treppen, die nach oben führen. Zersplittertes Glas, umgestoßene Möbel. Ein Schlachtfeld, denke ich. Als hätte hier drin ein Krieg getobt. Ich nehme die Treppe hoch in den ersten Stock. Die Zimmer wurden aufgerissen. Das gesamte Haus wurde durchsucht. Mama! Dort vorn lag es doch, ihr Schlafzimmer mit dem großen Himmelbett. In das ich früher so oft geklettert bin, wenn ich Angst hatte. Nein, so war es nicht. Es war unser Bett. Unser Zimmer. Jetzt fällt es mir wieder ein. Wir haben in diesem Zimmer gelebt. Wenn mein Vater es erlaubte, durften wir raus, aber sonst ... sonst waren wir da drin. Den Ball und das Fahrrad gab es nicht. Ich habe beides bloß oft vom Fenster aus gesehen. Wenn mir langweilig war und ich nach draußen starrte. So oft habe ich nach draußen gestarrt. Unser Zimmer, unsere … Zelle.

Ich renne los, über Glassplitter und Patronenhülsen, über Schutt wie über Trümmer meiner eigenen Kindheit. Alles trample ich nieder. Auch diese Tür steht offen. Ausgeräumt, leer, verwüstet. Staub und Spinnweben bedecken jeden Winkel. Unter meinen Füßen bricht etwas. Ein Bilderrahmen, versteckt im Staub der Jahre. Ich ziehe das Foto hinter dem gesprungenen Glas hervor.

Ein Mädchen und eine Frau. Hand in Hand. Auf dem Platz vor dem Gebäude, mit ernsten Gesichtern. Und ein Junge. Er steht etwas abseits. Als gehörte er nicht dazu. Ein kleiner Junge mit Hörnern auf dem Kopf. Ein Teufelsjunge.

Ich taste nach meiner Hosentasche. Ziehe das zerknitterte Foto hervor. Das gleiche Bild, ein Abzug davon, jetzt nur noch zu zweit. Das sind wir. Meine Mutter, ich und mein Bruder. Abgerissen. Sie hat ihn einfach vom Foto abgerissen, bevor wir gegangen sind.

Die Stimme in meinem Kopf ist leise. Wie ein Gedanke, der all die Zeit da war und erst jetzt an die Oberfläche dringt. Vertraute Worte. Ich schreie sie heraus.

Du hast den Sohn des Direktors getötet!
Der Bilderrahmen fällt zu Boden.

56

Shark steht vor dem Haus. Er hat auf mich gewartet. Er hat nicht gewagt, mich aufzuhalten. Als ich nach unten gegangen bin. In den Keller, wo die Zellen liegen. Wo ich die Hälfte meines Lebens verbracht habe, nachdem ich aus meinem alten Leben herausgerissen wurde. Nur zwei Stockwerke weiter oben.

Sie sind noch da. Alle Zellen. Auch meine. Nummer 13. Jetzt leer. Keine Fairy. Keine blinde alte Frau. Sie sind umgezogen.

»Du wusstest es, oder?«, sage ich zu ihm.

Er nickt verstört.

Wie hätte er es mir sagen können? Dass alles, was ich glaubte, eine Lüge war. Die eigene Mutter, eine Lügnerin. Eine Gefangene so wie ich. Sie wusste es nicht besser. Sie wollte mich beschützen. Mich und meinen Bruder. Wahrscheinlich hätte sie alles getan, um einem Leben im Kerker zu entfliehen. Sie hatte Glück, denn sie wurde auserkoren. Durfte fortan mit dem Herrn Direktor an einem Tisch speisen. Durfte ihm Kinder gebären. Einmal, zweimal. Bis die Auserkorene ihren Käfig verließ. Mit nur einem Kind, dem Mädchen, das sie so sehr geliebt hat.

Wir machen jetzt einen Ausflug, Anja. – Wieso kommt Papa nicht mit? – Papa muss hierbleiben. Wir werden ohne ihn gehen. – Und mein Bruder? – Auch ihn müssen wir hierlassen. Aber keine Angst. Du wirst ihn wiedersehen.

Sie hat ihn im Stich gelassen. Hat ihn dort gelassen, bei seinem kranken Vater, bei den Teufeln, die ihn zu einem von ihnen gemacht haben. Diese Übelkeit. Sie kommt ganz plötzlich. Raubt mir die Luft, die Sinne, den Verstand. Geist. Ob er es gewusst hat? Ob er wusste, zu wem er da in die Zelle ging, hundertmal, tausendmal?

Unsere Mutter ist nicht weit gekommen. Die Höllenhunde sind schnell. Zerfleischen alles, was sich bewegt. Mit einem Fingerschnips.

»Eines musst du mir glauben, Anja. Ich wollte nie, dass du dorthin zurückkehren musst. Als ich begriff, wer du bist, da … da wollte ich dich beschützen. Aber es ging nicht. Sie haben dich gesucht, überall haben sie dich gesucht, und als sie dich schließlich bei mir gefunden hatten … Er ist ein Schwein. Irgendwie hoffte ich ja, dass … dass er dich gut behandeln würde. Weil du seine Tochter bist. Dass er dich einfach nur wiederhaben wollte. Und nicht, dass er dich …«

Dass er mich einsperrt. Dort unten, bei den Futtertrögen. Die eigene Tochter, gehalten wie Vieh.

»Und jetzt?«, frage ich. »Wo ist er jetzt? Wo sind sie alle?«

»Weg, nehme ich an. Nachdem die Polizei hier alles auf den Kopf gestellt hat. Diese Leute kann man nicht aufhalten. Sie sind überall.«

»Dann war alles umsonst?«, flüstere ich.

»Nein, Anja. Wir haben uns wieder. Wir haben uns wiedergefunden. Das ist alles, was zählt.«

Ein Windhauch streicht durch die Bäume hinter dem Haus. Im Sommer konnte ich es manchmal sogar hören. Die Schreie aus dem Keller, wenn die Fenster gekippt waren. Meine Mutter sagte, das seien nur Fledermäuse.

Shark weicht einen Schritt zurück. In sein räudiges Gesicht ist Panik getreten.

»Anja«, sagt er. »Nimm die Waffe runter. Damit kannst du doch auch nichts mehr ändern. Anja! Anja, hör mir zu! Ich liebe dich. Ich habe dich immer geliebt, deswegen bin ich zurückgekommen, zu dieser Hütte! Ich habe dich gerettet. Hast du das vergessen? Ich bin dein Retter gewesen!«

Seht ihn euch an. Mein Shark, mein Geliebter, mein *Retter*. Wie jämmerlich er geworden ist, wie schnell seine Fassade bröckelt, sobald die ersten Böen des Sturms über ihn hinwegbranden.

Ich wollte ihn finden. Um jeden Preis. Dabei war er nie von Bedeutung. Ein Feigling ist er, versteckt hat er sich, all die Jahre, als ich mich nach ihm sehnte, all die Jahre, als ich gefoltert wurde, zerschmettert, gehäutet, hockte er in seinem Bunker und betrachtete sein Aquarium. Während ich mir so viele Fragen stellte. Dabei war er doch nur eins: gewöhnlich. Ein winselnder Schwächling.

Es ist vorbei. Klein Anja fürchtet sich nicht länger vor dem Mann, der einst ihr Herz gestohlen und an seine Fische verfüttert hat.

»Anja ... ich warne dich. Nimm die Waffe runter! Ich habe dich gerettet. Du verdankst mir dein Leben! Anja! Hörst du nicht? Nimm sofort die Waffe runter! Es wird alles wieder gut, glaub mir!«

»Nein«, antworte ich. »Nie wieder werde ich glauben, was du mir sagst.«

Ein Schuss durch das rechte Bein. Er schreit, taumelt, knickt ein. Krähen steigen auf.

»Dein Funkhaus ist abgebrannt«, sage ich.

Ein Schuss durch das linke Bein. Er fällt zu Boden. Schreit noch lauter.

»Dein Vater ist tot.«

Ein Schuss in den Bauch. Blut überall.

»Deine Scheißfische sind tot!«

Ich ziele auf seinen Kopf. Die Kugel durchdringt Knochen und Fleisch, bläst alles in die Luft. Sharks durchlöcherter Körper sinkt zu Boden, eine Legende wird zu Staub. Zu Dreck unter meinen Füßen.

    Für die Gerechtigkeit. Für die Jahre. Für Star. Und für mich.

57

Wie er über ihr steht. Mit diesen Augen, die nie genug haben. Nie genug Leid, nie genug Blut, nie genug Liebe. Er wird sie nicht weinen sehen. In diesem Moment ist sie die Siegerin. In den letzten Sekunden, die es braucht, bis das Leben aus ihr herausgeflossen ist, wird sie nicht diejenige sein, die weint.

Mit einem Fingerschnippen holt er die Hunde zurück. Jetzt ist es still. Angenehm still. Er kniet sich zu ihr. Sie kann nicht sprechen. Da ist zu viel Blut. In ihrer Kehle. Es sickert in sie zurück. Sie kann nicht sprechen, aber sie möchte es. Er soll erfahren, dass es vorbei ist. Den Jungen soll er behalten. Aber das Mädchen gehört jetzt ihr. Für immer ihr. Und der weiten Welt dort draußen.

»Wieso?«, fragt er. »Ich habe alles für dich getan. Ich habe dich ausgewählt. Ausgewählt aus diesem ganzen dreckigen Gesindel. Du warst meine Königin.«

Sie lächelt.

Eingesperrt hat er sie. Zuerst dort unten, dann hier oben. Krönung und Hinrichtung zugleich. Eine Sklavin mit Dornenkrone auf dem Kopf.

Jetzt ist sie frei. Er ahnt es nicht, aber er hat sie bereits verloren. In diesem Moment wachsen ihr Flügel.

Seine Stimme ist nun ganz nahe. Sein röchelnder Atem schmilzt auf ihrem Gesicht.

»Sie wird dafür büßen, meine Schöne. Hast du gehört, was ich sage? Ich werde sie finden. Ich werde sie mit meinen eigenen Händen zerfleischen. Aber dich nicht. Du bist mir die Anstrengung nicht wert. Dich überlasse ich den Hunden.«

Er steht auf. Hebt die Hand. Schnipst mit dem Finger.

Die Hunde rennen los.

Plötzlich sieht sie alles von oben. Die Lichtung, das Haus, ihr eigenes Blut im Schnee. Und ein Mädchen, das im Wald steht und dabei zusieht.

Lauf!, flüstert sie dem Mädchen zu.

Und das Mädchen gehorcht.

58

Vor mir liegt die Straße. Ich bin schon einmal hier gewesen. Über den Bergen am Horizont braut sich ein Sturm zusammen. Ich sollte Zuflucht suchen, aber ich fürchte mich nicht vor dem, was kommt. Die Waffe in meiner Hand ist leicht. Ich werde sie Moonlight bringen. Die Waffe, mit der sie ihren Bruder getötet haben. Ich werde ihr alles erzählen. Ich werde ihr sagen, dass er nicht wieder zurückkommt. Dass sie ihn ihr weggenommen haben, für immer. Dass sie verbrannt sind, verbrannt in dem Feuer, in das ich sie geschickt habe. Und sie wird losziehen in den Sturm, der nicht mehr aufzuhalten ist. Sie alle werden losziehen, und der Sturm wird sie führen.

Ich bin dieser Sturm.

Danksagung

Mit diesem Buch habe ich nicht nur einen persönlichen Rekord aufgestellt (Fertigstellung der Rohfassung in zwölf Tagen!), sondern auch eine Idee umgesetzt, die mir lange Zeit (wir sprechen hier von Jahren!) im Kopf herumgeschwirrt ist und mir einfach keine Ruhe lassen wollte. So gesehen ist diese Geschichte nicht bloß ein persönlicher Meilenstein bezüglich meines Zeitmanagements, sondern auch ein kleines (oder großes?) Geschenk an mich selbst, und wie immer gibt es ein paar besondere (Buch-) Menschen in meinem Umfeld, die sich mit mir die Freude, die Begeisterung, aber auch die Heidenarbeit geteilt haben:

Das supertolle Team des Emons Verlags, das meinen Geschichten ein so wundervolles Zuhause gibt.

Meine supertolle Agentin Anna Mechler, die für meine Geschichten eben dieses wundervolle Zuhause sucht.

Meine supertolle Mutter, die meine Geschichten bis zu den Knochen zerlegt und trotzdem jeden Satz mag.

Meine supertolle Lektorin Marion Heister, die meine Geschichten auf Hochglanz poliert.

Und zu guter Letzt meine supertollen Leser, die mir Mut und Lust machen, auch die kommenden Geschichten in Angriff zu nehmen.

Ich danke euch allen von ganzem Herzen.

Michaela Kastel
SO DUNKEL DER WALD
gebunden mit Schutzumschlag,
304 Seiten
ISBN 978-3-7408-0293-6

Ronja und Jannik führen ein Leben ohne Zukunft, seit sie als Kinder von einem gewissenlosen Entführer tief in den Wald verschleppt wurden. Eines Tages gerät die Situation außer Kontrolle, und die lang ersehnte Freiheit ist zum Greifen nahe. Doch was so lange ein Wunschtraum war, erscheint ihnen plötzlich fremd und beängstigend. Und die Jagd auf sie hat bereits begonnen …

»*Ein schonungsloser Thriller, der bis in die entferntesten Winkel der menschlichen Seele führt.*« Buchkultur

www.emons-verlag.de

Michaela Kastel
WORÜBER WIR SCHWEIGEN
gebunden mit Schutzumschlag,
320 Seiten
ISBN 978-3-7408-0643-9

Zwölf Jahre sind vergangen, seit Nina ihr Heimatdorf fluchtartig verlassen hat. Nun kehrt sie unerwartet zurück, und ihre Ankunft wirft das sonst so ruhige Leben in der Gegend aus der Bahn. Was treibt sie wieder an den Ort, den sie so lange gemieden hat? Das Zusammentreffen mit ihrer alten Clique weckt in allen dunkle Erinnerungen an ein Ereignis, an dem ihre Freundschaft einst zerbrach. Und über das alle bisher geschwiegen haben …

»Ein Psychothriller der ganz feinen Art.«   BuchMarkt

www.emons-verlag.de

07. 10. 20